# 师者风范
## 2019

主　编　于成文
副主编　李　洁　李　伟　吴钰重

北　京
冶金工业出版社
2019

## 内 容 提 要

教师是学生成人成才的指导者和引路人，在提高人才培养质量、提高高等教育教学质量中肩负着重要职责。本书收集了部分近十年来在北京科技大学校报上介绍优秀教师代表的通讯文章，这些优秀教师无论是不断攀登科研高峰的大师学者，还是默默耕耘在教育教学一线的师德模范，他们身上无不体现着师者应有的风范。

本书可供高等学校广大教师、学生阅读参考。

**图书在版编目(CIP)数据**

师者风范2019/于成文主编. —北京：冶金工业出版社，2019.4

ISBN 978-7-5024-8089-9

Ⅰ.①师…　Ⅱ.①于…　Ⅲ.①通讯—作品集—中国—当代　Ⅳ.①I253.4

中国版本图书馆CIP数据核字(2019)第059940号

出 版 人　谭学余
地　　址　北京市东城区嵩祝院北巷39号　邮编　100009　电话　(010)64027926
网　　址　www.cnmip.com.cn　电子信箱　yjcbs@cnmip.com.cn
责任编辑　刘小峰　曾　媛　美术编辑　郑小利　版式设计　孙跃红
责任校对　李　娜　责任印制　李玉山
ISBN 978-7-5024-8089-9
冶金工业出版社出版发行；各地新华书店经销；三河市双峰印刷装订有限公司印刷
2019年4月第1版，2019年4月第1次印刷
169mm×239mm；18.75印张；333千字；285页
**69.00**元

**冶金工业出版社　投稿电话　(010)64027932　投稿信箱　tougao@cnmip.com.cn**
**冶金工业出版社营销中心　电话　(010)64044283　传真　(010)64027893**
**冶金工业出版社天猫旗舰店　yjgycbs.tmall.com**
(本书如有印装质量问题，本社营销中心负责退换)

# 《师者风范 2019》
# 编辑出版工作人员


**主　编：**于成文

**副主编：**李　洁　李　伟　吴钰重

**编　务：**邢华超　高　龑　宋礼鑫

刘萌萌　贾文婧

# 前　言

百年大计，教育为本；教育大计，教师为本。习近平总书记在全国教育大会上发表重要讲话时强调，“教师是人类灵魂的工程师，是人类文明的传承者，承载着传播知识、传播思想、传播真理，塑造灵魂、塑造生命、塑造新人的时代重任。”教师是学生成人成才的指导者和引路人，在提高人才培养质量、提高高等教育教学质量中肩负着重要职责。

一流大学需要一流的教师。多年来，北京科技大学注重师资队伍建设，把师德师风教育贯穿教师职业生涯全过程，积极引导广大教师以德立身、以德立学、以德施教、以德育德，坚持教书与育人相统一、言传与身教相统一、潜心问道与关注社会相统一、学术自由与学术规范相统一，争做“四有”好教师，全心全意做学生锤炼品格、学习知识、创新思维、奉献祖国的引路人。

学为人师，行为世范。北京科技大学有着这样一群平凡而伟大的教育工作者：他们对待工作兢兢业业，始终牢记立德树人根本任务，以实际行动践行“求实鼎新”的校训精神；在教书育人的岗位上，呕心沥血，潜心教学，引领教改，开拓创新，在平凡的工作岗位上做出了不平凡的业绩。他们是我们身边最熟悉的人，他们的故事或许很普通，但却很有教育启示作用。

榜样是立德树人的标杆，是激励前行的动力。为进一步传承学校“学风严谨、崇尚实践”的优良传统，充分发挥先进人物的模范先锋和典型示范作用，我们编写了这本书。本书集结了近十年来在《北京科技大学校报》上采访优秀教师代表的通讯文章，集中展示了学校教师群体的精神风貌，体现了新时代北科人追求卓越、勇于争先的精神特质。相信这种坚守信念、爱岗敬业、无私忘我、锐意进取和潜心育人的精神，将内化为前进的动力，鼓舞和引导广大青年教师不忘初心、砥砺前行！

北京科技大学党委宣传部

2019年3月

# 目　录

## 名师风采

## 科技创新

## 教书育人

## 爱岗敬业

# 名师风采

习近平总书记在全国教育大会上发表重要讲话时强调，“教师是人类灵魂的工程师，是人类文明的传承者，承载着传播知识、传播思想、传播真理，塑造灵魂、塑造生命、塑造新人的时代重任。”

# 直挂云帆济沧海

## ——访中国工程院院士、新金属材料国家重点实验室教授陈国良

● 李　伟

**人物小传：**陈国良院士，1934年3月出生，1951年起就读于天津大学、清华大学和北京钢铁学院，1955年毕业留校。1979～1981年留学美国哥伦比亚大学，后曾在美国田纳西大学、德国马普所从事过研究。五十多年来，陈院士为国家、为北京科技大学的金属材料学科建设、为培养青年学术带头人做出了重要贡献。他从1958年起研究高温合金，1960年负责创建我国第一个高温合金专业，解决了国家急需高温合金高级技术人才的难题，80年代起，他开始从事新型金属材料及其制备技术研究，开创了金属间化合物结构材料、普通铸造大块金属玻璃等科研新领域，在推动发展等轴细晶铸造、雾化喷射成型和显微力学探针的应用方面做了大量工作。在他担任北京科技大学材料科学与工程系主任期间，大力发展研究生教育及高技术新金属材料研究领域，在1987年国家教委金属材料专业全

国评估中，北科大材料系名列榜首，被评为全国重点学科和全国科研先进集体。20世纪90年代初，他负责筹建了新金属材料国家重点实验室，担任实验室主任，为重点实验室的发展做出了重要贡献。他多次应邀出国做学术报告，曾为美国“International Materials Review”编辑委员会委员，现任“Intermetallics”杂志中国地区编辑。他曾经获得国家科技进步二等奖等国家级奖4项，部级一等奖6项，部级二等奖8项，有13项成果获得国家专利。他著有《有序金属间化合物结构材料物理金属学基础》《高温合金学》等10本著作，发表学术论文370多篇。1980年获美国高温合金国际会议唯一最佳论文奖。1999年当选为中国工程院院士。2004年被科技部授予国家重点实验室计划20周年先进个人，获金牛奖。2005年，由于在揭示和阐明先进高温结构材料的组分、工艺以及它们对材料微结构与力学性能的影响之间的相互关系方面做出的突出贡献，陈国良荣获美国金属学会“ASM Fellow”称号，成为目前中国大陆获此殊荣的第一位学者。目前，已培养博士30多名，博士后10名。

一个治学严谨，勇于探索的学者；一名重德崇才，诲人不倦的教师；一位志存高远，求实创新的院士。他，就是中国工程院院士、金属材料专家、北京科技大学教授陈国良。

坐在我们面前的是一位和蔼、睿智、刚毅自信、精力充沛的老师，在他身上，丝毫看不出仅仅一个多月以前，他还因为工作中突发心梗而住了一个多月的医院，并且做了手术。2007年9月10日教师节这一天，在陈国良院士的工作室里，本报记者慕名采访了他。

## 一、领异标新二月花

求实创新是陈国良做学问、搞研究的终极目标。陈国良认为，勤学多思，才会有更多的创新。他以郑板桥“删繁就简三秋树，领异标新二月花”作为自己的座右铭。“删繁就简三秋树”是说要抓住基础、核心，书要越读越薄，学问要越做越精；“领异标新二月花”是要自主创新，这是他做学问、写文章的根本。他说，一流的大学教师，必须有严谨创新的学风，要以身作则，通过言传身教使整个校园具有严谨创新的氛围和环境。要切忌浮躁和急功近利行为，要强调在实践中求实，在严谨中创新。

1959年，中苏关系破裂，一夜之间，苏联专家全部撤出。新中国的航空航天事业才刚刚起步，就遇到了严峻的考验，航空航天事业陷入困境。航空航天需要高温材料，新中国需要自己高水平的材料科学家！1960 年，冶金工业部紧急下达指令：北京钢铁学院马上组建高温合金专业，抽调相近专业四年级学生，学习高温合金一年，1961 年就必须出毕业生。“祖国的需要，就是我的志愿！”当时材料系金相教研室最年轻的教师、1955 年才毕业留校的陈国良，受命领衔成立高温合金教研室。他二话不说，带着 4~5 个刚毕业的年轻教师，日日夜夜地泡在图书馆、实验室，创立了北京钢铁学院高温合金专业，为研究和培养人才奠定了宝贵的基础。没有教材，只好去图书馆查资料、做笔记。陈国良“边学边卖”，搞出了一大厚本以材料堆积为主的讲稿。70 年代，这批年轻教师的学识提高了，他又重写了一本薄一些但质量更好的讲义。80 年代，留美归来的陈国良站在新的起点和理论高度，在多年的教学实践基础上，主编并正式出版了阐述更加精炼合理的《高温合金学》一书。

80 年代，陈国良大胆地将科研成果运用到石化工业烟气轮机的生产制造中。70 年代中期，随着国家石油化工业的发展，用石化烟气带动涡轮发电技术逐渐兴起。而首次生产出来的烟气轮机涡轮盘刚运行不久就发生了重大的爆裂事故，使此项研究不得不停顿下来。两年后石化部门重整旗鼓，找到陈国良，要求他负责重新研制。那时，中国大学教授的科研工作大多是查文献，搞实验室研究，写文章。面对国家需求，陈国良放下包袱，大胆闯先，走上了科研工作满足国家急需，解决生产问题之路。石油部慎之又慎，三个老总亲自听陈国良做技术可行性分析报告。陈国良立下两条军令状：一是工厂生产的涡轮须经他亲自签字才能上机使用；二是如果在使用中出现爆裂，拿他是问。这件事连当时的权威专家在成果鉴定时都说替他捏了把汗，而陈国良却以严谨创新的态度，充满自信地将航空飞机上应用的材料，进一步用新技术加以改造，成功地运用到地面上大尺寸的发动机涡轮盘，使涡轮寿命从 600 小时提高到 10 万小时以上，使我国石化工业能量回收技术达到国际先进水平。该项目获得国家科技进步二等奖。

80 年代，陈国良开始担任材料系主任。他以发展、创新的眼光对待自己的科研和系里的工作。他提出并实践大学生与研究生并重的发展思路。1985 年，全国有 67 所院校的毕业生报考北京钢铁学院，在他的倡导和努力下，材料系将当年的研究生招生计划从 30 名扩大到 50 名。陈国良以超前的眼光，将材料系的科研方向由冶金部比较单一的以钢铁为主转变为包括先进金属材料及制备技术等多个方向，此种转型的成功，使材料系仅一个系就拿到 1987 年国家第一批“863”计划中的 12 个项目。这些改革显著扩大了学校原有的材料专业优势，为学校在 1987 年的全国材料专业评比中获材料学科第一名奠定了坚实的基础。（这次评比先有 400 余名专家对全国近 100 个大学的材料专业通讯投票打分，后有 20 多名专家实地考察，并当面考察学生水平。）1990 年，科技部、教育部联合授予北科大材料系“全国科研先进集体”称号。

1979 年，中美首次开展冶金领域交流，第二年陈国良就作为我国高温合金研究人员，首次出国参加国际高温合金会议，他的“提高铁基合金的长期组织稳定性和脆化”的研究，被评为会议唯一的最佳论文奖，赢得国际上对我国冶金及高温合金发展的尊重。

80 年代中期，陈国良站在国际学术前沿，用创新和发展的眼光开展钛铝金属间化合物高温材料研究，以全新的思路和广泛的基础研究开发出高铌钛铝合金。经过近 20 年长期不懈的努力，他的研究成就得到国际上同行专家的高度评价。钛铝合金国际会议主席美国的 Y-W Kim 博士对此给予了很高的评价，他说这是发展高温高性能钛铝合金的“首例”。2005 年，他提名陈国良为美国金属学会会士（ASM Fellow），并在写给美国金属学会的推荐信中强调指出，陈国良在铌提高钛铝合金抗氧化性和高铌相关系方面做出了原始性创新，高铌钛铝合金对推动钛铝合金的发展具有“里程碑”意义。

我国能源工业的高速发展，特别是电厂和核电站需求量的急剧增加，对电站用新材料及寿命评估新方法提出了更高的要求。据此，陈国良较早地强化了针对核电和新火电技术的“能源新材料及其寿命评估基础研究”学术方向，领导开展能源新材料及寿命评估新办法的基础研究。为了更好地介入核电领域，陈国良积极推动实验室与中广核电集团苏州热工研究院联合建设“新金属材料国家重点实验室电站金属材料寿命评估实验中心”，2004 年，中广核集团公司已经做资本投入，在苏州热工研究院本部和北京分部正式筹建该中心，并将于今年年底建成验收。该中心建成后将成为中广核集团面向各电站和火电厂制造运行中的金属材料寿命进行实验与评估的中心，成为工程应用的综合性开放式实验研究基地。中心的建立，促进了实验室研究工作的学科交叉，推进了科研工作的广度和深度。

陈国良认为重点实验室材料基础研究应加强和重要企业的合作。近年来他致力于推动建立以企业为主体的产学研科研平台，把实验室的科研成果工程化和产业化，同时帮助企业提高技术，达到国际水平。为此，陈国良站在学科前沿，提出与上海宝钢集团公司主办“先进钛合金和钛铝合金工程化产业化研讨会”，邀请两院院士、“863”新材料领域首席专家、中国钛协会会长及各领导部门的十余名院士和著名专家参加，解决国家国防工业对轻比重高比强新材料的重大需求，解决军工先进钛合金和钛铝合金的产业化平台建设急需问题，专家建议上海宝钢集团公司建设电子束和离子束冷床熔炼装置，形成我国最强的先进 Ti 合金和 TiAl 合金等新材料、新工艺的生产基地，同时构建北科大、航材所，宝钢产学研合作机制。此项工作大大推动了实验室的科研成果工程化的进展，课题组的同仁都感到基础研究之路越走越宽了。

近期，陈国良运用金属间化合物研究的成果，成功解决了极脆的 wt6.5%高硅硅钢片的难加工问题，制备出 0.03 毫米厚的冷轧硅钢片。2006 年部级鉴定为国际领先，引起企业重视，宝钢已决定将此项目放大产业化。

陈国良集自己 50 年的科研、教学经验，以他那敏锐的洞察力和丰厚的学术底蕴，走出了一条自己的创新之路。他说，自主源头创新必须要进行广泛的有目标的基础研究，否则就是无源之水。他的 50 年的创新之路，得到了同行的高度评价和赞誉。

## 二、问渠哪得清如许

陈国良认为，做人、做学问都要掌握辩证的方法。对人、对己、对名利、对科学研究，都必须用辩证的思维方式去深入分析，这样才能成为创新人才，才能提高创新能力。

陈国良从大学时代开始自学辩证法经典著作，毛泽东的《矛盾论》《实践论》等，都在他的涉猎范围。他说，用矛盾的观点分析问题、解决问题，树立在实践中学习提高的世界观，这两大方法使他受益终身。

他急国家之急，不顾年纪轻、辈分低、知识积淀少、时间紧、困难大，组建高温合金专业；他为避免矛盾，主动让出国家奖第一排名；他不争学校资源，独立开辟新研究方向，克服重重困难建立了新金属材料国家重点实验室。他不争名，不争利，不患得患失，却成就了自己的大事业，登上了学术的顶峰，当上了院士。

美国金属学会是世界知名的材料信息领域的学术组织，它负责发行的《美国金属学会手册》（ASM Handbook）和《冶金材料学报》（Metallurgical and Materials Transactions）等学术刊物在国际上具有深远影响力。该学会自 1969 年起开始设立会士（ASM Fellow）。2005 年，由于在揭示和阐明先进高温结构材料（包括高温合金和金属间化合物）的组分、工艺以及它们对材料的微结构与力学性能的影响之间的相互关系方面做出的突出贡献，陈国良当选为美国金属学会会士

（ASM Fellow），成为目前中国大陆获此殊荣的第一名学者，新华社、《人民日报》、中央电视台等多家新闻媒体对此都有报道。

他遵循科学发展观，总是站在国际学术发展的前沿，勇于实践，以扎实和渊博的专业知识积累和敏锐的思维，在研究领域发现新问题，在顺境中以发展开创研究新方向，在逆境中则以创新另辟蹊径。他在推动我国金属材料研究进步和发展前沿课题方面，起到了举足轻重的作用。无论在高温合金，还是在金属间化合物和大块金属玻璃研究工作中，都是如此。即使到了古稀之年，他还不辞辛苦，亲自组织和领导国内主要研究单位申报国家重大科研项目，创建产学研平台。作为院士，他完全可以不事必躬亲，但他无怨无悔。由于他出色的工作，他的团队获得了“863”、国家科学自然基金重点项目、军工和北京市重大研究项目等一系列资助，并在各项科研中获得了巨大进展。

陈国良以开放的眼光和胸怀，看待科学研究。他认为当代重大科研工作必须重视广泛的合作，他重视实质性的国际国内高层次学术交流和合作。他和美国C. T. Liu院士长期合作，为我国结构金属间化合物研究的进步和发展做出了重要贡献。在他的带领下，实验室在钛铝合金研究方面与国内的金属所、621所、西安有色院、中南大学、哈工大、钢研院等兄弟单位进行长期合作，共同申请课题和开展合作研究，取得了丰硕成果。在块体金属玻璃方面，实验室也与物理所、南京理工大学、北航、金属所、清华大学等开展了实质性合作研究。他经常组织全国性的研讨会和国际交流活动，以他和C. T. Liu院士为主要负责人组织的第六届蜚声中外的先进金属间化合物与金属材料领域的高层次的国际研讨会，产生了很大的国际影响。此学术会议得到了我国著名材料科学家师昌绪先生以及许多院士和著名科学家的支持，一次会有多达十名院士出席和做报告。

他说，随时随地在各种实践中培养和提高自己的辩证思维能力是最重要最有效的成功途径。对教师来说，这是提高自己的一个最好方法。实践是各式各样的，除学术活动外，休闲活动、看电影、看电视都是实践，都是提高自己思想方法的途径。例如，在体育运动实践中能培养合作共赢思想及抓主要矛盾的工作方法。北科大培养的院士中有许多都是运动健将，很多院士和优秀学者都有体育运动、音乐文学等业余爱好。

他运用辩证法思维方法，分析学科发展和学术梯队发展中出现的诸多矛盾，并站在中华优秀传统文化的思想高度，确立“和而不同”“共赢发展”的工作方法。他认为，青年学术带头人能否做一个帅才的关键在于他的思想水平和文化底蕴，业务水平虽然是基础，但业务水平高的人未必就是帅才。羊年春节，他总结

50余年的工作体会，写下了“三要三不”的为师之道：

一要读书求提高，二要实践写文章，三要严谨帮学生；一不从政做官僚，二不经商为赚钱，三不屑做亏心事。

## 三、根深叶茂常青藤

“根深叶茂常青藤，高飞远眺万重山”是陈国良培养高质量学生的独到标准。前一句说的是要打好基础，拓宽知识面，要有长期提高的能力；后一句讲的是要有精英素质，要有更高的志向，更宽阔和长远的眼界，更强的攀登高峰的使命感。他认为，讲课是重点解决人才问题必备的基础教育，精英人才需要的是名师带高徒式的精心培养。陈国良至今已培养了30余名博士，10名博士后。他指导的博士论文有多篇获得校优秀论文奖。他的博士研究生撰写的论文被评为全国百篇优秀论文，实现了北科大在此奖项中“零”的突破。

陈国良特别重视对研究生、青年教师独立工作能力及科研能力的培养。他总结五十多年的教学经验，开办“做研究做学问的经历与体会”系列讲座，将自己多年积累的宝贵经验传授给学生。在指导大学本科毕业设计过程中，针对学生没有科研经历和动手能力差等问题，陈国良耐心细致、不厌其烦地为学生讲解，从所学的专业知识到科学研究思路、过程、实现课题目标、手段等，无所不至。在中国材料名师讲坛中，陈国良以“遵循科学发展观，不断开辟领域新方向，重要的创新性工作和几点体会与思考”为题，深刻分析了专业领域的发展规律，联系自己的亲身经历，提倡工作创新，到场的学生无不感受到名师的风采。

陈国良说，培养出精英人才、指导出优秀博士论文是师生有效合作的成果，导师主导，学生主动，要发挥两方面的积极性。师生合作的有效度是培养精英人才和培育出优秀博士论文的基础。学生在学习和做博士论文期间要有效地发挥自己的创新性和积极性；导师要有效、及时地给予指导，以身作则，做好学风示范。达到有效合作的具体做法不能千篇一律，要因人而异，因材施教，但导师要深入到博士生的学术研究工作中去，这是发挥主导作用的基础。他身先士卒，总是尽可能参加学生的科学实践，尽管他不可能总在实验的第一线，但他了解实验全过程和重要的细节，发现学生科学实践中的闪光点，并加以深化提高，形成创新亮点，做出自己的贡献。可以毫不夸张地说，他指导的每篇博士论文中都有他的具体学术贡献。

陈国良热情帮助学生，勤谨做学问。他的学术涵养，他的认真踏实使他独具慧眼，也深深地感动着学生。曾有一个研究生的一组实验数据受到一些教师的好评，实验报告转到陈国良手里，他一眼就发现有一个数据被人为修改过，经过陈国良的开导，学生终于认识到改动实验数据的危害性，并对老师的学术功底深为叹服。

材研 03 的研究生彭凌剑说，我作为陈老师的学生，深深地感受到陈老师不仅为祖国的材料科学研究做出了重大的贡献，而且为下一代科技人才的培养呕心沥血。有一次，我的实验要进行淬火特种热处理，陈老师手把手教我，从手持仪器的方法到动作的速度等细节都非常耐心地给予指导。陈老师每天工作非常繁忙，却能这么耐心地指导学生繁杂、具体的工作，令我非常感动；他还亲自为我们研究生教授 X 射线标定方法，指导我们做扫描电镜、透射电镜等实验，教我们如何在实践中发现问题，从最基本的、最基础的知识教起，使我们对材料科学中最基本的技能有了再也难以忘却的理解和记忆。

“如果我们在研究工作中有了什么错误，陈老师不仅能够立刻发现，而且还会细心地和我们讨论，提出可行的解决方案。”王文俊博士如是说。有一次，在王文俊做实验总结报告的过程中，陈老师敏锐地发现他所提供的实验试样成分有问题。经陈老师提示，王文俊立刻领悟，修改了下一步的实验方案。事后，王文俊感慨地说：“陈老师在材料领域中简直什么都懂，而且非常精，思维非常活跃。他提出的方案肯定有研究价值，而他所否定的方案肯定是不可行的。”

正因为陈国良对学生的真实热忱，他的博士生和博士后都对他很有感情，毕业出国深造多年后，还惦记回到实验室工作，或与北科大进行合作研究。

陈国良重视年轻研究人员的培养和教育。他无私地把自己多年的研究领域和课题传给年轻人，帮助他们尽快成长，体现出一个科学家高尚的情操。他对青年学术带头人言传身教，严格要求，花费了巨大的精力和心血。他培养出的高水平的青年学术带头人有多人获得长江学者、跨世纪人才、新世纪优秀人才等称号。作为国家科研计划的负责人，他高尚的人格魅力和精深的学术水平吸引了一大批海内外学者来到了他领导的梯队，形成了一个充满活力的高水平研究群体。

长江学者、现实验室副主任张济山曾是陈国良的得意门生，他的硕士论文获得教育部第一批评选的优秀硕士论文。后来张济山在日本获得博士学位后又回到北京科技大学，在陈国良的指导下做博士后研究。张济山留校工作后，为了帮助和扶持他尽快做出成果，陈国良将自己从 1983 年就开始进行的研究方向“喷射成型新技术”及国家重点实验室用四五十万美元建设起来的、当时国内一流的喷射成型设备交到他手中。在陈国良的扶持下，张济山迅速成长为国家自然科学基金喷射成型重点项目负责人，后来又在陈国良的推荐下成长为北京科技大学第一个长江学者，现在，他已担任实验室副主任，成为一名出色的学术带头人。

近几年来，实验室回来了一大批在国外学习并工作的年轻教授，陈国良把自己新开辟的研究方向，如块体金属玻璃、高硅钢冷轧薄板、多组元无机合金、核电材料寿命等研究领域，分别交给他们，鼓励、要求和帮助他们形成自己的学术特长，互补互助，实现合作研究。

陈国良对青年教师的帮助不计回报。他帮助青年教师拿到新题目，就让他们负责。他从不乱挂名，争取到的经费也是交给题目负责人处理，但同时又在学术上及指导学生等方面，不断给他们帮助，为他们的发展创造更好的条件。

教师的工作具有很强的个体性，但科学和工程的发展又必须强调合作，一流大学的教授必须有团队合作精神，才能有效开展研究。建好学术梯队，团结奋斗，在建设梯队阶段比较难，到出成果阶段就更难。50 年来，陈国良与一批又一批比他年轻的教师一起工作，热心真诚地帮助他们，努力发挥他们的作用，他们中有些和他合作多年，现在都退休了，但与陈国良关系一直很好。

以培养高质量精英人才为自己的责任，以带好学术梯队、造就杰出的学术带头人为最大的光荣，陈国良为国家、为学校做出的贡献必将彪炳史册。

从上午九点到十一点半，两个半小时的采访，已让记者略感疲倦，而陈国良依然精神矍铄。我们怀着深深的敬意，离开了他的工作室。门外，还有在等待同他讨论工作的教师，向他请教学问的研究生。教师节的上午，陈国良就是这样度过的。让记者感到意外的是，下午两点半，在通往实验室的路上，记者又遇到了陈老师——一个 70 多岁的老人，一位大病初愈的院士。

（原载《北京科技大学校报》第 1021 期）

# 苦孩子长成大院士

## ——访中国工程院院士、土木与资源工程学院教授蔡美峰

● 党委宣传部

中国工程院于 2013 年 12 月 19 日正式公布 2013 年院士增选结果，北京科技大学土木与环境工程学院蔡美峰教授当选为能源与矿业工程学部院士。当天下午，党委宣传部、新闻中心采访了蔡美峰。

**记者**：蔡老师，恭喜您当选中国工程院院士，此时此刻您有什么感想？

**蔡美峰**：说到感想，我一定要感谢祖国、感谢党、感谢人民与学校的培养，如果不是新中国成立，不是祖国、党的培养，作为一个农村的孩子，我怎么会有机会进入到大学学习？怎么会有机会出国深造？自 1990 年我从澳洲留学归国，如今回国 20 余年，我从未后悔过。国家给予我出国留学攻读博士的机会，在当时（1985 年）是投入很大的，学成归来我就一定要用所学的知识为国家服务，这个初衷一直从未变过。

**记者**：能谈谈您的成长之路吗？

**蔡美峰：**我 1943 年出生在江苏如东的一个渔村。出生三个月的时候，父亲在一次打鱼的时候出意外过世了，母亲独自拉扯着我们四个孩子长大，非常艰辛。1962 年的时候，我到了上海交通大学读书，学习工程力学。作为一个渔村的农家子弟，能有这个机会当初真是想都不敢想。

1968 年大学毕业，我被分配到了国防科工委一个下属部门，在湖北宜昌待了近十年时间。“文革”过后，研究生考试恢复，我就选择了报考北京钢铁学院，也就是现在的北科大。研究生毕业后，留校任教，1984 年，国家鼓励年轻教师出国学习，我考取了澳大利亚新南威尔士大学的访问学者（后兼攻博士学位），留学 6 年之后又回到了北京科技大学，然后一直任教到现在。

**记者：**在您求学生涯中，哪位老师对您的影响最深？

**蔡美峰：**对我影响最深的是我的导师于学馥教授。于先生在八九十岁高龄的时候还能够提出很有创新性的想法，对于岩石的一些理论依然能娓娓道来。于先生的另一位学生张玉卓去年也被评为了院士，一位教授能培养出两位院士的情况非常少见，由此也可以看出于先生的学术底蕴深厚。

于先生是把我引入采矿专业的恩师，报考研究生的时候，知道我是学习力学的，改行报考采矿专业，他还特意告诉我采矿专业很苦，问我能不能坚持？我很坚定地说能。

于先生带学生，第一个特点是以身作则。他自己不断探索、不断形成新的思想，要求学生也有独立思维的能力、有新思想。第二个特点是深入实践，注重通过研究解决实际问题。于先生对学生在学术、生活方面的要求对我的影响都非常深，我做了老师之后也一直努力学习、传承于先生的为师之道。

**记者：**您能给我们介绍一下您的研究领域和研究成果吗？

**蔡美峰：**我的专业是采矿，我的研究主要有四个方面，一是地应力测量研究技术，二是边坡稳定性优化设计方法，三是露天转地下开采优化理论，四是预测岩爆趋势技术。

对于采矿而言，5 ~ 6 年浅层的矿产早就采光了，需要向更深层次进行开采，这就是深部开采。采矿其实是力学问题，地壳本身存在着地应力，保持着整个地壳的平衡。在开采矿产后，地应力就受到了破坏，如何在开采后尤其是在深部开采过程中保持地应力的稳定就显得十分重要。传统的采矿研究并没有定义地应力，也不会在研究过程中计算地应力，因为非常复杂难以计算。直到 60 ~ 70 年代我国才认识到地应力的存在，我 80 年代去澳洲留学主要就是研究如何测量地应力，90 年代发明了具有自主知识产权的地应力测量技术，在 1990 年回国后我就全力推广了这个技术，目前已经基本得到了普及，这是我的一个研究成果。

另外我还研究深部凹陷开采的问题，露天采矿场的一个重要构成要素就是边坡角，采矿坑要注重边坡稳定性。要是想降低采矿成本，就需要提高边坡角，但是边坡角过陡稳定性就不好，过缓又不利于采掘。所以我研究出了边坡稳定性优化的设计方法，根据优化设计理论来设计边坡角。

我的第三个成果是关于露天转地下开采的研究，当矿产资源埋藏的深度比较大的时候，采用露天开采在技术上还有成本上的困难都比较大，深度开采会开挖出大量的岩石也会占据大量土地。那么针对这个问题，我提出了整套露天转地下开采的优化理论。

地应力会随着深度的增加而线性增长，所以深度开采就会面临高地应力的问题，从而会引发岩爆，也就是人为造成的地震。若在采矿过程中产生岩爆，会造成巨大的损失。我的第四个研究成果就是关于预测岩爆的，我提出了预测岩爆趋势的技术，为深度开采安全的问题做了有益的探究。

**记者：**您的成就让很多年轻人感到敬佩和向往，您对现在的青年教师有哪些建议和期望呢？

**蔡美峰：**从教学角度来说，我觉得青年教师应该与学生保持一种平等的亲密关系，你必须靠你的学识水平给学生提供很多值得学习的东西，给他们树立人品等各方面的榜样，这样他们才会尊敬你。我的学生刚开始都觉得我很严厉，接触以后才觉得我挺和气，容易接近。我很关心他们，特别希望让他们学到真东西，进入社会后能站稳脚跟。

做学问方面，青年教师最重要的是做事要有目标，有恒心，有基础。对于青年教师而言，学校应当着重培养，关心青年教师的发展。青年教师自身也应努力做学问，不为名利，有自己的思维。同时还要避免有很多项目却没学术成果的问题，要善于总结和提升，早日取得标志性的成果。

青年教师做事要本着有益于国家利益、有益于学校利益、有益于专业的原则，坚持不懈地进行下去。学术研究过程中的挫折与失败是难免的，青年教师要学会不断总结提高，努力提升学术成果的高度。

从一个苦孩子成长为中国工程院院士，蔡美峰付出良多，收获良多。他的新年愿望是：祝国家繁荣昌盛，学校人才辈出，团队成果丰硕。

（原载《北京科技大学校报》第 1135 期）

# 拳拳赤子心　科技报国志

## ——访中国工程院院士、新材料技术研究院教授谢建新

● 吴钰重

湖南省有个双峰县，历史悠久，名人辈出，享有“国藩故里，湘军摇篮，女杰之乡”之誉，迄今为止从该县走出了 7 位院士，其中一位就是中国工程院院士、北京科技大学谢建新教授。谢建新于 1978 年考上当时的中南矿冶学院（现中南大学前身）金属压力加工专业，从此与金属材料结缘。1991 年在日本东北大学工学院材料加工学系获工学博士学位。1995 年回国在北京科技大学任教授至今。2001 年被聘为教育部长江学者奖励计划“特聘教授”，2002 年获国家杰出青年科学基金资助，2003 年获全国留学回国人员成就奖，2014 年获全国优秀科技工作者荣誉称号，2015 年当选中国工程院院士。

在业界和学界，谢建新的学术成就蜚声海内外。他兼任国家“十五”~“十二五”“863”计划新材料技术领域专家、国家“十三五”重点专项“材料基因工程关键技术与支撑平台”专家组组长，担任国家“973”项目“高性能金属材料控制凝固与控制成形的科学基础”的首席科学家。他的很多科研成果，对于促进我国在金属材料加工领域的技术发展与应用，产生了重要作用。尽管成效卓

著、硕果累累，但他依然为人低调、淡泊名利，全心投入自己热爱的科学研究中，孜孜以求、追求精益。读书、科研、育人，是他人生的主旋律；严谨、勤奋、低调是他人格魅力的写照。

## 科技报国，服务社会

谢建新始终以国家经济建设和科技发展的重大需求为己任，他以战略家的眼光、科学家的严谨、实干家的务实不遗余力地致力于科学研究向生产力的转化，以期科技报国，服务社会。我国铜资源紧缺，但是每年用于国民经济建设的铜消耗量巨大，2014 年纯铜消费 1100 多万吨，但铜资源 75% 依赖进口。早在 1998 年，铜的价格还相对较低，但谢建新以其宽阔的视野和战略的眼光预测到未来国家建设会非常需要铜资源，铜的价格会大幅上涨，而我国是铝资源丰富的国家，因此他提出了铜铝复合材料连铸直接成形的选题。在铜铝复合材料中，铜占 20%~30%，铝则占到 70% 以上，用来替代百分之百的纯铜，百分之七十的铜被取代后将大幅度节省成本，利用趋肤效应还能获得基本接近铜的导电性能。铜铝复合材料的推广应用将有利于极大地缓解我国对铜资源的需求压力，满足我国经济建设的需要。事实证明他的判断是正确的，我国目前是全球最大的铜消费国，在全球总需求量中占比超过 1/3，过度地依赖进口造成国际市场借机炒高铜的价格，铜原料的短缺已成为我国经济发展的严重制约因素，已经上升到国家安全战略的高度。

谢建新一直把科学研究的方向瞄准学术前沿，以超群的学术敏感和创新精神独辟蹊径，敢为人先。他坚持“人无我有，人有我优”的原则，即使研究相同的材料，也要采用新的技术和工艺。铜铝复合材料就采用不同于传统的方法，传统的方法是在铝棒外面包一层铜皮，将铜皮焊接起来，像包饺子一样，但铜铝结合质量较差。谢建新发明的方法是连铸成形铜管，同时往铜管里连续充入铝液，一步制备出高质量的复合坯料。这样的好处在于液态铝与铜之间有扩散，两者的结合强度会更大，但困难的是，液态铝和铜直接接触有剧烈而快速的反应，生成金属间化合物。因此，技术的关键也是诀窍就在于如何控制两种金属反应的界面，让界面达到冶金结合，同时避免生成脆性大的合金化合物，在后续的加工过程中铜和铝分开。

技术研发过程中出现很多困难，面对困难，谢建新以坚毅执着，不达目的誓不罢休的韧劲带领团队攻坚克难，大胆创新，最终发明了连铸过程固液界面精确控制成套技术与装备，解决铜铝复合材料连铸直接成形关键技术难题。谢建新开发了连铸复合—特种孔型轧制加工—强制润滑拉拔定型，高效生产铜铝复合电力扁排和扁线产品的短流程新工艺。解决了双金属凝固行为、界面层结构和性能、双金属加工协调变形等基础性问题，突破了连铸过程、界面反应、轧制变形制度、复合产品退火等精确控制技术，研制了连铸复合设备、连铸过程和连铸质量控制系统、产品加工成形和在线连续退火等关键装备，实现了工业化生产。与国外产品相比，研发的复合电力扁排和扁线界面结合强度提高 10% 以上，工艺流程缩短 40%~60%、节能 30%~40%、综合成材率提高 20%~30%、成本降低 30%~50%，有利于实现大规模替代纯铜产品，推动以铝节铜，缓解铜资源紧缺问题。美国“Light Metal Age”杂志约稿进行了报道。相关成果获 2014 年度国家技术发明二等奖。

## 实践促科研，转化助生产

谢建新一边在实验室做基础研究，一边注重推广应用研究，他一直强调科学研究要加强技术转化力度，重视产学研相结合，以科学研究推动技术发展和国民经济的发展。科学技术并不能简单地等同于生产力，科学技术的应用与推广需要通过实践反复检验。2006 年铜铝复合材料已完成实验室的原理研究，开始到企业做中试，适逢铜价上涨得特别厉害，铜导体材料生产企业面临着巨大的成本压力，很多企业找到谢建新希望寻求合作。谢建新对科技成果的实践转化有着独特的认识，他选择合作企业有自己的原则，更看重技术的生命力，考虑企业是否具备相关的技术人才和基础，是否具备社会推广能力。这种基于长远的考虑打通了材料生产到应用的所有环节，使产业化的过程更加顺利。

从实验室里的原理研究到产业化过程中会出现很多问题，因为在实验室里的规格小，试验不连续，但到了企业规格成倍增加，要求实现连续生产。规格的增大造成了生产控制难度成倍增长，连续生产时产品质量稳定性和一致性控制成为技术瓶颈。例如，在实验室做十米长的样品，温度等参数变化很小，但在企业中 24 小时连班生产，变化的放大对产品质量的影响很大。企业的连铸过程至少要三天三夜，如果稳定性控制不好的话，产品质量就会降低，所以对自动化控制和检测的要求非常高，困难也比较多。谢建新始终坚持亲力亲为，负责工程化整体方案设计、关键设备设计，制定工艺试验研究方案，组织团队指导、参与设备安装调试和工艺试验研究。他注重培养年轻老师解决工程问题的能力，经常教育年轻老师“搞科学的不能天天待在办公室，要多去工程一线解决实际问题。”他提倡团队合作精神，建立实验室的微信群，每当有老师遇到技术难题时，他和其他老师都在微信群里一起讨论解决。在谢建新的带领下，他的团队克服重重困难，为企业提供成套工艺技术和设备方案，指导生产线建设，建成生产线后继续提供技术指导，协助产品开发和应用研究，过硬的技术和知难而进、排除万难的精神赢得合作企业的良好口碑。

铜铝复合材料实现了规模工业生产，不仅推动了技术进步，更大幅度地节省了企业的生产成本。为了有利于新产品的推广应用，谢建新牵头制定了 2 项国家标准《连铸轧制铜包铝扁棒扁线》和《连铸铜包铝棒坯》，并已获得美国 ASTM 协会批准，正在制定相关国际标准。铜铝复合材料的推广应用对缓解我国铜资源严重短缺，保障国家资源安全具有重要的意义。

梅花香自苦寒来，宝剑锋从磨砺出。谢建新几十年如一日，不忘初心，勤恳耕耘，致力于推动产学研相结合，取得累累硕果。他荣获国家技术发明二等奖 1 项，国家科技进步二等奖 2 项，国际学术奖励 2 项，省部级科技进步一等奖 6 项、二等奖 2 项。发表 SCI、EI 收录学术论文 200 余篇；正式出版专著 5 部、译著 1 部、教材 1 部；申请国家发明专利 80 项，其中已获授权 61 项。铜包铝复合材料连铸直接复合成形、高性能铜及铜合金管材短流程高效制备加工、高性能铝型材挤压成套工模具设计制造、等温挤压等技术已转让 20 家企业进行产业化或中试开发。还荣获国家级教学成果一等奖 1 项，省部级教学成果一等奖 1 项、二等奖 2 项。

## 言传身教，培育桃李

尽管科研任务繁重，但谢建新还是亲力亲为地指导学生培养的每一个环节。无论是本科生还是研究生，从课题选题到中期汇报再到毕业答辩，他认真听取学生的每一次课题进展汇报，更正实验细节，亲自修改每篇报告和论文，课题组的学生到毕业时都会积累厚厚的一沓经过他仔细批改的文稿。尽管有些学生的指导老师是课题组的其他老师，但作为梯队的大家长，他了解和关心每一位学生的学习情况和研究进度，对他们的研究课题也严格把关。

谢建新一直强调学生选择课题要有科学意义和实际应用价值，鼓励学生从应用型课题中提炼科学问题，从理论型课题中寻找应用价值。他特别看重学生分析问题和解决问题的能力，注意培养研究生的动手能力。他指导的学生研究的课题大部分都是与工程实践相关，需要和生产一线结合，涉及设备的设计、组装、维修以及调试等都由学生自己动手完成，很多学生毕业后除了具备材料方面的知识外，还具备了机械电器等相关知识。谢建新重视研究生的国际化培养，鼓励学生参加国际会议，派学生去国外大学交流，了解学术前沿的动态，鼓励学生发现前沿的问题。研究室的一个重要研究方向是研究 Cu-Al-Mn 形状记忆合金，他鼓励该研究小组的成员前往该研究领域的热门研究机构日本东北大学交流学习，借鉴同行的先进研究经验，以便更高效的开展研究工作。

谢建新注重科研思路，经常告诫团队的老师和学生“好的思路往往比结果更重要”，提倡用科学的方法研究科学问题，在研究生确定研究课题前，他要求学生进行一段时间的预研实验，通过预研实验确定课题的可行性后，最终确定选题。当课题中遇到困难时，他都会与梯队里的其他老师一起研究讨论，群策群力，共同解决。他鼓励学生有不同的学术观点，当学生在学术上与老师存在异议时，他会让学生摆出更多的证据来佐证自己的观点，共同讨论商榷。他要求学生保留实验中的实验原始数据，重视实验中的异常，他告诉学生很多科学发现都源于异常的数据，因为异常数据可能代表着新的发现，通过对他们的分析，可以探索出其中蕴含的不同机理，不能凭主观意愿轻易舍弃掉这些异常数据。

谢建新不仅严格要求学生，更以身作则、严于律己。只要没有其他事务，每天他都在实验室里，学生给他发短信、打电话都能找到他，即使做副校长的时候，他白天忙于行政事务，晚上也会到实验室，忙到 11 点多才回去。不论寒冬酷暑，他都是实验室走得最晚的人，这一点让很多学生自愧不如。而他对学生论文的修改更是让学生汗颜，一篇期刊论文一般修改三五次，多则十余次，每次修改都是字斟句酌，连标点符号都改得清清楚楚，比学生自己都细致。他正是以勤奋的态度、严谨的作风，言传身教，培养出大批基础理论坚实、能解决科研和生产实际问题的优秀人才，他的大部分学生已经成为高等学校、科研机构和企业的科研、教学骨干。很多学生在毕业后很怀念在学校得到谢建新指导的时光，他的学生都说：“读书时谢老师严谨、细致的治学态度给我们打下了深深的烙印，让我们在工作中受益匪浅。”

虽然谢建新在科学研究和教学领域都取得了突出的成绩，但他始终保持着好学、谦虚、朴素的作风，对待学术问题求真务实、勇于创新；对待身边的人以诚相待、和善质朴，受到老师和学生的深深爱戴，他用自己的全部精力在科技转化为生产力的实践道路上不断创造着辉煌。

（原载《北京科技大学校报》第 1172 期）

# 躬耕不辍　孜孜前行

## ——访北京市师德先进个人、材料科学与工程学院教授杨平

● 佟瑞雪　李　伟

在日前公布的“北京市师德先进个人”称号名单中，北京科技大学材料学院教师杨平名列其中。怀着对一位优秀教师的崇高敬意，记者走近了这位备受学生赞誉的教师。

### 学高为师身正为范

杨平是我国恢复高考后的第一届考生。他于 1982 年毕业于北京科技大学（原北京钢铁学院）金属学及热处理专业，后又攻读本校金属材料专业硕士研究生。毕业后，杨平选择了留校做一名教师。的确，教师这个职业适合他平和谦逊的性格。就这样，杨平开始了他为之奋斗二十余载的教育事业。

1992 年，杨平由于表现突出，获得了由学校推荐公派出国留学的机会，而

他也是同时期留校的几名同学中第一个获此机会的人。在机遇到来的同时，挑战也接踵而来。杨平即将前往留学的是德国亚琛工业大学，这对于以前从未接触过德语的杨平来说无疑是一道难题。但是，杨平在零基础的条件下，通过努力及在同济大学留德预备部的短期培训，克服了语言的难关，通过了中、德双方的德语考试，进入亚琛工业大学金属学及金属物理研究所攻读博士学位。

在当时，出国留学后留在国外工作是一件很平常的事，但是国外的优越条件并没有打动杨平。他一直不忘自己公派留学生的身份，时刻以“自己是政府公派资助留学生”提醒自己。在德国五年，杨平没有递过一份找工作的求职信，他把全部的精力都放在了读书上。1997 年他顺利取得博士学位后，就启程回国，继续他的教师生涯。每当有人问起他为什么不留在国外，或对他无意留在国外的说法表示怀疑时，他都谦逊地说自己不适合。

学成归来后，杨平就一直在北京科技大学材料学系任教，主讲“材料科学基础”及“材料科学与工程基础实验”两门必修课。他做事认真严谨、诚实谦逊、踏实稳重、重视细节，甚至有些过于细致。在教学中，他认为育人者必先行为示范，处处为人师表；在科研中，他追求严肃认真，扎实创新。杨平的性格不是争强好胜型，他不计得失，很多时候宁可牺牲自己的利益。平和的心态，扎实的作风，让他取得了成功，赢得了学生们的爱戴。

手执教鞭二十余载，杨平收获了很多成绩和荣誉：教育部科技进步一等奖、北京市高等学校教学名师奖、北京市科学技术三等奖等。杨平说，荣誉是对他工作的认可，更激励他做更多的工作，他把这些当成是对自己的鞭策。

## 解读“天书”的人

杨平所执教的“材料科学基础”课程一直以来都是令该专业学生头痛不已的一门比较难学的课，其教材被同学们戏称为“天书”。而杨平就成了这本“天书”最好的解读人之一。

“材料科学基础”作为一门学科基础课程，其中概念、定理等较为繁多，涉及的知识面也比较广。杨平针对学生们对抽象概念理解能力较弱、记忆较困难等问题，仔细研究备课，用通俗易懂的语言讲述，使学生们在简洁中学会复杂的知识。他还将生产应用中的实际问题融入教学中去，用实物实例为大家讲解。他在上课后常会问学生的一句话就是“你学到了什么?”无论讲授内容的难易、学生资质的优劣，杨平都希望通过上自己的课，让学生有所得。

在教学过程中，杨平一直在探索吸引学生兴趣的方法。例如在讲述一些以人名命名的概念、现象时，他就将名称的出处、材料学家的生平、背景等介绍给学生，增添工科课堂的人文历史气息。对基础较薄弱的学生，杨平除了再为他们进行细致的讲解外，还让学生讲给自己听。对于比较优秀的学生，杨平从自己的科研课题中抽取较为简单的部分，让他们自己研究钻研，在应用中发现、解决问题。学生们走进实验室亲身参与后，就会带着目的，全面地学习钻研。就在今年，杨平带的两名学生顺利获得保送清华大学攻读硕士、博士研究生的资格。

在强调素质和综合能力培养的今天，杨平并不仅仅满足于完成教学计划中的室内课堂教学任务，他希望能将学生的自主学习过程作为课程的第二课堂，切实提高学生的自主创新能力。对此，杨平以“学生自主学习、提高创新能力”为目的，提出“一张光盘一个课堂”的理念，给学生一个自主学习的平台。光盘的内容非常丰富，几乎囊括了材料科学基础的全部内容，包括课件、习题、金相组织照片等。所有这些，都经过杨平和同事们的认真搜集、筛选和加工。一些经典的文献、著作，材料名人的典故、事迹，教师所写的科普、科研报告，材料学科的计算软件等等，都可以在这一张小小的光盘里找到。这个第二课堂与教室内的第一课堂相互补充，为学生们提供了不少方便。该项目也获得了北京科技大学第二十三届教学成果奖一等奖，现正在申报北京市教学成果奖。

## 沟通交流教学相长

杨平谈起，几年前有一位学生，给他留下了深刻的印象。那位学生在重修后考试时非常担心自己仍不能及格，于是就写了一张字条给杨平，说自己学习努力，每次上课也都坐在前排，可还是有很多问题弄不明白。杨平收到字条后感触很深。他自问：是不是自己的教学还存在一些问题，为什么学生付出了努力却没有得到等值的回报？同时他又有深深的愧疚：这样一位每次都坐在前排的同学有疑问自己却一直没有察觉，那其他那些后排的甚至是没出席的学生呢？他们是不是也存在很多困惑未解？这件事深深地刺痛了杨平，也让他下定决心一定要打开师生之间沟通的大门。

每周一次的答疑时间，学生们都可以向他自由提问。虽然参加答疑的学生不少，但杨平渐渐发现，上课时不积极的学生仍旧很少主动前来。针对这种现象，杨平采取了“你不来，我请你来”的办法。他在上课时就注意学生们的表现和反应，在答疑时间里把课上表现不太积极的学生找来，询问他们遇到的难点、问题，再一一进行解答。刚开始，学生们都比较拘谨，也不太愿意说出自己的问题。杨平就从与学生聊天开始，讲自己的故事，也让学生说他们的故事，让学生没有负担，慢慢地向他敞开心扉，遇到问题能主动提出。杨平说，他从不说“这里你应该会”或者“你应该清楚”这样的话，这会给学生压力，教师应该疏导、减轻这种压力，否则对学生今后的再深造、就业会产生很大的负面影响。

有位学生曾经想送给杨平一本书——《邮票上的物理学史》，虽然杨平没有收学生的礼物，但是这本书给了他很大的启发。小小的邮票中蕴藏了这么多物理名人背后的故事，材料学界也是才人辈出，自己何不以一种更生动更吸引人的方式抓住学生们的兴趣？之后他就收集整理了材料名人典故等大量的教学资源，受到了学生们的欢迎，也收到了良好的教学效果。

杨平说，学生使自己成为一名合格的教师。自己教学生知识，同时也从学生身上发现自己的不足，提升自我。金杯银杯，不如学生的口碑。杨平和蔼可亲、做事认真、处处为学生着想的工作态度，受到了学生们的一致好评，五次被学生评为学校“我爱我师——我心目中最优秀的老师”称号。

“踏踏实实做人，认认真真做事”是杨平的处世态度。他希望自己的学生走出校门时能有北科大的烙印，品行素质能让人认出这是北科大的学生。他说，做好一名教师，对得起自己的学生，就是自己一直以来的追求目标。

（原载《北京科技大学校报》第1040期）

# 有法无天　德行无言之教

## ——访北京市师德标兵、东凌经济管理学院教授高学东

● 董国翔

深秋，清风携银杏叶片缓缓而下，铺洒一地醉人的金黄。在这收获的季节里，无数教师经过辛勤的耕耘摘下了累累硕果。他们当中有很多人脱颖而出，成为高校教师的领头人，高学东就是其中一位。近日，高学东被评为“北京市师德标兵”，作为一名躬耕在教育科研一线的青年教师，是什么能让他获此殊荣呢？记者怀着敬意走近高学东，探寻荣誉背后的故事。

高学东的人生经历颇有一番传奇色彩。他15岁时就以县前三名的成绩考入南开大学数学系，以六次考试成绩满分的成绩毕业，后进入北京科技大学数力系攻读硕士学位。1988年高学东被公派赴苏联白俄罗斯国立大学攻读博士，在他的导师戈巴索夫和基里洛娃夫妇的指导下从事最优化方法的研究。他所提出的“步变结构理论”成功解决了一类最优控制领域难度较大的反馈综合控制问题。高学东在苏联白俄罗斯国立大学四年取得的成绩，让戈巴索夫这位世界级学者预

言：只要给他机会，他便有震惊世界的成果。

在总结自己这段经历时，高学东深有感触地说："在一件事上要想成功就得加倍努力。"在留苏期间，与高学东同乘汽车的乘客和售票员几乎都认识他，因为这个中国小伙子总是在紧张的思考中坐过站，直到终点才"蓦然回首"。同时，由于平日里在学习上的过分投入，他在宿舍厨房里曾烧坏多只铁锅，同学、朋友戏谑地称他为"拼命三郎"。回国几年后，高学东在教学科研中努力拼搏，屡创佳绩，于 1997 年被晋升为教授。在 1998 年，年仅 35 岁的高学东成为北科大有史以来最年轻的博士生导师，同时被授予我校学科带头人称号。

获得如此美誉并没有让高学东产生丝毫的骄傲，他反而越发的谦逊。正是这种谦虚的态度和不断进取的精神使得他在学术的道路上越走越远并创造了一个又一个春天。1998 年，高学东在白俄罗斯举行的"动态系统稳定性、控制与最优化"国际学术会上获"青年科学家"奖；2004 年他主讲的"管理信息系统"课程被评为北京市精品课程；2006 年他获"北京市高校教学名师"称号。如今，他已在学术刊物上发表论文 100 余篇。这些对于高学东来说既是荣誉更是责任。高学东坦言，在成为学科带头人后，压力非常大，花费了大量心血思考学科定位和探索学科发展方向，辛勤的耕耘换来了丰收的硕果，在他和同事们坚持不懈的努力下，北京科技大学管理科学与工程学科获得了"北京市重点学科"称号。

"道，是人的能力；德，是人行为的方向。二者相当于物理学中功和力的关系，只有方向都是正向才会产生最大的功。而教师是社会方向的传递者，担有决定社会未来的作用，所以师德要比一般的德更重要。"谈到师德的重要性时，高学东如是说。他认为在教学科研中认真细致的工作态度是最基本的，也是最重要的。高学东对工作认真严谨的态度体现在日常教学工作的每一个细节上。他经常会针对幻灯片上的字体、颜色来回琢磨；在每一门新课前，他总是亲身到教室不同角落感受听课的感觉，把幻灯片、音量调适到最合适的状态；还曾组织同系的老师分别坐在教室的角落，对课件的字体、颜色、背景做分组测试，观察教学效果；对博士论文的修改、定稿等具体工作，他都精益求精，细小到一个标点符号的错误都不放过。高学东严谨求是的态度深深地影响着和他一起工作的教师和他教过的每一名学生。

据一名经管学院 06 级本科生回忆，去年她被选入学院精英班，老师要求他们每人找一名本学院的教授或副教授做自己的导师。这名学生怀着崇敬的心情找到了高学东，而此时的高学东已经被研究生、博士生的指导工作忙得无法脱身。没想到高学东亲切地接待了她并认真和她探讨了相关的学习问题。为了方便这名学生以后联系，高学东不但把自己的联系方式告诉了她，还把自己详细的时间表告诉了她。正是由于高学东老师的细心教导，该学生当学期学习取得巨大进步，考入了年级前三名。

除了在课堂学习上的交流以外，高学东还经常带学生一起做社会科研项目：既有科学前沿项目如电信客户聚类分析，多元非线性优化分析等；也有一些实用型项目如济南钢铁高炉控制系统等；现在还正在研究解决钢板裂纹问题。通过这些实际的研究不但使学生们掌握了学科科研知识，了解了科学前沿，也学习到了解决实际问题的经验和方法，从而真正提高了学生科研能力。

如果说严谨认真的态度是高学东在科研和教学上取得重大成功的法宝，那么人生的理想和信念就是支持他不断进取、勇攀高峰的精神支撑。作为一个如此博学而又德才兼备的人，他的人生信念是什么呢？高学东说：“我的人生信条很简单，有法无天。有法是指所有科学研究和社会活动都得遵守客观规律，遵守社会规则；无天是指不迷信权威，敢于挑战学术传统，敢于探索研究。”这是一种身处尘世而独立于天地间的旷达与自信，也是创新精神的一种体现。在学术面前如此锋芒锐利，面对人生和生活却又显得那么淡定从容。在谈及人生理想时，高学东说：“我只是想做一名教学有道、育人有德、受学生爱戴的人民教师。”“我对现在的工作非常满意，每天早早地来到办公室，只要坐在这里我就感觉非常高兴。”

这就是高学东，既有挑战权威的自信，也有甘为园丁的朴拙。他对待生活，简单自然；对待学术，严谨勤奋；对待学生，细心慈爱。正是这些品性如春风化雨般无声地影响着身边的人，无需过多的喧哗，一言一行，足以传德至教。

采访结束，天空已呈墨色，校园依旧静谧，主楼前的主席像在葱郁的松柏和微微的秋风中更令人敬畏。它，标志着北科大辉煌的过去；而在它的身后，还有一群和它一样高大的教师们，他们正努力创造着北科大的现在和将来。

（原载《北京科技大学校报》第 1045 期）

# 用专业精神为神圣智业

## ——访北京市师德标兵、东凌经济管理学院教授魏钧

● 章东辉　李　伟　邢华超

在第 26 个教师节前夕，“北京市师德先进个人”评选揭晓，北京科技大学东凌经济管理学院魏钧教授获得“北京市师德标兵”称号。提起这位年轻的教授、博导、系主任，经济管理学院的师生，个个都竖起大拇指。

### 立人达人尽师德

2001 年，魏钧以优异的成绩考入清华大学经济管理学院。还在博士一年级时，他就获得了清华大学管理学院最高奖学金“中鼎奖”。2003 年，年仅 29 岁的他就跻身于全国十佳企业培训师行列。2005 年 9 月，魏钧博士毕业后来到北京科技大学东凌经济管理学院任教。此后 4 年，他从讲师连续两次破格晋升为副教授、教授。2006 年，魏钧开始担任工商管理系副主任，2008 年担任系主任。

立人达人尽师德。作为一名教师和基层领导，魏钧了解学生的需求，他不但关心学生的学习，更关心学生的成长，帮助学生及早确立学习、职业规划，确定人生定位及目标。

每年 3 月份，考研成绩一出来，魏钧就组织召开工商管理系考研、出国、保研经验传承会。他说："这是关系到学生一生的决策，晚一天也不行，一点也马虎不得。"别人考研讲究一个"录取率"，而魏钧却讲究"三率"：通过专业教育，让一、二年级的新生树立考研意识，让他们有"志愿率"；学生三年级时，他组织各种讲座，让学生明确为什么考研，讲究"进场率"；备考期间，他又积极动员、鼓励，提供各种方便条件，提高学生的"考取率"。"三率"贯穿整个四年的大学生活，学生们受益匪浅。

善于捕捉机会，培养学生的爱国热情和社会责任感，是魏钧做学生工作的又一大特点，替代枯燥无味的政治说教，他寓教于乐，思想政治工作开展得如火如荼。

2009 年 9 月，为迎接祖国 60 华诞，他策划了"工商团队技能大比拼献礼活动"，通过以团队语言、团队歌曲、团队形象三种形式，让学生们在活动中实现团队角色认知和团队规范统一，锻炼学生团队协作共享的技能，激发了全体师生的爱国热忱。

2010 年 4 月 14 日，青海玉树发生地震后，魏钧特别策划了"工商学子赈灾筹资拍卖会"活动。他借来锣鼓，摆好桌子，组织学生以拍卖的形式捐款。拍卖会上，每位学生拿出一件拍品，10 元起拍，200 元封顶。学生们有的拍卖自己的小物品，有的拍卖智慧，有的拍卖力气。魏钧则拿出自己的一套图书，一套 VCD 光盘，一幅画，带头参加活动。一个来自玉树灾区附近的藏族女同学，看到大家热火朝天的拍卖场景，感动得哭着拿出父亲送她的戒指："这是我父亲在我 18 岁生日送给我的，我拿出来拍卖，代表家乡人民感谢大家的深情厚谊。"拍卖共筹得 4680 元善款。这些钱带着 100 多名学子的心意，在灾后 54 小时送达了灾区。

作为系主任，魏钧的时间表安排得满满当当，除了上课，做行政工作，还要安排时间搞学生活动。2010 年春天，他带学生来到红叶岭长城，开展"长城长，工商强"登山活动，师生们在长城上，大声承诺："为中华崛起而努力读书！为祖国健康工作 50 年"。望龙台上承诺、腾龙架上狂舞、许晴亭上放歌、佛手谷中欢聚、红叶岭里拔河等系列的活动，让学生们深切感受到学习和生活的快乐，认识到健康生活、发奋学习是对社会、家庭的基本承诺。

在魏钧的示范作用下，工商管理系的各种活动开展得生龙活虎，朝气蓬勃。

2009年，他带领的集体独揽了学校两项最高荣誉："2006-2008年度师德先进集体奖""2006-2009年度先进集体奖"，2010年再次获得"2009-2010年度师德先进集体奖"。

## 科学执教显师能

魏钧常说，教师要向对待科研一样对待教学，提升执教能力需要不断地投入时间和精力。

听过魏钧课的人都知道，他每次上课时都会搬来一套重达40斤的JBL Professional演讲专用音响，并为学生回答问题准备两只手持麦克风。在谈到为什么要在普通的课堂教学中使用如此专业的音响设备时，魏钧说："我追求的不是能听见，而是有震撼力。"魏钧坚信，教学不是平面技术，而是一个立体技术，需要先进的技术支撑。专业的教学水平，使得魏钧在本科生网络教学评价中连续两次位居全院第一名，并在2008年荣获"我爱我师——我心目中最优秀的教师"称号，由他主讲的"人力资源管理"一课也荣获校级精品课程和免检课堂。

在课堂教学中，魏钧重视创新。他采用合作学习模式，开创"LPD"教学法，提高学生的综合素质。他十分重视科研成果进课堂。他先后主持国家自然科学基金2项，获得教育部人文社科基金1项，他将这些宝贵的研究成果，开发成情景模拟视频录像、企业案例录像，投放课堂，使科研形成对教学的强大支撑。教学中，魏钧善于引导和启发学生的学习主动性和兴趣点，无论是"管理研究方法"，还是"组织行为学""人力资源管理"，经由魏钧演绎的知识，变得极富吸引力，引人入胜。06级硕士生这样评价魏钧：魏教授能根据学员的需求调整教学内容，知识、工具并重，对我们做人做事业有很大指导。

魏钧充分重视教学手段创新，他创建的"人力资源管理"网络学习平台获得计算机软件著作权，达到国内先进水平。该平台可以上传与下载学习资料，实现师生互动，学生能够在线收到教学视频。他不仅严格要求自己，还带领工商管理系教师共同钻研先进教学方法和手段，定期举办教学经验交流会。目前，工商管理系已荣获1门国家级双语示范课，1门北京市精品课程、1个北京市优秀教学团队等诸多荣誉。

2009年，魏钧负责主持了北京高校第六届青年教师基本功比赛评价体系和案例研究。研究中魏钧开创了具有先进教学理念的"三维课堂评价体系"，成功引入学生评委，构筑了"双主体评价系统"，得到了国内教育界的广泛赞誉。北京市教委的相关领导曾这样高度评价："我从事教务研究和教务管理工作十余年，这是我看到的最好的教学研究报告！"他仔细研究青年教师基本功比赛时的录像，将其提炼出 236 个技能点，分门别类加以整理分析。明年年初，魏钧的《高校课堂教学技能》一书也将出版，这是他教学研究心血的结晶。

魏钧不仅专注于自己教学水平的研究和提升，还致力于提高全校青年教师的教学水平，将自己的教学科研经验毫无保留地与同事们分享。作为一名优秀教师代表，他连续三年为学校新教师做教学技巧讲座，深受欢迎。

## 智慧育人见师艺

师艺是执教之魂。在魏钧的理解中，"艺"是创造性劳动。一名教师，要提高师艺水平，不光要有爱心，还要有智慧。魏钧以精湛的专业素养，先进的教育理念，将教师这份神圣的职业，演绎成为一门快乐的艺术，一门智慧的艺术。

上课点名，是教师工作中必不可少又令人头疼不已的工作，一个个点名，既浪费时间，又容易引起学生的反感。魏钧则使用"桌牌法"。上课前，他做好桌牌，写上学生的名字，要求学生按桌牌固定座位。谁来谁没来，做教师的一目了然。学生从此不必早来占座，同时桌牌会轮换，学生都有坐第一排的机会。有了桌牌，上课提问、学生发言，人和名都很容易对上。几年来，魏钧的桌牌已经换了好几个版本，新版桌牌的背面，有的印着弟子规，有的印着校训、系训、班训，还有的印着班里的好人好事甚至歌词。魏钧既高效完成了点名工作，又达到了师生间的尊重和沟通。每门课结课时，常常有学生围着他要桌牌，请他签字，作为纪念品收藏。

2006 年，魏钧担任系副主任并主持系里的工作，上任伊始，他就发现经管学院的学生在分专业时，大多喜欢挑时下热门的金融、会计专业，工商管理专业明显被冷落。怎样才能让学生更多地了解工商管理专业、选择工商管理专业？经过一番思考，魏钧采取了两个措施。

首先，开设"工商大讲堂"，请业内知名人士、企业家，给学生做营销策划方面的讲座，开拓学生专业视野，让学生从活生生的案例中认识到知识能够创造财富。在短短两年多的时间里，他已为学生举办"工商大讲堂"20 余期，第二课堂和第一课堂相互补充，相互促进，极大地丰富了学生的学习生活，受到了学生们的广泛好评，扩大了工商管理专业的影响力。

第二个措施是举办"工商杯"商业演示大赛。2008 年，魏钧在全校范围内策划举办了“工商杯职业技能——商业演示大赛”，掀起了一场全校学生职业技能学习的热潮。他希望通过这种以赛促学、赛训结合的活动，引领了全院的教学新文化，在全校范围内大震工商管理专业的名声。工商杯大赛一个专题，六次活动，每次活动，魏钧都亲自策划，竭尽全力追求完美。他请来业内商业精英罗兰贝格项目总监作实践演示。他本人也披挂上阵，给学生做专业演示报告。比赛采用赛训结合的方式，初赛，复赛，决赛各培训一次，比赛时双机位全程录像，在全校范围内影响极大，吸引了机械、文法等各路学子参加，激发了学生们的斗志。招生就业处领导看了比赛后，激动地说：“有这样高素质的学生，我们的就业工作还愁啥!”

比赛给学生们带来了丰厚的收益。颁奖典礼上，学生桂刚捧着魏钧为他定做的镶嵌着他主持活动时的照片的水晶相框，爱不释手，魏钧一句“我们将永远记住主持人的风采”，更让他激动不已。

商业演示是北大国际 MBA 班的一门专业课，而魏钧却将它引进到本科教学中，引进到学生的大型活动中，巧妙地将学生纯娱乐性趣味活动转变为知识性、趣味性活动。他利用赛训结合的方法，让参赛者、亲友团，甚至看热闹的人都受益：工商杯比赛一等奖获得者吴筱，现就业于国际著名的普华永道会计师事务所；另一位参赛选手卢磊现就职于一家国际制药企业，他在入职培训中凭借在校期间学到的商业演示技能，获得实习生评比第一名的好成绩，他说这一成绩完全得益于工商杯大赛得到的训练。

“师德是从教之基，师能是立教之本，师艺是执教之魂。”魏钧用自己的智慧，自己的努力，自己的行动，很好地诠释了教师这三点最基本的也是最至高无上的标准。

（原载《北京科技大学校报》第 1074 期）

# 妙手丹青绘师篇

## ——访北京市教学名师、土木与资源工程学院教授李长洪

● 李 洁

在本科生眼中，他是个幽默风趣、学识渊博、开朗豁达的老师；在研究生眼中，他是个治学严谨、鼓励创新、真理至上的导师；在同事们眼中，他是个爱岗敬业、为人正直、宽容大度的朋友……

“师者，传道授业解惑也。”李长洪用心描绘着自己钟爱的教师事业。

## 走上讲台：缘起儿时教师梦

李长洪，1986 年毕业于北京科技大学采矿工程专业，并留校任教。边工作、边学习，李长洪于 1993 年获硕士学位，2000 年又获博士学位。现在的李长洪已经成长为副院长、教学委员会主席、岩石力学与工程学科梯队负责人、教授、博士生导师。

当记者问道，您为何选择教师为职业时，李长洪微微一笑：“教师是我毕生最愿意做的职业！”

从孩童起，看到手持粉笔，站立于三尺讲台上的老师，李长洪心中就涌动着一个愿望：“长大后我也要成为一名光荣的教师！”教师这两个字已经在他年轻而懵懂的心中扎了根。八十年代初期，高考在即，他的班主任语重心长地对他说，去学工科吧，国家经济建设急需大量的应用型人才！压抑住想要报考师范学院的想法，他毅然决然地报考了北京钢铁学院，成为这个知名工科院校中的一名佼佼者。毕业后留校工作时，他欣喜若狂，能将建设祖国与教师梦想结合起来，在他认为是自己一生最大的幸事。放弃其他功成名就的机会，钢铁学院多了一个一心向学、用心教学的好教师。

“我愿做一个辛勤园丁，为国家培养更多的应用型、创新型人才！”流走青春，流不走为教育事业甘心奉献的信念；淡了青丝，淡不了三尺讲台上挥洒自如的豪情。二十多年努力学习、埋头苦干的春夏秋冬，几千个醉心科研、创新教学的日日夜夜，李长洪在科研和教学岗位上结出了累累硕果。

## 倾情教学：业精于勤

李长洪长期从事采矿和岩石力学工程领域的教学与科研工作，先后开设了“岩石力学”“岩石力学与工程”“岩土工程特殊施工法”“高等岩石力学”“混凝土强度与变形理论”“地下工程稳定维护原理”“岩土工程监测与测试技术”“岩土工程专题研究”等多门本科生、硕士生和博士生课程。对每一门课程、每一堂课，他都查阅大量的资料，对授课的内容、课件进行认真的准备。李长洪讲授的课程内容丰富，语言诙谐幽默，富有感染力，能够充分激发和培养学生的创新思维能力。很多上过李长洪课的学生，多年后回忆起该课程的授课过程，均记忆犹新。

在李长洪的脑子里，教育教学改革就像一盘正在下着的围棋，每走一步都是经过通盘考虑的。他带领教学团队制作的“岩石力学与工程多媒体教学课件”，因内容全面、形式多样、素材制作精美，受到广大学生的热烈欢迎。这个课件被学生们评价为：“以 PPT 和动画为主要形式，配合实物和模型，内容详实、全面，是集实物、模型、录像等多位一体的教学平台。我们随着老师的讲解，一步步地读懂、了解教学内容，激发了学习兴趣，也对自己的专业更有了深层次的理解。”李长洪创新地打造了“岩石力学与工程”这门课，在教学改革中迈出了坚实的一步，让课讲得更精彩，让学变得更有趣。此课程 2009 年荣获“国家级精品课程”称号。

在教学过程中，李长洪大胆地进行创新性和实践性教育教学改革，采用启发式、互动式、讨论式和研究式相结合的教学方式，强调基本理论、基本知识和基本方法的教授与实践能力和创新能力培养并举。作为一名优秀中青年骨干教师，李长洪及时将科研新成果引入教学活动，使教学内容具有时代感和学科前沿性。他说，现在的学生对教师的要求越来越高，他们不欢迎教师对教材的机械背诵、对知识的乏味堆砌，他们希望听到的是教师对课程的真知灼见。作为专业课教师，只有亲身从事科研实践，才会在教学中自然流露自己的研究心得，讲课才能更加得心应手。引用教师亲自参加完成的科研成果组织教学，不仅能够缩短学生理论知识与实际科研工作的距离感，更能激发学生的成就感、自豪感和使命感。

## 醉心科研：行成于思

在创新教学取得成效的同时，李长洪的科学研究也收获硕果。近 20 多年来，他先后参加、主持完成了国家级、省部级和横向科研项目 60 多项。在岩石力学与工程、采矿方法与采矿工程设计优化、矿山地应力测量与地应力场分析、矿山井巷支护与岩体加固、深部开采动力灾害预测及防治、深凹露天矿高陡边坡稳定性监测与分析等方面取得了突出的成绩，为矿山岩石力学与采矿工程领域的重大问题解决和科学技术进步做出了重要贡献。先后获国家科技进步二等奖 2 项，国家技术发明三等奖 1 项，国家专利 1 项，省部级科技进步特等奖 2 项、一等奖 2 项、二等奖 8 项，合著专著 1 部，参编“十五”国家级规划教材 1 部，在中、外核心期刊和国内、国际会议发表学术论文 80 余篇，其中 SCI、EI 检索 30 余篇。

针对本科生、硕士生、博士生年龄段、知识层面的不同，李长洪对他们培养的侧重点也不同。他认为，本科生最重要的是专业知识的不断充实与积累，研究生阶段则应偏重创新能力的培养。李长洪不止一次地强调，大学的学习应以“批判”性的学习为主，学习的过程乃是探究真理的过程，只有“批判”性的学习，才能剔除糟粕，汲取精华，推动科技发展进步。当教师与学生在学术问题上发生争议时，裁决争议的最高权威不是教师、专家或学术权威，而是真理本身。他告诫学生，做科研实验时，不仅仅是要重复前人的研究，证明这些研究成果是正确的，更重要的是要学会从中发现值得思考的问题，矛盾的出现点才是关键所在。出来与前人结论不一样的结果，不要忙于否定自己，应该仔细审查实验过程，矛盾点或许就是突破口。

作为专业课教师，李长洪积极指导和鼓励学生参与科研工作。他认为，在教学过程中，学生提出的各种问题，其中不乏很多有见地的科研思路和研究方向，对教师的科研具有一定的启发性，也会激发教师的研究兴趣和工作热情。教师与学生互动，教学与科研结合，才能真正实现教学相长，相得益彰。他还主张开放岩石力学综合实验室，亲自指导本科生进行科技创新试验，连续三届三十多组学生主动找老师要求参与科技创新活动，调动了学生学习的主动性，提高了科学研究能力、实验动手能力及创新能力。

## 育才树人：甘做成长引路人

教育家陶行知曾说过："千教万教，教人求真；千学万学，学做真人。"李长洪认为，教学工作要求教师既要具有较高的学术造诣和教学艺术，又要具有勇于探索的创新精神、严谨的科学态度和高尚的道德品格，真正做到"学为人师，行为世范"。他说，教师要用专业精髓和学科前沿激发学生的学习兴趣和创新思维活力，以积极乐观的人生态度和严谨求实的学术风范潜移默化地影响学生的人生观、价值观和世界观，从而达到教书与育人的和谐统一，起到事半功倍的效果。

作为岩石力学与工程教学团队的负责人，李长洪时刻不忘对青年教师的指导和培养。谈起李长洪教授，梯队的年轻教师更多的是敬仰："李教授就像我们的兄长、父亲，用自己的严谨求实的科学态度、平和谦逊的言行鼓舞着我们，带动着我们成长。"

李长洪重视青年教师教学和科研的全面成长、进步，经常告诫团队的青年教师："课堂教学是教师的基本功，科研是教师的立身之本。两者要兼顾，达到双赢。"根据团队每个青年教师不同的实际情况，他从教学方法、讲课技巧等各个环节给予面对面的指导。办公室里常常可以看到他与青年教师热烈讨论着课程讲授的重点、难点，一起寻找教学改革的突破口的情形；教室的后排经常会看到李长洪的身影，为青年教师上课鼓劲，结合自己多年的教学经验对其教案提出修改建议和意见；他组织团队定期对青年教师进行考核，了解他们对每一个专业概念和方法掌握的细致程度。同时，他鼓励青年教师积极参加课题研究，督促他们不断提高自身的学术水平。目前岩石力学与工程教学团队已申请到"十一五"纵向课题 3 项，课程组的每个青年教师都参加了国家级项目的科研工作。

李长洪主持的“岩石力学与工程”课程，2006 年获得“北京市级精品课程”，2009 年获得“国家级精品课程”。他作为第二负责人的“岩石力学与工程”教学团队 2008 年获得“北京市优秀教学团队”，他本人曾获得北京科技大学教育教学类奖励一等奖 2 项、二等奖 2 项、精品课程 1 项和优秀导师等各项荣誉。今年，他又荣获“北京市第六届高等学校教学名师”称号。

在一个又一个荣誉面前，李长洪没有停住脚步，他的日程表里填满了更多的内容：进一步凝练和深化独具我校特色的“岩石力学与工程”素质培养教学体系；不断改进和完善教学方法与手段、教学内容、实践基地建设、网络资源建设等，继续深化研究式教学的实践，加快“网络课堂”资源库的建设；探索进一步充分发挥现代教育技术手段和网络教学、辅导、批改作业、答疑作用的方法、效果和机制；继续加强教学团队的建设，做好对青年教师的传、帮、带，进一步推动教学与科研和工程技术相结合，不断提高师资队伍的素质和学术水平；探索如何在保证整体教学水平的前提下，进一步完善因材施教和拔尖人才培养机制等等。

为了钟爱的教师事业，李长洪仍在不断前行中……

（原载《北京科技大学校报》第 1076 期）

# 奉献教育　无怨无悔

## ——访北京市教学名师、数理学院教授马星桥

● 邢华超　曾奕靖

注重启发学生的创造思维，不光教会学生知识，还教会学生如何做人，使学生们感受到学习的快乐；理论联系实际，深入浅出，让学生们收获了学习兴趣和信心；尊重学生，善于发现学生的优点，鼓励学生进步……以上几条对马星桥教授课堂教学的感受均来自教学网评。从评语中可以看出，听过马老师课的学生们都感受颇深，受益良多。马星桥曾早在 1993 年便获得“北京市青年骨干教师”称号，1994 年获得“宝钢优秀教师奖”，2009 年获“首都教育先锋教学创新个人”。今年，在第 26 个教师节，也是马星桥从事高校教育工作 25 周年之际，他又荣获“第六届高等学校教学名师奖”。他到底有什么“绝活”能够如此吸引学生，得到如此多的赞誉？他到底是一个怎样的人？带着众多疑问与好奇，在一个深秋的下午，我们叩响了马星桥教授办公室的房门。

## 讲台变舞台

下午三点，记者如约来到理学楼马老师的办公室，整洁的办公室里摆放着几盆嫩绿的花草，整个房间显得充满生机。眼前的马老师一双炯炯有神的眼睛闪烁着智慧的光芒，和蔼、谦虚的笑容始终挂在脸上。简单的自我介绍后，采访开始，一如昨日打电话预约时的语气一样，谦虚、谨慎而又透着热情，这就是马老师给人的第一印象。

马星桥，1957 年 12 月生于北京。1982 年 1 月毕业于北京钢铁学院（现北京科技大学）物理系，后留校任教至今。1983～1986 年，在职攻读北京钢铁学院和中国科学院物理研究所联合培养的硕士研究生。2000～2003 年，赴香港理工大学继续深造，获得博士学位后毅然返回母校继续任教。现任北京科技大学应用科学学院物理系教授，博士生导师。1992～1997 年及 2003 年至今一直担任物理系副主任及“大学物理”课程负责人，主管教学工作。兼任北京市物理学会理事及全国物理教学研究会理事。科研方面目前主要从事相场方法材料计算研究，涉及外应力场下合金中氢化物析出形貌的相场方法计算，铁磁性马氏体中磁畴及马氏体孪晶形貌在外磁场及外应力场中的演化，自旋转移力矩作用下磁化动力学的微磁学研究，铁磁/铁电复合材料的多场耦合及尺寸效应等。他与国际相场方法专家，美国宾夕法尼亚州立大学陈龙庆教授具有良好的合作关系。马星桥曾担任国家自然科学基金杰出青年海外合作基金项目“金属合金的合金相、相变及合金设计”项目国内负责人。参与国家自然科学基金重点项目“应力腐蚀的多层次跨尺度关联”及 NSAF“奥氏体不锈钢应力腐蚀机理研究”项目研究，负责理论计算部分，发表论文 30 余篇。

1977 年底，国家举行了“文革”后的首次全国高等院校招生考试，在这次共和国历史上唯一的一次冬季高考中，马星桥和全国几百万青年一起踏进了早已陌生的考场。他们是幸运的，在大学停止正常招生 11 年之后，命运再次和试卷联系了起来。马星桥就是这批幸运者中的一位佼佼者，1978 年 3 月，他顺利考入北京钢铁学院（现北京科技大学），开启了大学生涯的序幕，从此他的人生便和钢铁学院交织在一起。四年后，他成为“文革”后首批大学毕业生，留校任教。

## 教学有特色

马星桥钟情物理，热爱教学。当被问及教这么多年物理的感受时，他一脸兴奋地表示，“我为能教授物理而感到自豪，物理学是自然科学中最基础、最精华的知识，它的基本理论已渗透在自然科学的各个方面，是自然科学中很多重大创新的生长点。我所教授的‘大学物理’，不仅可以教给学生物理学的基础知识、基本理论，还能提高学生的分析问题、解决问题能力、逻辑推理能力及科学文化素质，培养学生的创新意识和科学的世界观”。

马星桥对待教学工作，既保持了严谨的学风，又富于灵活变化。上课前，他一丝不苟地编写教学提纲，仔细推敲教学方案，积极探索教学方法；课堂上，他运用先进的教学手段和新颖的教学方法，讲授鞭辟入里，精湛娴熟；举例深入浅出，易于理解；语言诙谐幽默，发人深省。课堂教学气氛活跃，善于调动学生们的积极性。06 级物理系本科生贺王强这么形容马老师的课，“马老师讲课很宽泛，从来不局限于课本知识。对于课本知识，马老师从不照本宣科，大多数时候都是用自己的话表述，很难在课本上找到原话。同学们听了以后感到很新鲜，乐于接受，让枯燥的基础理论和基本知识有了生机，添了活力”。

台上一分钟，台下十年功。在同学们认同马老师课程的时候，也许还不知道，要真正讲好一门普通的课，把它变成“名牌”课程，需要经过多少研磨和精心准备，需要涉猎多少课内和课外知识。马星桥经常说，“学如逆水行舟，不进则退。我需要不断地学习，不断以新的知识充实自己。这样才可以做到给人一杯水，自己先有一桶水”。这就是名师的魅力，能得到文章开头如此多学生中肯的评价，也就不足为奇了。

马星桥始终认为，教学不应只强调知识传授，而且要注意学生素质、能力与知识的综合协调发展。培养学生具备开拓意识、探索精神，课内与课外交叉，注重课堂效果，引起学生兴趣，是马星桥经常使用的方法。他知道同学们想听什么，想看什么，想知道什么。他的硕士研究生曹国平说：“在给我们那一届学生上课时，马老师上课前一般都会放一些吸引人的短片，既有知识性又有趣味性，比如会经常在课前放 10~20 分钟左右的探索频道节目，让同学们在轻松愉快而又满怀好奇中开始一节课的学习”。

马星桥表示，参加科研是教师提高教学水平的最好途径。在科研中，通过不断掌握最新的相关研究成果，提出并解决新问题，可以促进教师不断学习新知识，保持创新活力。于是，他结合科研工作，把课程中所要求掌握的基础知识和理论在当今高新技术中的应用介绍给学生。不仅开阔了学生们的眼界，而且有效地提高了学生们学习知识和探索自然的兴趣，培养了学生理论联系实际的能力和创新意识。他还表示，科研与教学是相辅相成的，根据个人情况可有所偏重。但他反对那些只重视科研而不顾教学的做法。大学的宗旨说到底还是为了培养学生。

## 育人重方法

对于培养创新型人才，马星桥有着自己独到的见解。他说："建设创新型国家的基础是要培养创新型人才，而创新型人才的培养，重要的两条，一是我们培养的学生，要有非常扎实的理论基础，这就要求我们大学课程的设置要重视基础课程的教学；二是要尽早让学生接触学科中较前沿的内容，了解学科研究的新动态，通过一定的实践环节体会知识是如何解决问题和得到应用的。"这也是采访中，马星桥最先谈到的问题，可见他对培养创新型学生的重视。

马星桥很关心学生们的毕业论文设计。在毕业生的毕业设计选题上，在读博士黄厚兵说："马老师会根据不同兴趣爱好的学生分配不同的课题来指导，使那些对某些领域有兴趣的学生做自己喜欢的方向。"在他看来，每个学生都是优秀的，都有自己的优点，老师的任务就是发现他们的优点，通过适当的鼓励表扬，让他们把自己的潜能发挥出来。对此，很多上过马老师课的同学深有体会，感觉自己受到了重视，发现自己还有这么多优点，于是信心倍增，发奋努力，很多人都取得了很大进步。

马星桥强调学生学习要有自觉性，平时对学生要求比较宽松，不会给学生订立许多条条框框的约束，尽量给学生最大的发挥空间。黄厚兵介绍说，他强调学生要多阅读研究领域的最新文献，对所带研究生的课题进展，科研中遇到的问题，都鼓励研究生多去找他探讨。他的两个学生通过国家高水平研究生联合培养项目送到美国后，对方导师对他们的独立工作能力非常满意，并出资让其中一名在他的课题组继续工作了一年。但涉及学生发表的论文及毕业论文，马星桥则会以另一副面孔对待，非常的严格，但又尽量帮助每一个学生。有一个 08 级的已经找到工作的硕士毕业生，但是毕业论文准备的不是很充分。毕业在即，如果完成不好论文，毕业时间受影响不说，找到的工作也会像煮熟的鸭子，不翼而飞。马星桥主动找到他，督促并指导他完成了论文工作，最终使他顺利地按时毕业。

# 教改出成果

演示实验与课堂教学相得益彰。为达到更好的教学目的，2006 年以来，马星桥主持并参加了作为我校国家工科物理教学示范基地及北京市实验教学示范中心（物理）建设项目中的演示实验室的改建工作，设计了演示实验室实验内容和布展装修方案，改造了演示实验走廊，从而使学生可以随时在这里自己动手，观察、探索有趣的物理现象。演示实验主要分两类：第一类与课堂教学结合紧密，使抽象的理论形象化，帮助学生理解理论课所讲的物理内容；另一类与高新技术有关，如激光监听、夜视仪、超声波测厚、红外线测温、GPS 定位、卫星遥感等。他还指导学生排出了磁液在磁场下的钉削效应实验、声波波形的计算机采集分析和处理的演示实验等。通过演示实验，加深了学生对所学知识的理解，激发了学生的学习兴趣，提高了他们发现问题、解决问题的能力。

开展双语教学是培养具有高水平创新能力、国际竞争能力及跨文化交流能力人才的重要手段。2005 年，马星桥在工科“大学物理”的讲台上进行了双语课程改革试点。2006 年，针对材料、冶金等主干学科及物理系以凝聚态研究为主的特色，他组织开设了“凝聚态物理专题”双语系列课程，并主讲过其中的“材料物理导论”和“半导体物理”两门课程课堂讲授全部采用英文 ppt 及英文原版教材，要求学生用英文完成作业，期末考试用英文答卷。进而提高了学生查阅英文文献和使用英语交流的能力。“凝聚态物理专题”双语教学研究与实践于 2006 年获教育部“高等理工教育教学改革与实践项目”立项并于 2008 年被批准为国家级双语教学示范课。

作为主管物理系教学工作的系副主任和“大学物理”课程的负责人，马星桥深知自己肩上责任的重大。为了给不同专业、不同需求的学生对症下药，他积极探索，整合全校理工科物理教学资源，积极进行课程体系的改革。把大学物理教学分为几个层次：普通工科；理科实验班及材料学院实验班；物理类以及文科类。为了扩展学生的知识面，提高他们学习物理的兴趣，在此之上，他们开办了面向全校的物理前沿讲座并对物理系学生开设了“物理前沿专题”课程，积极进行理论和实验整合的教学试验。其中，“大学物理”课程 2006 年获北京市精品课程。

自 2003 年以来，马星桥亲自指导了大学本科生毕业设计 22 人，硕士研究生 11 人，博士研究生 6 人。他自豪地说：“我的学生毕业后走向了各种不同岗位，有的做本专业的教学和科研工作，有的在公司做技术研发，甚至还有的在新东方作物理培训工作，都在各自的岗位上发挥着重要的作用。其中很多学生还与我经常联系，我感到很欣慰。”

每到酷暑消尽、秋高气爽的季节，一批批学子又要面临着人生的选择，保研或考研，工作或出国。在采访即将结束的时候，记者让马星桥给即将选择人生道路的学子们一些建议，他针对基础学科的特点，建议学理科的本科生能够继续深造，通过研究生的学习，在研究方法上得到训练，在专业方向上有所专攻，通过勤奋努力，取得科研成果，另外基础学科的研究生就业与本科生相比还是比较有优势的。

马星桥说，随着年龄的增长，自己的心态越来越平和，对教学工作也越来越热爱，对物理学更加有兴趣，目前就想一心育人，专心科研，希望能把更多的知识带给学生，希望能在自己喜欢的科研领域多做出一点成绩。年过半百的马星桥将他的精力全部奉献给了三尺讲台，奉献给了他所挚爱的学生。

（原载《北京科技大学校报》第 1078 期）

# 春播桃李三千圃　秋来硕果满神州

## ——记北京市教学名师、计算机与通信工程学院教授杨炳儒

● 党委宣传部

“每一个人要有自己的理想和追求，在确定了方向以后就不能轻易改变，人生可以选择各种曲线的道路，但方向不能改变！”杨炳儒是这样说的，也在一直恪守这一原则。自任教以来，他一直把传道、授业、解惑，为国家培养更多的科技型人才作为自己持之以恒的目标。对于教学，他诲人不倦，倾囊相授；对于科研，他孜孜以求，力争上游。

### 投入教学，提出独到的教学见解

杨炳儒是一个“多产高产”的教授，在教学、科研、管理工作、社会工作中扮演着重要角色，并以其高度的责任感、使命感和奉献精神认认真真对待每一个角色，而他最爱的角色还是大学教授，并对教学有着独到的见解。

杨炳儒认为教学是科学，教学研究是科学研究，而且是多学科交叉性研究。

与自然科学和社会科学研究相比较，教学研究不仅研究动态、随机、混沌过程，而且还有鲜活的人的要素在过程中运动着，加入了心理、生理、语言、感知等抽象与具体信息相结合的有机元素。教学进程中刻画了专与博的统一、历史与逻辑的统一、思维与语言的统一。教学从一定意义上讲是具有高度交互作用（师、生、环境等）的系统科学与工程，为达到教学目的与教学要求，必须恪守认知规律、必须抓住教学重点、难点与关键，必须贯彻启发式教学法，必须发挥学生的能动作用构建“系统”各要素间的内在联系，必须建立“系统”的反馈机制与评价机制，不断自组织、自适应地加以改进与创新。

杨炳儒认为教学也是艺术，是生动地演绎自然科学、社会科学、思维科学、生命科学等信息、知识与智能的艺术范畴。无论课堂教学、电化教学还是远程教学，教师的主导地位是永恒的，是重要的“导演”兼“演员”的角色。要搞好这角色，就要具备丰厚的知识结构、能力结构、方法论与创造性；要有演讲的沉稳、条理与精湛；要有语言的逻辑素养与精炼；要有声音的洪亮与磁性；要有闪光的风度；要有在长期积淀下“灵感”的产生，要有脱离原有教案设计的恰当与深化的科学史、方法论、哲学思想的融合。

虽然杨炳儒承担大量科研工作，但他一直担任培养学生的任务，在他看来，大学老师不管拥有什么职称，教学都是应该做的基本工作。他花费大量的时间和精力，以饱满的热情投入教学，他的教案年年都要更新，在课堂上为学生演绎最新的学术成果，他说：“在教学上不能看一本书去讲一本书，要看多本书去讲一本书，这样才能把相关的知识讲明白、说清楚，才能最终让学生理解和接受。”

而他一直力求教学的科学性与艺术性，意在探究教育更深层次的含义，即强化学生学习的自主性和思辨性，发掘和强化学生的创造潜力，启迪学生的创造性思维，造就创新型人才。

## 悉心传道，锐意创新教学理论

多年来，杨炳儒的 12 门课程全部脱书脱稿，多次被观摩教学；他力求教学的科学性与艺术性，受到听课师生的一致赞誉。特别是注重教学创新与改革，在人类学习时间的有限性与知识积累的极大丰富性之间的矛盾日益尖锐的背景下，针对理工科教学特点，通过 20 余年教学实践的不断探究与总结进而提升到理论层面，在国内外首次提出一种基于创新性教学思想的 KM 教学论。2010 年 6 月 10 日，教育部科技查新工作站查新结论：“在国内外已公开发表的文献和专利中，除本查新项目负责人及成员发表的文献外，未见有报道。”其在短时间内在高教社提供的研讨平台上获得了50余篇极好的评价文章。杨炳儒主持的高等教育学会“十一五”教育科学研究规划重点课题“教育创新工程中KM教学方法论系统的研究”，由全国高等学校教学研究中心主持、几位院士等参加的专家鉴定会的结论为“该课题研究成果丰富，应用效果良好，在高等教育教学改革领域取得了高水平的原创性成果，具有示范推广价值。”杨炳儒主持科技部“创新方法工作专项项目”——“科学思维、科学方法在高等学校教学创新中的应用与实践”，已取得了3项阶段性成果，并在全国高等学校教学研究中心的指导下以1+X+Y模式，在全国高校推广应用并展开了网上研讨。相关成果分别在2010年11~12月召开的3次全国教学研讨会上应邀做了专题报告，同时应邀在国内的几所大学讲学和教学创新会议上做大会特邀报告。

杨炳儒还提出修炼“成才”的模型M=<知识结构，能力结构，科学方法论，专与博的统一论，胆学识>。杨炳儒正是以这种模式，先后培养与指导青年教师2名、博士后2名、博士生76名、硕士生79名、外国留学生10名。他们其中的很多人先后奔赴全国各地，在各自的岗位上做出了突出贡献。

## 致力科研，勇攀学术高峰

有人说，在既定的资源下，科研与教学难以并重，然而作为名师的杨炳儒，在科研方面同样是兢兢业业，硕果累累。他一直强调：“一定要让中国的科技走出去，与国际接轨，与国外的同行们交流；这样我们才能提高自己，提高中国科技的知名度，为中国人争光。”

知识发现（KDD）是1989年提出的新兴、交叉、边缘学科领域，在领域学者跟踪主流发展研究算法和应用的现状面前，杨炳儒自1997年始另辟蹊径，首次把KDD本体（过程或系统）自身作为研究对象，于2002年在国际上率先构建了基于内在认知机理的知识发现理论体系KDTICM，并将其推向国际，产生深刻影响。此后他又将其向纵深拓展，提出KDK新方向；引发出4类智能系统新构造；提出当今面临的五类重大问题。经连续6次查新、10项国家发明专利和多位国内外同行专家评价，证实了KDTICM的原创性与先进性。

KDTICM及其拓展具有重要的科学与实用价值。首先，在生物信息学领域的国际性难题——蛋白质二级结构预测的应用研究中，取得了预测精度的国际领先地位；并对国际开放自动预测服务，接收到了美国、德国、英国等相关研究人员的 1000 余次测试，产生了重要的国际影响；其次，将 KDTICM 及其软件系统 IC-CKDSS 应用于铝电解生产等领域，取得显著的经济与社会效益；再次，还将 KDTICM 应用于农业、现代远程教育网、气象、国际商务、地税、数字资源整合与医学信息学等 9 个领域，解决了一批典型与难解问题。

杨炳儒就是通过在知识发现领域当前国际进展中的两大核心问题上有所突破，而为我国乃至国际带来了该领域的新思维，在很大程度上推动了学科的进步与发展。基于此，他分别于 2010 年、2006 年和 2002 年获得以“国际科学学会”与“会议评奖委员会”联合颁发的两次“成就奖”与一次“杰出成就奖”，而他是中国大陆唯一获奖者，国际上两次获奖者共 12 人。这是对他能力的一种认定，也是对中国科研成就的认可。

围绕上述研究，杨炳儒在国内外发表学术论文 550 余篇，经查新被 SCI、ET、ISTP 收录共 241 篇，有 23 篇被引用 72 次，至今在国内外已发表的论文总计他引 2150 次。相关论文已多次被重要的国际刊物引用；出版著作 15 部，其中国内第一本关于知识发现的专著《知识工程与知识发现》已被他引 346 次；通过国家与省部级正式鉴定或验收的科研课题近 40 项，他作为负责人的在研课题 6 项；独获国际重要科技奖励 3 项，获位于第一名的国内省部级科学技术奖励 12 项；以唯一发明人获 10 项国家发明专利证书、1 项计算机软件著作权登记证书和 1 项软件产品证书。他建立了多个研究基地与协作基地，大力推广、应用研究所的研究成果。

在学生眼中杨炳儒是开明的老师，学识渊博、敬岗爱生；在同事眼中，他是值得尊敬的师长，宽容大度、为人正直。无论取得多大的成绩，杨炳儒依旧是那样的平和、那样的执着，依然耕耘在大学讲台上，一如既往地坚守着“教书育人、身为世范”的原则，向我们展示着成果卓著的睿智学者和深受师生爱戴的教学名师的风采。

（原载《北京科技大学校报》第 1093 期）

# 爱岗敬业育英才　开拓创新创精品

## ——记北京市教学名师、马克思主义学院教授彭庆红

● 党委宣传部

他是一位大学德育教师，带领课程组在5年内建成北京市精品课程1门、北京市优秀教学团队1个；他是一位教学管理工作者，负责全校思政课教育教学组织协调与实施；他是一位科研工作者，负责北京市重点学科建设项目，承担着多项国家和省部级科研课题，入选教育部新世纪优秀人才计划……尽管他的工作岗位、工作角色多样，但是“德育”始终是他工作的中心和主题。在平凡的德育工作岗位上，他做出了不同寻常的成绩，受到学生的爱戴和同行的充分肯定，他就是北京科技大学马克思主义学院彭庆红教授。

### 情系德育，坚守一线

1990年，彭庆红毕业留校担任辅导员，开始了他正式的德育教师职业生涯。

20 多年来，尽管他有一次又一次离开的机会，但他始终情系德育，坚守一线，把大学生思想政治教育作为一项事业来追求。

有人对彭庆红说："你本科学的是数学，不少同学都轻易地转到金融、计算机等热门行业，而高校思想政治教育工作又苦又累，地位还不高，何苦还继续干?"他听了只是淡淡一笑，不做任何解释，因为，一般人难以理解他的德育情结。这种情结首先来源于一种使命感、职业的崇高感。育人为本，德育为先。在复杂的社会环境中，一些大学生迷失了方向，存在着这样或那样的困难、困惑，个别人甚至走上轻生、犯罪的道路，彭庆红总是感到德育工作责任的重大与任务的紧迫。有一位学生精神抑郁，多次出现自杀倾向，家长都出现绝望情绪。他一方面一次次地亲自与学生谈心，与学生家长共同商谈对策，一方面协调辅导员、其他任课老师、班干部加强危机干预，关心帮助该名学生。这样耐心细致的工作一直坚持了 3 个月，直到这名学生毕业并安全离校，学生家长感激不尽。

彭庆红的德育情结还来源于职业的光荣感。当看到一批又一批的大学生成长成才，当看到一个又一个"问题学生"重新步入人生的正轨，他总是感到德育工作的光荣与自豪。这种光荣感最终又转化为他对德育事业的忠诚、对学生的热爱。尽管现在高校德育工作难度大、任务艰巨，但是，他坚信只要真正爱岗敬业，以真情、真心、真知教育和影响学生，就能做好高校德育工作。

正是基于这样一种理想信念和职业价值观，二十年来，彭庆红一直坚守在高校德育教学、研究以及大学生辅导第一线，为培养德才兼备的大学生贡献着自己的力量。他总是把学生的需要当作自己行动的指南。2006 年的一天，他白天连续上了 6 学时的大学生思想道德修养课，而且每个课堂都是 200 余人的大课堂。晚上他又应就业指导中心的邀请为本科生开设近 3 个小时的就业辅导专题讲座。连续近 9 个小时的讲授中他始终充满激情，但是下课后，他明显感觉双腿乏力、口里有血腥味。由于长期超负荷的工作，他积劳成疾，2007 年元旦前做了一个胸科手术。春节后开学第一天，尚未完全康复的他又站在讲坛上。很多学生劝他休息，但当他走上讲台，面对求知若渴的学生时，他又忘记自己的身体，声音洪亮充满激情讲满每节课。

近五年，彭庆红虽然兼任繁重的行政管理工作，但仍承担大量的教学以及人才培养任务。他每学年担任 2 门本科生课程、3 门研究生课程主讲教师，年均纯教学课时接近 200 学时。指导国家级大学生科技创新项目 1 项、校级多项，指导本科生毕业论文 10 余篇。此外，他指导博士生 4 名、硕士生 33 人（含毕业 22 人）。他把德育工作当作一种使命、一种快乐，全身心地投入到教书育人之中，在三尺讲台上享受着当老师的乐趣和价值。

## 教研结合，相得益彰

高校思想政治理论课教学是个难题，但彭庆红知难而进。他认为政治理论课的最大特点就是现实的指导性和启示性非常强，必须使政治理论课与社会的发展要求相适应，积极推进政治理论课的教学改革。

作为学校“思想道德修养与法律基础”课程负责人，他组织与带领课程组老师积极开展教学改革活动。为了提高教学效果，他们认真进行调研，深入了解学生的生活困难、思想困惑与发展需求，有针对性地开展专题式教学活动，使这门课成为一门学生欢迎的课程。在课堂教学中，他充分运用案例教学方法，注意学生参与和教师积极引导相结合。他在课堂上开展“实话实说”活动，让学生说出自己对大学生活的感受以及生活中的苦恼、困惑，然后组织讨论，这一教学形式深受学生欢迎。上过课的同学评价道，“彭老师的课堂上，学生们能各抒己见、踊跃发言。虽然思想政治理论课理论性很强，但他总是理论联系实际，深入浅出，着眼于大学生成长成才需要，结合大量生动具体的案例来讲授，贴近校园生活，贴近大学生实际。”

彭庆红主持开发了多媒体教学课件，收集整理了文件库、案例库、影视资料库、试题库等，主持编写了《成功大学》《感悟大学》《规划大学》等教学辅导书籍。2007 年，他主持的北京科技大学《思想道德修养与法律基础》课程获得北京市精品课程称号，2009 年课程组又获得北京市优秀教学团队称号，他本人也多次获得学校以及北京市教育教学奖励。

彭庆红认为，要做好德育工作，必须加强研究，练就过硬本领。近几年，他结合自己的工作，主持国家社科基金课题 1 项、教育部新世纪优秀人才基金项目 1 项，主持或参与教育部人文社科课题以及北京市人文社科类课题 6 项，在《求是》《思想理论教育导刊》《思想教育研究》等刊物发表二十余篇思想政治教育领域的论文，出版个人专著 1 本，主编或参编著作、教材 5 本。其中，《失调与变革——高校学生思想政治工作队伍建设研究》一书还获得全国人事人才优秀科研成果奖。

# 教辅结合，开拓创新

如何使抽象、枯燥的思想政治理论课变得生动而鲜活？如何推进政治理论课的教学改革？多年来，彭庆红用自己的教学实践一直在进行着积极有益的探索。老师和学生都说："彭老师的教学具有时代特点，不仅注意运用先进的教学手段和教学方法，而且特别注意把鲜活的时政素材、社会热点话题引入政治理论课堂，使得课堂充满活力和现实感。"

彭庆红积极探索教辅结合的大学生德育模式，即打通大学德育教学第一课堂与课外活动第二课堂，思政课教师与辅导员密切配合来开展德育工作。他主持召开多次教辅结合德育协调会，针对大学生德育中的难点、热点问题进行研讨，并积极开展工作。大学生就业是一个难题，文科大学生就业更是难上加难。针对这种情况，彭庆红与辅导员一起进行调查研究，在就业指导方面进行了不少积极的探索。在兼任文法学院主管学生工作副书记期间，他指导与带领辅导员从大一开始就进行学生职业发展日常辅导活动，充分运用社会资源在学院内部举办十余次职业生涯工作坊、成长论坛等活动，不断提升学生就业力。近年，他又组织进行思想政治理论课过程化管理的新探索，教改方案得到同行的认可，他也多次被邀请在全国高校思想政治理论课相关教学研讨会以及北京航空航天大学、北京林业大学等兄弟高校介绍教改经验。他首倡的教辅结合德育模式被《中国教育报》等媒体报道，该项教研成果 2010 年获得学校特等奖。

彭庆红重视德育理论与实践的结合，积极参与大学生社会实践和科技创新活动。他积极与学校团委等部门配合，除了参与大学生社会实践选题策划以及题库建设外，平均每年他都直接指导 2~3 支社会实践团队。他指导的社会实践团队多次获得学校社会实践团队金奖或银奖，一些团队的成果还获得北京市级以上"挑战杯"荣誉称号，他本人也被中宣部、教育部等授予大学生社会实践先进个人称号。他参与的"大学生社会实践"课程被评为国家精品课程，相关教研成果获得全国优秀教育教学科研成果二等奖。彭庆红牵头组织了北京高校思想政治理论课实践教学研讨会，有力地促进了同行之间的交流以及实践教学理论探索。他还积极指导大学生科技创新项目，他与刘丽敏老师合作指导的王春丽"新生代农民工城市化"调研团队先后获得教育部大学生科技创新项目、《南风窗》大学生社会调研经费支持，《南风窗》对报告会进行了专题报道，相关成果获得北京市高校思政课社会实践优秀论文二等奖。

“不争名、不贪利；不媚俗、不放弃。人生在世，难以回避名利，但不与他人争名利，靠劳动和智慧获得生存发展之物质利益条件。教师也是世俗之人，但教师职业又要求高尚和超越，不能追求低级趣味，不能放弃自己的理想信念。”这是彭庆红一直恪守的为师原则。作为一位一线的德育教师，在高校德育教学、科研以及日常教育实践这块土壤上，他忠于职守，辛勤耕耘，开拓创新，谱写新时期大学生德育的新篇章。

（原载《北京科技大学校报》第 1095 期）

# 倾情打造瑰丽的英语殿堂

## ——记北京市教学名师、外国语学院教授彭漪

● 党委宣传部

《诗经·魏风·伐檀》记载："河水清且涟猗（漪）"，微波粼粼的涟漪向来被古今文人墨客青睐，北京科技大学外国语学院党委书记彭漪教授人如其名，如涟漪般沉静淡然，波澜不惊。三十年如一日，辛勤付出，甘于奉献，在平凡的岗位上创造职业的魅力，从教十余年以来，她执着于教育事业，创新教学理念和教学手段，倾情为学生打造瑰丽的英语殿堂。面对北京市教学名师的荣誉，她一如既往地淡然对待，名师奖是对高校教师教书育人的肯定，更是对今后继续站好讲台的鼓励与鞭策。

## 扎根北科大，三尺讲台耕耘不辍

自从 1979 年调入北京科技大学外语系任教以来，彭漪就一直在北京科技大

学从事一线教学工作，年复一年、日复一日在外语教学的岗位上默默耕耘。1982年彭漪在清华大学外语系参加由教育部与英国文化协会举办的高校教师进修班，1984年8月赴加拿大McMaster大学英语语言文学系及多伦多大学语言学系做访问学者，主修语言学与外语教学，1985年8月她回国后在外国语学院工作至今。虽然英语基础教学任务繁重与辛苦，教师待遇不高，但是面对踌躇满志、求知若渴的学生，面对反复叮咛嘱托、充满期待的学生家长，强烈的责任感与使命感油然而生，她更加认为教师这个职业平凡而伟大。

三十几年的教学实践使她深深地体会到，要想成为一名合格、称职、深受学生喜爱的教师绝非易事。首先，要热爱这份职业，而不只是把它当作谋生的手段。只有热爱它，才会以饱满的热情、充沛的精力去迎接和面对每一个讲台。只有刻苦钻研它，才能以娴熟的语言技能、丰富渊博的知识以及生动灵活的教学方法去把握和驾驭每一个讲台。只有不断地充实和丰富它，才能把宽阔的学术视野、严谨的治学态度、认真做人的道理以及高尚的道德情操渗透到每一个讲台及教学当中，既教书又育人。教书育人不是在学生面前夸夸其谈，而是用一言一行、为人师表，言传身教来影响和感染学生，真正做到传道、授业、解惑。

彭漪积极进行英语教学内容与方法的改革并取得突出成效，她发表论文20余篇，主编的大学英语和研究生英语教材24部，其中国家“十一五”规划教材2部，国家“十一五”重点规划图书项目1部。她作为主要负责人参与的国家级教学研究课题2项、省部级教学研究课题5项、校级教学研究课题5项，其中1项获北京市教育教学成果一等奖，1项获北京科技大学教学成果特等奖。她还是“基础英语”北京市精品课程负责人，“大学英语”国家精品课程主要负责人，北京市优秀教学团队带头人之一，先后获得北京市青年骨干教师、宝钢优秀教师奖、北京科技大学优秀教师等荣誉称号。面对取得的荣誉和奖项，彭漪淡然对待，因为在她看来，“教师的成功不在于头上戴着多少炫耀的光环，拥有多少可以炫耀的头衔，只有学生的成长和成才才是最大的骄傲与欣慰”。

## 创新教学理念，让学生最大程度受益

彭漪长期从事大学英语和专业英语教学与研究工作，始终在教学一线承担本科生及研究生的英语教学任务。根据长期积累的教学经验，她针对我国大学英语教学长期以来费时低效、学生实际应用英语能力普遍薄弱的现状，结合学校具体情况，以现代教育技术特别是网络技术为支撑，明确提出以学生为中心，让学生最大程度受益是大学英语教学的根本出发点和最终目标的教学理念。“一切教学活动围绕学生，一切教学活动为了学生。”彭漪倡导并有效实施让学生学有所用、学以致用、以用促学、学用统一的教学原则，并据此有效地构建和实施了第一课堂与第二课堂相结合、课堂教学与自主学习相结合、知识输入与任务输出相结合、基础必修与高级选修相结合的实践型与创新型基础英语教学模式。课堂教学中她采用以学生为主体、以任务输出为中心，以提高学生语言实践能力为目标的互动式教学方法，基于教材，不惟教材，超越教材，用活教材。如围绕课文主题，将国内外最新新闻资讯和科技动态引入课堂，引导学生就课文主题展开讨论和辩论等活动，充分调动学生的学习潜力，极大提高了学生用英语交流和解决实际问题的能力。

彭漪坚信“授之以鱼，不如授之以渔”，在教学中她重视发挥学生主体的作用，注重学生自主学习能力的培养，积极引导学生学会独立学习，努力营造一种“乐学、活学、会学”的课堂氛围，激发学生自主学习的积极性。她带头改革传统的教学方法和手段，采用启发式教学，学生与教师之间，教与学之间形成了互动的课堂氛围，克服了“教师满堂灌，学生被动听”的缺点。她亲自指导和鼓励学生在我校外语自主学习中心根据自身兴趣和水平选择合适的内容与进度来进行学习，使学习更有针对性。同时通过多种形式，了解学生的学习方法和策略，并进行针对性辅导。在课堂活动设计上不仅突出语言使用能力的培养，同时有意识地培养学生自主学习的意识和方法，提倡学生间的协作式学习，提高他们自我计划、自我监控、自我评价的能力。在每年的课堂教学质量评价中，她的课程始终保持优秀，学生们评价道：“彭老师的授课信息量大，条理性强，方法灵活，能将教学内容与实际相结合，大大激发了我们学习英语的兴趣。”

## 甘为人梯，努力培养青年教师

作为课程建设负责人，彭漪高度重视教学队伍建设和青年教师的培养工作。非常爱才的她始终致力于外国语学院的学科建设和人才培养，她相信“万紫千红才是春”，只有在教学科研中培养出一批新人，形成一个团队，才有可能形成合力，有所突破。

彭漪打造并亲自领衔一支年轻的英语教学团队。在她的努力和推动下，我校基础英语教学团队，在理念上，始终秉承以学生为本，让学生最大程度受益的原则，改变以往基础英语课程重知识轻实践、重输入轻输出的思想，注重提高学生知识输出和创新运用的能力。这个教学团队在英语专业教学中以创新能力为动力，注重培养学生获取知识的能力、独立思考的能力和自我学习、追求发展的能力。而学生的创新意识又是能力培养的重中之重，因为求新求异的意识和进取精神是创新的动力与源泉。为此，北京科技大学基础英语课程组积极探索，构建“创新与实践型”教学模式：所谓“创新型”教学模式，指的是传统教学模式与现代教育技术相结合，知识输入与任务输出相结合；“实践型”是指第一课堂与第二课堂相结合，课堂教学与自主学习相结合。课程建设以课堂知识为核心，以各种实践活动、自主学习和试验课程为延伸，努力培养适应社会需求的英语人才。在教学中，基础英语课程组注重强化学生的专业认同感，以基础英语为核心，突出学生英语综合运用能力的培养，而不仅仅是分门别类地训练听说读写译等各种单项语言技能。她鼓励年轻教师参加教学研究和教学改革，组织基础英语教学团队编写了《大学基础英语教程》，提高了他们教学研究能力。这个团队在2010年获“北京科技大学优秀教学团队”称号。她指导青年教师参加学校课堂教学评比、学校及北京市“青年教师教学基本功大赛”等活动。近5年来，亲自指导和培养青年教师4名，他们已经成为学校基础英语教学和教研的骨干。

## 寓教于乐，创新教学技术手段

传统的课堂教学是在老师喋喋不休的讲解声、黑板密密麻麻的粉笔字和学生们屏住呼吸静静听讲的氛围中进行的。构建怎样的教学情境能引起学生的学习兴趣？策划怎样的教学情境更能启迪学生的思维方式，激发学生学习的热情？是彭漪一直思考的问题。作为课程建设主持人，她在课堂上用多媒体课件将传统教学手段难以表达的内容轻松、直观、形象地展示在屏幕上，改变了“一本教材一张口，一块黑板一支笔”的传统课堂教学情境，取而代之的是音频、图像、视频等多种媒体交融在一起的生动活泼的课堂教学情境，加强学生对概念的理解，收到事半功倍的效果。她的英语课得到了学生们的一致好评：“以前学习英语很枯燥，上过彭老师的课后觉得学习英语是一种乐趣，现在不仅喜欢学习英语，也更容易记住那些复杂的英语单词和语法了，我们都盼望着上彭老师的英语课呢。”

彭漪重视现代教育技术手段，尤其是网络多媒体技术在外语教学中的应用，将现代信息技术引进基础英语课堂。但这并不意味着课堂教学就一定要以它为主宰。我们在使用现代技术手段的同时，仍要保留和发挥传统教学方式的优势，实现现代化教学手段与传统教学功底有机、科学的结合。学生在课外完成他们的资料收集、分析讨论的任务之后，课堂英语教学开始发挥它的作用。

大学英语及基础英语新的教学模式及其成效吸引了全国各地高校同行的关注。迄今为止，外国语学院已接待了对外经贸大学、南京理工大学、电子科技大学、国防科技大学、华南理工大学等四十多所兄弟院校和《21 世纪报》记者共计三百余人次前来观摩、学习与交流，并多次受邀在全国大学英语教学改革研讨会上介绍经验，为推动大学英语教学改革发挥了较好的示范与辐射作用。

（原载《北京科技大学校报》第 1101 期）

# 在实践中探索　在创新中引航

## ——访北京市教学名师、冶金与生态工程学院教授吴胜利

● 白　华　吴钰重

在北京科技大学的冶金学院，有着这样一位教师：他生活经历丰富，在角色的转换中游刃有余；他热爱三尺讲台，教书二十六载仍孜孜不倦；他坚信实践力量，在探索中引航冶金教学——他就是荣获“2012年北京市教学名师”荣誉称号的吴胜利教授。

孟子曾说，“得天下英才而教育之”是人生的三大乐事之一，秉持着这样的信念，吴胜利教授以细致认真的性格和对学生负责的态度，二十余年来为我国冶金事业培养大批人才。同时，身兼上海宝钢集团特聘专家、日本东北大学客座教授等职务，始终工作在冶金一线的他，用实践的力量和严谨的作风赢得了师生的尊重和喜爱。

## 阅历丰富，积淀丰满人生

吴胜利出生于上海，如同那个时代的许多青年一样，经历了三年上山下乡的

艰辛。基于个人努力和生活磨砺，他考入北京钢铁学院，从陌生到热爱，他在冶金学科中完成了本科和研究生阶段的学习，并于毕业后踏上三尺讲台投身到我校冶金专业的教育教学中。

不同于今日的大学生，吴胜利在本科和研究生学习之前，分别进行了几年的一线工作，真正地深入到基层。作为一名钢铁工人，他接触到我国钢铁行业最真实的情况和技术水平，同时，也在每日与高炉为伴中，切实体会到金属冶炼过程中的问题和潜力，为日后的科研工作提供了更具应用性的方向。当谈到我国钢铁产业发展前景时，他说："我国的钢铁产业绝对不是夕阳产业。目前欧美等发达国家人均钢铁蓄积量（拥有量）已经超过 30 吨，而我国却仅仅为 5 吨，这一点足以说明我国钢铁业的发展潜力。"

经历两年的助教、讲师的工作后，伴随着对人才要求的不断提高，学校选派吴胜利前往日本东北大学、神户制钢研究所就金属工学专业进行了为期五年的学习和研究，获得了博士学位和博士后工作经历。在日本的经历，使他不仅收获了科研方面的成就，还在与当地学者的交流和共事中吸取了严谨细致的科研态度。回国后，他带回了知识硕果，更带回了一种精益求精的治学态度，对待自己凡事追求完美，对待自己的硕士、博士研究生也同样提出了更高的要求。同学们或多或少有些"畏惧"这位严师，但却在磨炼中学到许多，成就自己的看家本领。

任教二十六年从未间歇，吴胜利身兼数职，2005 年至今任日本东北大学客座教授，2007 年至今任宝钢特聘专家和首席研究员。丰富的人生阅历，使他在角色转换中游刃有余，不仅令自己的生活变得充实，更为其教育教学工作积累大量实例，使教学始终与科学前沿发展相关联。

## 热衷教育，塑造冶金精英

古人云：师者，传道授业解惑也。受家庭教育和个人兴趣的影响，少年时期的吴胜利就向往能够成为一名师者，在三寸讲台上用知识的力量武装莘莘学子。在北京钢铁学院完成了研究生学习后，他终于实现了自己儿时的梦想，成为一名光荣的青年教师，播撒知识的种子。

干一行，爱一行，守护着自己的教师梦想，吴胜利身处教学一线，在教育教学方面进行深入研究，形成自己独特的风格。

教学中，他独创的"磁铁式"教学艺术深得学生喜爱：课堂上，根据专业课需要提高学生自我思考及综合分析能力，他深入浅出，用具体实例和朴实话语将抽象的知识形象化，便于学生的理解和应用。“磁铁式教学”的魅力让学生们看到了冶金专业的未来，并逐渐增强了对该学科的研究兴趣。坚持着对学生既不能放任自流，也不可“抱着走”的教学理念，吴胜利对自己的硕士生、博士生在注重引导的同时提出了更高的要求，每个项目从策划到结案都由学生亲力亲为，这无疑增加了学生的任务，但对于他们又是一个提高自身能力、接触一线工作的绝佳机会，使学生们具备了更好的融入社会的能力。

在教学管理方面，吴胜利也有自己的一套管理模式。在他的实验室中，成立了研究室管理委员会，除了一名老师挂帅之外，该组织均由学生组成，并根据不同职能进行了合理的部门划分。该机构促进了师生之间的沟通，学生们拥有了表达自我的平台。合理的建议和意见被采纳不仅改善了研究室的管理，更在潜移默化中，增强了学生们的主人翁意识。不仅如此，该部门还具有文体部等文化交流组织，缓解了繁重的科研任务压力，用文化的力量拉近了师生的距离，丰富了彼此的生活。

吴胜利在教学管理中的创新措施使师生从中受益匪浅，用以人为本的理念促进了科研的进步。目前，他已完成13名博士生、63名硕士生的培养，他们活跃在科研院所、钢铁企业、外资企业，受到用人单位一致好评。

“我从我的老师那里学到了冶金知识，而我现在恰恰是起到一个传承的作用，对于学生和青年教师的培养，我们热切地希望他们青出于蓝而胜于蓝，真真正正把所学用在我们国家的冶金建设中。”承前启后，薪火相传。吴胜利朴实而真切的话语中，散发着师者的魅力。

## 崇尚实践，打造领先学科

“学风严谨，崇尚实践”一直是北京科技大学的传统，而吴胜利正是这一传统的践行者。自2007年当选宝钢首席研究员、特聘专家以来，他经常往返于京沪两地，但教学工作从未间断，而且由于丰富而新鲜的实践经验使其教学质量明显提升。无论是本科生的课堂还是硕士生、博士生的课堂，吴胜利都在学生中获得一致好评，其主讲课程多次获得市级校级精品课的荣誉。究其原因，最大的优势便是他丰富的实践经验。他认为，现在的实习中，部分单位出于安全因素等考虑，将学生与生产一线隔离开来，这使得学生们对知识的掌握停留于理论知识层面。为了能够在教学中将基础知识与冶金前沿发展动态相结合，他鼓励学生参加冶金学院每年举办的钢铁模拟大赛，给学生们提供了最逼真的一线场景，使其能力得以提升。科研方面，吴胜利努力钻研、锐意创新，积极追踪国际学术前沿，围绕“铁矿石资源高效使用技术”“熔融还原炼铁工艺新技术”等学科方向，进行了开拓、聚焦、深化及应用的科学研究工作，相继提出了多项具有国际水平的新概念、新技术，具有重要的科学价值以及显著的经济效益、社会效益，得到国内外同行的高度关注和认可。近三年来他作为课程负责人主讲的“钢铁冶金学”课程的学生综合评分均在 95 分以上，鉴于有益的课堂效果，该在实践中探索，在创新中引航课程先后被授予北京科技大学校级优秀课程、北京科技大学免检课堂、北京科技大学校级精品课程，并于 2009 年被授予北京市精品课程。

实践是检验真理的唯一标准。吴胜利的学生在从校园向社会的过渡大都很顺利，这要归功于在校内期间，吴教授对每位同学的严苛要求。对于自己的研究生，通常通过半年的时间来确定研究的方向，接下来，便在吴教授的引导之下进行实验和理论研究。从项目的初步设想，直到结题答辩，均由学生们担任一把手，扎实研究，步步为营，深入到上海宝钢集团等一线领域，与当地各级相关人员进行沟通与交流，学生们的实战经验在这种模式的训练下必然与日俱增。

吴胜利在采访最后，也对我校师生寄予厚望。他希望师生能够理解“求实鼎新”的内涵，将理论与实际结合起来，关注学科领域最前沿的发展情况，在小细节中研究出大成果。

仰望星空，我们应当放长目光、着眼未来，在理想与现实的交叉点探索未知；脚踏实地，我们应精益求精、埋头苦干，在专业领域中用实践的力量散发知识的魅力，吴胜利用二十余载的奋斗经历向我们诠释了何谓“名师”。

三尺讲台传承冶金经典，天下桃李共念师德深重。在家中的收藏柜里，吴胜利只将学校颁发的“我爱我师”奖章陈列其中，他说：“金杯银杯，不如学生们的口碑，每每看到来自学生们的肯定，便感到自己的付出都是值得的。”星星之火，可以燎原，在冶金战线的一代代恩师的辛勤耕耘下，我国的冶金事业研究的道路必将越走越宽阔。

（原载《北京科技大学校报》第 1121 期）

# 执着讲坛育桃李　开拓创新树英才

## ——访北京市教学名师、数理学院教授申亚男

● 刘文豪　吴钰重

三尺讲台，激扬文字，挥洒智慧之光；平凡之路，岁月蹉跎，彰显一份执着。北京科技大学教务处副处长、数学系教授申亚男，传道授业数十载，辛勤奉献、始终如一，从事教育工作以来，她坚持教学研究，改进授课方法，推动教学改革，为培养新时代的创新型人才孜孜不倦，永不止步。

## 一份挚爱，矢志教学终身业

“师道之路漫漫其修远，求索之志历久而弥坚。”申亚男始终活跃在教学一线，为了教学质量的提升，作为“线性代数”课程组的负责人，十几年来她组织课程组的老师坚持定期开展教学小组活动，研讨教学内容、教学方法，并且组织教师共同编写教学课件和网络教学资源。该课件应用于全校线性代数讲台，与教材配套方便了学生的理解与学习。作为课程建设的重要环节，申亚男尽心竭力

地做好教材建设工作。《线性代数》编写之初，她的初衷便是踏踏实实地出版一部真正适合北科大学生特点的教材。为保证教材的质量，她首先组织编写讲义，经过三轮的试用、修改、完善才正式在机械工业出版社出版教材。凭借着这种一丝不苟、精益求精的精神，她主编的《线性代数》被列为国家“十一五”规划教材，并获得北京市精品教材的称号。

为了提高学生们的学习效率，她注重过程管理，鼓励学生把精力和时间用在平时，每一次的作业、出勤、小测验都成了最终成绩评判的构成。她要求课程组统一规范管理，细化每一个项目的具体分数，做到实事求是、成绩分明。为了调动学生们的学习主动性，她将研讨课形式引入课堂，将不同类型的问题布置给学生。通过小组划分、研究讨论、总结汇报等过程，让同学们敢于展现自己，提高学生自主解决问题的能力，激发学习兴趣。同时建立小组互评机制，杜绝了消极怠工、浑水摸鱼等现象的发生。为了改进课堂效果，她适时提出问题，启发同学去思考、研究，抓住学生的注意力。

作为一名教师，申亚男严格要求自己，授课时做到准备充分、语言精练、思维清晰。她经常总结教学方法，改进教学手段，通过开展课堂练习、小结讲评、错题纠正来帮助学生更好地掌握知识点。常年的一线教学工作，使得申亚男充分了解教学改革的新动向、新方法，从而探索出更加适合学生学习的教育教学方式，推动了整个“线性代数”课程组的建设。

## 一份执着，教学行政双肩挑

申亚男不仅是一名教师，她同时承担学校教务处副处长这一行政职务，在管理工作岗位上也不断探索与创新，推动教学改革。她构建并组织实施的大学生创新能力培养体系获得北京市教育教学成果二等奖。她规划、组织并实施的新生研讨课，已经开展了三年，并取得了良好的教学效果。她自己也主讲一门新生研讨课。新生研讨课旨在培养学生的创新意识，增进大一年级学生和教授们的接触，让学生更早地了解先进理论和尖端研究，感受到大学的学术氛围，从而激励学生刻苦学习、探索真知。

学校自 2011 年开始实行三学期制，申亚男负责组织实施夏季学期改革方案。近几年，每到夏季学期，学校聘请 50 名外教为低年级学生开设英语夏令营；聘请 50 名外国专家、学者为高年级学生讲授专业课；聘请校内外专家开设创业训练营。英语夏令营、创业训练营和计算机夏令营使学生们有了更多的选择，夏季学期的课程设置也更贴合学生的需求，夏季学期的校园充满了国际氛围。夏季学期实施以来，拓宽了学生的国际视野，提升了学生的实践能力，为创新型人才的培养打下了良好的基础。

申亚男担任教务处副处长，她原本可以放下繁重的教学任务，但是她始终秉承着教师的信念，活跃在讲台上。既是管理者，又是一线教师的她，在工作中开拓了新的思路，也更加懂得换位思考。作为一名教师，她能了解教师群体的诉求，为大家争取合理的权益；作为一名管理者，她能够理解学校的相关制度，从而制定并实施合理的政策。站在不同的角度看问题，在工作中兼顾大局与公平，使得工作的开展更加客观、更加有效。

## 一份创新，锐意进取展未来

学校正在制定2017版培养方案，作为这项工作的具体组织者，申亚男对人才培养模式的改革做了许多思考与探索。2017版培养方案适当减少了总学分，增加了创新创业类课程学分，增设了自主选修课程模块，同时必修课程也具有了选择性，可以选修高层次课程，给学生更多的择性空间，为学生充分发展自己的志趣、特长与潜能创造条件。

作为校级“线性代数”的课程负责人和主讲教师，她计划进一步推动过程管理，增加课堂研讨，调动学生学习的主动性与自觉性。并且利用现代化的教学手段提高学习效果，让学生的学习不再受到时间和空间的限制。

在青年教师培养方面，申亚男言传身教、率先垂范，着力提升青年教师的专业技能，将理论联系到实际教学工作中，在课程组内部形成了研究教学的良好氛围。她对进入课程组的年轻教师在备课、制作课件、讲授课程等多方面给予指导，组内青年教师的教学水平有了显著提高。

从教三十余载，申亚男获得的奖项难以计数，但在她心中分量最重的却是6次被评为北京科技大学“我爱我师——我心目中最优秀老师”。学生中的好口碑是对她最好的肯定。学生的评价使她感受到了作为教师最大的荣誉，这提高了她的教学积极性，使她更有激情投入到教学事业当中去。

“春风桃李杏坛梦，半园花草半生情。”申亚男凭借着对学生负责的态度、对岗位的热爱、对工作的执着，在教书育人的道路上步履铿锵，在教学改革的激流中矢志前行，在她热爱的教育事业中绽放着夺目的光彩。

（原载《北京科技大学校报》第1190期）

# 桃李不言自成蹊　躬耕教坛流芳菲

## ——访北京市教学名师、能源与环境工程学院教授夏德宏

● 娄　奥

在北京科技大学众多敬业爱生、诲人不倦的老师中，有这样一位老师，他从教三十余载，以师者身份为荣，以耕耘教坛为己任，为每一个学生的成才竭心尽力。他创新教学方法，关注学生全面发展，是每一位学生人生发展的引路人。他就是能源与环境工程学院副院长，热能工程系教授，第十二届北京市“高等学校教学名师奖”获得者夏德宏教授。

## 不忘初心，以德释教体现为师之道

“今天我终于走进了北京钢铁学院，我要成为像陈景润那样的科学家，全力攀登科学技术高峰，为祖国的科学事业奉献一生，对北京钢铁学院以身相许!”这是夏德宏日记里的一句话。在新教师入职培训课上，他又一次向青年教师们回

顾了那段时光。1979 年，夏德宏以满腔科技报国的爱国热忱考到钢院，开启了追求人生梦想的求学之路。6 年后学业有成，研究生已毕业的他因导师的一席话，选择了留校任教。“我本来已分配到国家某部委工作，暂未办离校手续，导师在我报到时找我聊天”，夏德宏回忆道，“导师劝我：‘你这么喜爱科研，可以留校当老师啊，既能做学术又能教学生’。”怀着对母校真挚的热爱，敬仰教师岗位的神圣与崇高，导师的一句话改变了夏德宏的人生轨迹，当年对钢院以身相许的誓言终于成为一生的坚守与执念。

三十余年的教学经历，夏德宏对教师的定义有了深刻且独到的认识。他认为，一名优秀的老师应该是学生眼中的高人、贤人和亲人。博学广闻，高瞻远瞩，好的老师既要有专业的学术水平、广博的文化知识，也要不断闪烁思想的智慧。这样的“高人”教师，才能激发出学生强烈的求知欲和思辨力，实现“用智慧唤醒智慧”。教师要做“贤人”，必须为人师表，修身养德。只有不断提高道德修养，才能言传身教，影响和感染学生，使他们内生出自觉提升德行品质的好习惯，完成“以修养促进修养”。建立良好的师生关系，需要教师和学生平等相处，融为一体。当老师真心关心每个学生的发展和选择时，学生会视他为“亲人”，会发自内心地尊重和信任，达成“凭信任换取信任”。做“高人”授业解惑，做“贤人”弘扬道德，做“亲人”坦诚相待，这是夏德宏的为师之道，也体现了他的育人哲学和职业素养。

## 爱生如子，悉心授教尽写博大精深

著名教育家陶行知先生曾言：“师者，应当爱满天下，爱生如子”。陶老认为，“爱学生”是教师人格的灵魂，也是师德的核心。师爱在教育中具有重要的作用，能营造出和谐、温馨、亲切的师生关系，有助于学生形成积极向上的精神状态，这是创造能力形成的心理基础，许多实践也证明：教育的全部奥秘就在于如何热爱学生。

夏德宏把“爱生如子”作为自己的教学理念，始终以爱为师，悟育人之道。爱学生，就要尊重学生的特质与差异，因材施教，唤醒学生的潜力。他认为，教师的任务在于精雕细刻塑造学生的灵魂，如何让每个作品大放光彩，关键就在于教师的“雕工技术”。有的学生天生聪慧，老师应该正确引导，增益其所不能；有的学生资质平平，甚至某方面存在缺陷，老师就要多下功夫呵护培养，对学生充满信心，使他们的长处发光发亮。数十年来，夏德宏坚持针对不同学生设计培养方案，从未忽视任何一名学生。爱学生，就要自始至终参与学生的培养过程，研精苦思，把学生放在核心位置。课上，夏德宏使用独创的“舞台剧”教学法，将灌输式的讲学平台变成师生共同“参演的舞台”，学生的课堂学习变得活泼愉快，教学效果得到显著提高。课下，夏德宏每年主动担任指导教师，辅导学生进行创新研究和学科竞赛，助力学生挖掘创新实践能力、提高专业的综合素养。夏德宏指导学生参加了第一至第八届全国大学生节能减排社会实践与科技竞赛，近三年就获奖22项，包括特等奖1项，一等奖9项。学生毕业后，夏德宏依然对学生跟踪培养，成为学生的终生导师。一些工作多年的学生遇到困难找老师求教，夏德宏总是有求必应、悉心关照，竭尽所能为学生的发展操心操劳。爱学生，就要注重学生的品格培养，使他们都成为充满正能量的人。夏德宏相信，好的学生应该是有自由思想和独立人格，有担当又能担当的人。他把品格培养贯穿于教学的全过程，循循善诱，时刻教导学生诚信、博爱、自信、阳光和勇敢。夏德宏曾在新教师入职培训时强调：“有了知识和方法的基础，再具备做人的品质和修养，学生才能德才兼备，为前途发展打下坚实的根基。为学生注入正能量，助其逐步成长成熟成才，这才是爱学生的表现。”

## 创新教学，涌情解教活现相长舞台

自1985年任教至今，夏德宏一直辛勤耕耘在教学一线，先后承担“工程流体力学”“热工过程及设备”“液压流体力学”“冶金过程热物理”等课程的本科教学任务。他作为课程负责人主持建设的“工程流体力学”被评为北京市精品课程，“热工过程及设备”被评为校级精品课程。如何让课堂变得生动有趣，怎样提高学生课上学习的积极性，这些广大教师都关心的问题，夏德宏也一直钻研琢磨，并最终有了自己的成果。他独创出“舞台剧”式课堂教学法，把教师的身份，按上课的流程与舞台剧的分工细分为：上课前的“编剧”，授课时的“演员”兼“导演”，以及下课后的“监制”。

上课前，夏德宏会编写课堂“剧本”，制作分场的“脚本”。剧本的要义是生动与简练，要在有限时间内讲清楚知识点，使学生能理顺逻辑、理解重点。“脚本”则对应具体教学环节的设置。在“脚本”里，首先是课程的引出，要简短有趣，能一瞬间抓住学生的注意力，最好引用当前的热点和时效问题。比如在讲解动量方程时，夏德宏引用了当时的热点事件“SpaceX海上成功回收火箭”，成功地激起学生的求知欲和学习热情。接着是采用互动设计的手段，引导学生参与课程。夏德宏认为互动设计应该巧妙、自然而不留痕迹。他常常引导学生主动发问，大家一同研究问题，互动就不再是目的，而是一种自然而然的结果。在伯努利课程上，通过从量纲的分析出发，夏德宏和学生共同推出伯努利方程的物理意义，不仅让学生深刻理解了知识点，也让他们掌握了分析方法，以便往后自主学习研究。

授课时，老师便成了台上的“主演”，要根据设计好的剧本和脚本，配合自信得体的姿态和精炼幽默的语言，热情洋溢地开展教学。另一方面，老师也是课堂教学的导演。科学研究发现，人的精神注意力强度随时间成“M”形分布。夏德宏会把重难点知识放在学生注意力的高峰，即“M”曲线的极大值处讲授，而在注意力的谷底，“M”曲线的极小值处，夏德宏则变成“导演”，通过宣讲一些有逻辑、有起伏、有收获的故事，提升学生的精气神，引导学生“参演”，把单一的课堂变成为师生共同参与，教学相长的舞台。

下课后，老师则是“演出效果”的“监制”，确保学生有所收获且能力提高。讲之功有限，习之功无穷，夏德宏精心设计能够训练学生能力的作业，不仅有巩固课堂知识的基础练习，也有加强学生综合能力的提升训练，比如自主实验设计、分组调研与展示、撰写延伸学习报告等。

“教学既是科学，也是艺术”，夏德宏始终这样认为。既要在教学内容上以理服人，也要在教学方法上以情感人，既要有逻辑思考和理性分析，也要有形象认识和感性体悟。只有这样，才能呈现出一场完美的教学“舞台剧”。

## 学术专注，精进不休彰显师者风采

在本科教学与改革方面，夏德宏在担任热能工程系副主任到机械工程学院副院长期间，主持了3次本科生培养方案修订，按照“厚基础、宽口径”的人才培养理念和“国际化、科学化、现代化、特色化”的标准，逐步将“热能与动力工程”专业的培养计划和培养环节进行优化，为提高本专业的人才培养质量提供了基本保障。他还承担多项教育部、北京市级的教改项目，发表了多篇教育教学研究论文，作为主要完成人之一获得“高等教育国家级教学成果奖”二等奖1项，“北京市高等教育教育教学成果”一等奖2项。其中，他参与完成的教育部的教改项目热工基础课程教学基本要求，已被全国高校相关专业普遍采用。

在专业认证及标准制定方面，夏德宏作为主要起草人之一参与了全国能源动力类专业国家标准的制定，在能动类专业建设方面起到了一定的引领作用。他还主持完成了机械工程及自动化专业的工程教育专业认证，并获得了最长的有效期，为我校其他专业进行工程教育专业认证树立了标杆。

在本科教学奖励方面，夏德宏获评宝钢优秀教师奖、北京科技大学本科教学优秀奖标兵奖、师德先进个人、科技竞赛优秀指导教师、“我爱我师——我心目中最优秀的老师”等多项荣誉。

爱乃教育之本，无爱则无教育。从教三十余载，夏德宏以爱为师，探索育人之道。他创新授课模式，提高学生学习效率；注重学生的能力唤醒，关心学生长久的发展；坚持学生的品格培养，为学生指引正确的方向，浇灌了无数的芬芳桃李，成就了未来的国家栋梁。

（原载《北京科技大学校报》第 1193 期）

# 一流学科必须办出一流的教育

## ——访北京市优秀教育工作者、新材料技术研究院教授曲选辉

● 吴钰重　李　伟　陈云龙

他是“长江学者奖励计划”特聘教授，曾获“中国青年科技奖”和“全国优秀科技工作者”称号，享受国务院“政府特殊津贴”；他更是一名优秀的教育工作者，主讲的课程被评为教育部“精品视频课程”，荣获宝钢教育基金优秀教师特等奖，国家级教学成果一等奖。作为一名科研工作者，他是国宝级人物；身为一名人民教师，他更是教育教学改革的指挥官、践行者。他说：“一流学科必须办出一流的教育！”他就是北京科技大学新材料技术研究院院长曲选辉，2017年他光荣当选为“北京市教育先进工作者”。

### 四阶递进　锐意改革

曲选辉2001年来到北京科技大学，先后担任材料科学与工程学院副院长、院长，新材料技术研究院院长，尽管承担了大量的行政管理和科学研究任务，但他始终把教书育人工作当作自己的根本任务，一直坚持带头承担本科和研究生的

课程教学任务，年年超额完成学校规定的教学工作量。他先后主讲了“粉末冶金原理”“材料科学与工程导论”等本科生课程和“材料学前沿”“材料学选论”等研究生课程。他认真准备每一堂课，备课详尽、细致，不断把学科前沿知识和自己的科研成果融入教学实践中，以科学研究促进教学。在学校组织的教学效果问卷调查中，学生们这样评价他：“亲切，讲课内容深入浅出”“有强烈的责任感，注重对学生的启发”“够权威，有大师风范”。

曲选辉有着丰富的一线教学经验，走上领导岗位的他致力于推动材料专业本科生教育教学改革。在柯俊院士提出的“大材料人才培养模式”的基础上，针对材料学科的发展和我国建设创新型国家对高质量创新人才的需求，他提出了“启发创新思想、强化创新基础、培养创新能力”的全新教育思想，并付诸实践。他主持创立的“四阶递进，三体并举”的材料学科高水平创新型本科人才培养体系，获 2014 年国家级教学成果一等奖。

“四阶递进”将本科学习的 4 年分为四个阶段，围绕本科生要学习的专业知识和需要培养的专业技能，按学年分配教学计划。曲选辉组织学院的知名教授创立了“材料科学与工程学院名师课堂——材料科学与工程导论”，“名师课堂”采用“一班一师”制，由院士、长江、杰青等知名教授，讲授国家的需求和国际前沿的学科发展。这门原本在大三年级才开设的课提前到大一学年，并由科研大咖亲自授课，大大激发了新生的专业兴趣和学习热情。曲选辉也亲自讲授这门课，在课堂上，他从材料学科的发展历程到材料领域最前沿的研究成果娓娓道来，为学生们展现了一个多姿多彩的材料世界。该课程被评为教育部“精品视频课程”。

依托学校材料学科的国际学术声誉，开设“中国材料名师讲坛”，讲坛每年邀请 6~8 位国内外世界级材料大师来校讲学，授课人都是各国的院士或者与院士同级别的学者。他把如此高规格的讲坛纳入材料学院大二和大三年级的教学计划，以大师的成就和科研经历启迪学生的创新思想，培养学生敢于质疑，勇于创新的品格。

大三学年依托学科综合优势，让学生参与到实验室的工作和课外创新活动中，在实践中激发学生的科研热情和思路。大四学年则重点放在毕业论文的设计，通过评奖评优、推荐出国，鼓励学生发表论文、申请专利和参加科技竞赛。曲选辉亲自指导学生参加“挑战杯”竞赛。他的学生、新材料技术研究院研究员路新回忆说：“我在大四时报名参加了全国和北京市的‘挑战杯’大学生课外科技作品竞赛，当时这项比赛是全国大学生最高级别科技作品竞赛，竞争激烈，当时担任院长的曲老师得知我们在积极备战‘挑战杯’比赛，欣然答应担任指导老师并在百忙之中为我指引方向、拓展思路、传授方法。那年比赛我不仅个人取得了优异的成绩，还为学校捧回了全国‘优胜杯’。”

曲选辉有别于一般学校开办材料专业的办学思想，得到广泛认可，使材料科学与工程专业被批准为国家级特色专业、国家实验教学示范中心、国家级教学团队、国家级精品课程。优异的教学效果，使得近几年来，材料科学与工程学院每年都有学生被斯坦福、伯克利等国外著名大学录取，获得进一步深造的机会。

## 三体并举，广育桃李

针对教学的三个重要环节，曲选辉大胆改革，重新组合。他提出“三体并举”的改革方案，完善培养体系。他召集学院教师一起研讨，改革教学内容，完善教学计划，让课程更加精炼，知识体系更加系统化。依托于学科科研资源，他建立了“材料科学基础”等“自主学习平台”，该平台是全国首创，教学成果显著，并在多所大学推广采用。在他的带领下，材料学院创建了虚拟实验室开放实践平台，供学生不受时间空间限制，随时自主学习和开展创新研究。

曲选辉以课程体系为单位组织教学团队，开展教改研究，在岗位评聘和职称晋升方面向优秀教学团队倾斜，打造了一支优质的师资队伍，为提高教学质量提供了保障。材料学院由首席教师牵头成立了30多个科研和教学团队，并制定了严格的考核评审制度，奖优罚劣。他将承担本科生课堂教学32学时作为教授年度考核合格的必要条件，实现了教授给本科生上课率100%。

为了给学生提供最好的实验环境，曲选辉依托材料学科的18个国家和省部级研究平台以及46个团队实验室，建设了51个本科生创新实践平台，充分利用良好的科研条件，培养高素质学生。近几年，材料学院主办全球显微结构摄影大赛、全国大学生金相技能大赛，为学生提供其研究技能和成果的展示平台，将科研平台更多地服务于学生自主创新平台，更好地满足了学生自主创新的需求。

曲选辉坚持以人为本的教育理念，注重培养学生的健康人格、学习能力、实践能力和创新能力，关心学生全面成长。他说：“学校是有别于科研单位的地方，它要为国家培养德才兼备的专门人才和拔尖创新人才”，他既把学生当做国家的支柱严格要求，也当做挚爱的亲人无微不至地关心。除了课堂教学，曲选辉每年还承担了本科毕业生和研究生论文的指导工作，他先后指导了本科毕业生60余名，研究生120余名。对于每个学生的选题、实验方案设计、论文写作直到答辩，他都仔细过问，悉心指导。他负责和参加指导的多名学生获得全国百篇优秀博士论文、省级和校级优秀学位论文、国际国内学术会议“最佳学生论文奖”和“挑战杯”竞赛奖。

为人师表，春风化雨，曲选辉身体力行地教育学生如何成为一名科研工作者。他从不对学生的工作时间提出要求，但自己却披星戴月地沉浸在科学的世界里。他常常坐在办公桌前迎接清晨的彤彤旭日，也曾骑行在学子路上顶着午夜的习习寒风。学生们感慨地说：“我们打开邮箱，常能收到老师凌晨发给我们的学术前沿的报道和进展，他的优秀是因为他如此敬业，我们对工作又怎么敢懈怠呢?”正是在导师这种勤奋的态度、严谨的作风的耳濡目染下，很多学生已经成长为高等院校、科研机构、企业科研中的中流砥柱。

## 建言献策，思学忧国

曲选辉一直以学者的怀世精神和战略家的发展眼光，重视青年学术带头人的培养。他向中央组织部提交《加强 70 后人才队伍建设，防止出现新的人才断层》的建议书，被中央人才工作协调小组办公室和中央组织部人才工作局选为单项《专家意见建议》，直接呈报给习近平、张德江、李源潮等中央领导和中央人才协调小组成员。曲选辉在建议书里分析了人才的流失是造成新的人才断层的主要原因，提出要尊重人才成长规律，大力加强青年人才培养，制订科学的激励制度和政策，确保青年科技人才积极开展创新工作。他在建议书中呼吁，“给予他们宽松、平等的工作气氛；公正、公开的报酬与晋升制度；关心青年科技人员的个人生活”。他本人不拘一格提拔优秀青年人才。美国德州大学博士张达威在研究院做博士后期间在“Nature”等顶尖学术期刊上发表了多篇高质量论文，他积极举荐直接破格晋升为教授。事实证明，破格提拔是正确的，这位青年教授在国际上非常活跃，近期腐蚀中心好几个国际获奖项目他都参与其中。

从业三十余载，曲选辉为师勤奋敬业，为学勇攀高峰。难舍教师这份情怀，他会继续奋斗在教学和科研第一线，在热爱的事业上孜孜不倦地耕耘。

（原载《北京科技大学校报》第 1205 期）

# 科技创新　源头活水

## ——记北京市师德榜样、能源与环境工程学院教授刘应书

● 李　伟

1978年，在科学的春天里，18岁的刘应书离开家乡，以优异的成绩考入中国矿业大学，开始了他的求学之路。经过40年的时光雕琢，58岁的他已经功成名就：担任北京科技大学能源与环境工程学院教授、北京科技大学气体分离工程研究所所长、中国工业气体工业协会专家委员会委员、中国气体分离设备行业协会理事以及气体资源开发与综合利用研究开发、气体分离、人工环境、新能源与环保等领域的专家。他主持和承担国家及省部级科研项目65项，发表学术论文300余篇，出版专著4部，获国家专利55项，“国际先进”以上科技成果鉴定6项，获得国家科技进步奖特等奖等国家及省部级科技奖励22项，制定国家标准3项，科研成果产生直接与间接经济效益200余亿元，为经济和国防建设做出了重要贡献。

刘应书在高海拔变压吸附制氧理论及应用研究方面取得了原创性、国际领先水平的成果，创造了青藏铁路 15 万建设大军高原病发病率最低、零死亡的世界奇迹，获得国家科技进步奖特等奖；他率先研发成功和推广应用贫煤、贫瘦煤高炉喷吹成套技术，经济和环保效益显著，获得国家科技进步奖二等奖；他开发了个人、医用保健制氧机、应急消防救援呼吸设备，并实现产业化，为天津“8 · 12”大爆炸的消防救援人员提供了呼吸救生保障；他在国家“863”计划、自然科学基金重点项目支持下，开发了能源气体净化提纯技术，为减少温室气体排放并控制雾霾天气的发生做出了显著的贡献；他教书育人，成绩显著，多次被评为北京市先进工作者、优秀教师、师德榜样。

## 天路英雄

2006 年 7 月，从青藏铁路建设总指挥部传来消息：在青藏铁路建设全线的高原生命禁区内——世界铁路建设史上海拔最高的风火山隧道施工过程中，我国成功研制和应用了高海拔变压吸附制氧供氧技术，中国铁路工程技术人员创造了无一人死亡、无一等级事故、高原病发病率最低的世界纪录。这一奇迹是由北京科技大学和中铁建二十局的工程技术人员共同创造的，技术研究与开发的带头人就是北京科技大学的博士生导师刘应书教授。

在世界海拔最高的青藏高原修建的青藏铁路，其中最为艰苦、被称为“生命禁区”的当属位于昆仑山至唐古拉山之间的风火山隧道，其垭口海拔为 5010m，海拔高、气压低、空气稀薄，含氧量仅为内陆平原的 50%，天气变化无常，温差常达 50℃左右。“六月雪，七月冰，一年四季分不清”是风火山的真实写照。就是在这几乎不可能生存的“生命禁区”地带，还要进行最为艰苦的铁路施工，其艰难可想而知。

在这里要修建的“风火山隧道”全长 1338m，是世界上海拔最高的隧道，也是青藏铁路建设的重点工程。“在 5000m 高原上行走就像挑了上百斤的担子。尤其是到了晚上，由于缺氧，几乎无法合眼，睡不成一个囫囵觉。”这是在风火山施工的工人和技术人员的普遍感受。隧道施工不但粉尘多，而且大型燃料式机械装载、运输设备耗氧大，再加上局部通风效果差，因此工人施工环境中含氧量更少。

刘应书教授长期从事气体分离与净化技术的研究。当他从中铁二十局了解到风火山施工工人和技术人员由于严重缺氧而夜间无法入睡导致白天食欲大减、体力不支、健康和生命安全面临极大威胁时，心情无比沉重。他深知，当年为发展青藏高原经济有数千英雄长眠在青藏公路两侧，科技发展到今天，再不能以牺牲工人的生命为代价来换取铁路的延伸。带着这种强烈的使命感，刘应书接下了攻克“建立世界第一高原制氧站”难题的“战书”。

2001 年 7 月，刘应书带领课题组人员，开始了高海拔变压吸附制氧的研究工作。在海拔 4000m 以上的高原地区就地制氧在世界范围内几乎没有文献可供参考，更无技术可供借鉴。实地调查了解到，铁路建设单位已购置的国际先进的小制氧机在真正上山后却不能正常工作，制氧浓度只有 30%左右。此时，如果按照科研程序再建立模拟高原条件的实验室，条件和时间上都是不允许的。因此，问题的解决只能靠科研工作者们在现场进行开发研制，没有其他途径可走。于是，刘应书带着课题组人员携带着自主研制的高原制氧实验装置，冒着健康可能会遭受损害甚至危及生命的危险，从西宁出发，途经格尔木、纳赤台、西大滩，翻越昆仑山，跨过不冻泉，深入可可西里腹地五道梁、北麓河，直至风火山，摆开了战场。沿途，他们气喘吁吁地搬运制氧装置和各种测试设备，反复测试气压气温、氧气流量浓度以及实验设备运行参数，采集各种数据，探讨高海拔对制氧的影响，寻找高原制氧的规律。

在掌握了宝贵的高原制氧第一手技术资料后，刘应书带领由北京科技大学和中铁二十局组成的现场科技攻关组，开始了大型高原制氧机和高原隧道施工供氧的研制工作。他们夜以继日，一边进行方案论证、工程设计、设备制造以及安装调试，一边对隧道施工现场供氧状况进行反复实验，克服了常人难以想象的生活和工作困难。四个多月的时间里，刘应书坚持工作在科研第一线，前前后后登上青藏高原及风火山 20 余次。

2001 年 11 月 28 日，经过了 2000 多次实验，大型高原制氧机以及隧道掌子面弥散供氧装置和隧道氧吧车诞生了。一条特殊管道和弥散装置把氧气送到了施工掌子面，提高了局部氧浓度，相当于把海拔下降了 1500m。特制的隧道氧吧车推进了坑道，施工现场的工人随时都可以吸氧，隧道工程进度因而提高了 3 倍。2001 年冬季，中铁二十局风火山隧道掘进项目是整个青藏铁路工程唯一不停工的项目组。全长 1338m 的风火山隧道采用了两台大型制氧机，氧气从隧道的两个洞口源源不断地输送进去，大量的氧气直接弥漫在工作面上，在世界第一高的隧道中形成一个氧气浓郁的地带。一座高原医用氧站兀立在世界屋脊上，天下无双！

变压吸附制氧供氧技术的发明和应用得到了国际高原医学界和铁道部、青藏公司、青藏总指领导的充分肯定和高度赞扬，该事迹被中央电视台、西藏电视台、人民网、光明网、各省报、香港大公报等媒体多次报道，被写进电视剧《雪域天路》、电影《青藏线》和话剧《格桑花》中，还被写入人教版小学生五年级语文《把铁路修到拉萨去》课文中。目前，该成果已广泛应用于青藏高原兵营、哨所、宾馆、写字楼以及宿舍等场所，富氧面积达到50多万平方米、受群达100多万人。

铁道部原副部长孙永福院士在“中国重大工程成就论坛”上这样评价：“这一成果已在全线得到推广采用，使过去仅在急救时使用的氧气，成为高原铁路建设人员必备的劳保品，为大规模开展高原建设人员供氧提供了完整的成套经验。”

2002年，刘应书的这项技术入选国家教育部科学技术委员会的“2002年度中国高校十大科技创新进展”项目。2008年国家科学技术奖评审委会公布的评审结果显示，由北京科技大学能源与环境工程学院刘应书教授领导的课题组参加完成的“青藏铁路”项目获国家科技进步奖特等奖。

国家的工程建设、工作人员的生命健康得到了保证，而刘应书的身体健康却受到了很大损害，落下了心慌胸闷、盗汗失眠的病根，讲话时间长了，就大喘气，嘴唇呈现出绛紫色，表现出心室缺氧、受损的典型病症，直到现在还没有完全恢复。

但面对着“生命禁区”的严酷，他依然高歌：

昼捧红日夜踩星，世界屋脊筑长虹。
宿冰餐风抗缺氧，当代愚公胜天神。
雪域冻土路基稳，风火山中任穿行。
古今中外数风流，唯我高原天路雄。

## 与“氧”“煤”结缘

1960年，刘应书出生于湖南农村。靠着湖南人的干练和吃苦耐劳的精神，从小好学的他于1978年考入中国矿业大学学习力学，1982年本科毕业后他又考取了北京理工大学的导弹发射技术硕士研究生。毕业后，他被分配到冶金建筑科技大学从事教学工作。6年的教学工作丰富了他的实践经验。1991年他继续深造，来到北京科技大学热能系攻读博士研究生，接着又到冶金学院做博士后，师从高仲龙和杨天钧教授从事高炉富氧喷煤技术的研究，于是他与煤和氧结下了不解之缘。

我国煤炭资源丰富，煤炭消耗在我国能源消耗总量中占70%左右。但是，我国煤炭资源从开发、加工到消费的过程大多数采用的是传统的经济模式，对煤炭的利用更是粗放型的。另一方面，炼铁主要需要焦煤，我国虽然煤炭资源丰富但焦煤却很少。研究喷煤技术和工艺，用普通煤代替焦煤，可以提高热效比，这样既可以节约资源短缺、价格昂贵的焦炭，又可以降低能耗、减少污染，这也符合国家能源发展的战略方针。在开展高炉富氧喷煤的研究中，刘应书认识到，随着高炉喷煤量的提高，高炉所需的氧气量就要加大，他把为高炉喷煤提供专用的制氧技术和制氧设备列为自己重要的研究课题。从此，刘应书的科研创新道路再也没有离开过“煤”和“氧”这两个字。

煤的燃烧离不开氧气，喷煤就必须添氧。所谓富氧喷煤技术，关键两个字就在“煤”和“氧”上。从1991年到1996年，刘应书在杨天钧教授等老师的指导下，参加了有关高炉富氧大喷吹的国家“八五”“九五”攻关项目。1998年高炉富氧喷煤成果获得国家科技进步奖三等奖。2002年，刘应书和金龙哲教授受潞安矿业集团委托，开展了高炉喷吹贫煤、贫瘦煤的研究，成功地将这种低价值的动力煤开发成为高价值高炉喷吹用煤。既为煤炭企业创造了巨大的经济效益，又为高炉喷煤开辟了优质稳定的煤源。项目系列研究成果通过了山西省及行业组织的科技成果鉴定3项，发表论文3篇，出版专著1本，先后荣获国家科技进步奖二等奖1项、山西省及煤炭行业科技进步奖特等奖1项、一等奖3项。该研究成果已得到大面积工业推广与应用，产生直接经济效益200余亿元。刘应书与他人合作的有关专著《高炉富氧喷煤技术——氧煤混合与燃烧》《贫煤、贫瘦煤高炉喷吹技术开发与应用》也相继出版。

## 制氧机的诞生

高炉富氧喷煤技术取得的重大成就鼓励着刘应书，也引发他更大的兴趣和进一步的思考：如何将这一技术扩大到民用产品，让其造福于民？经过一段时间的探索，刘应书和他的课题组在小型变压吸附制氧、高原变压吸附制氧理论和实验研究的基础上，成功开发了小型医用保健制氧机、家用空气调节制氧机、车载小型制氧机等系列制氧设备和高原制氧成套技术。

机会总是眷顾有所准备的人。2003年，一场席卷全国的“非典”给我们带来灾难的同时，也给刘应书的科研带来了机遇。

氧气是SARS患者医疗所必需的重要物资，让SARS患者及时呼吸足够的氧气，可以显著降低病死率。据临床统计，SARS 患者每人每天所需氧气多达 1.5 瓶。而当时为 SARS 患者供应氧气的方法是医院集中供氧系统供氧或者氧气瓶供氧。这两种供氧方法在 SARS 这种传染性极强的新型毒种治疗中都存在交叉传染的严重问题。对于集中供氧系统来说，SARS 患者使用过程中可以导致病毒污染供氧系统，使病毒从隔离病房蔓延至其他病房，导致可怕的灾难。对于瓶氧系统来说，氧气瓶的频繁更换和反复使用，即使在消毒的条件下，也存在病毒在更大范围和人群中传播的巨大隐患。另一方面，对于不能集中收治的患者以及农村和偏远地区的患者氧气供应也很不方便。

为了解决 SARS 患者安全用氧的问题，刘应书提出了微型制氧的思想，研制单独使用的个人供氧器。

个人用氧的小型富氧装置研究，国内外尚处于初步阶段。制氧的方法主要有深冷法、变压吸附法、膜隔离法、水电解法和化学法。深冷法适用于大规模工业制氧。膜隔离法目前制氧浓度不能超过 50%。水电解法伴生易燃气体——氢气，不能长时间工作。化学方法制氧消耗制氧剂，不能连续供氧。因此，这些制氧方法都不能满足 SARS 患者个人吸氧的微型制氧要求。另辟蹊径，利用制氧新技术尽快研制原料丰富、设备简单、成本低廉的个人用氧装置在当时防治非典的严峻形势下显得非常必要和极为迫切。

刘应书的研究工作表明，可以满足 SARS 患者连续供氧又具有微型化可能性能够形成个人用氧装置的方法是变压吸附制氧方法。变压吸附制氧是应用分子筛的物理吸附原理，以空气为原料，在患者身边将空气中的氧分离出来，获得高纯度医用氧气。这种制氧机，以无公害的形式产生氧气，只要有电和空气，便可源源不断地提供浓度大于 90% 的新鲜氧气，制氧设备与制氧过程都与病房外不发生联系，可以彻底消除 SARS 病毒传播的隐患。制氧机实现微型化后，可以降低设备成本和使用成本，成为便携式产品，完全满足 SARS 患者个人以及农村家庭、隔离室、观留室等供氧不方便的地方的用氧要求。

刘应书创新性地从分子筛吸附的基本原理出发，以实现变压吸附制氧微型化为目标，开展了变压吸附制氧微型化理论研究。重点研究微型化原理流程、微型化流程中反吹气量的影响规律以及吸附器结构与产品气浓度和产量的关系等理论问题。从理论上揭示变压吸附系统微型化后的流程特征以及重要参数的影响规律，研制出了满足 SARS 患者要求的个人用氧设备。该研究课题成功地申报了国家自然科学基金应急资助项目。

# 科技创新，源头活水

科研，贵在创新；选题，重在理论联系实际。当前，基于气体分离理论与技术，刘应书教授的科研工作主要集中在三个方面：生命保障气氛、工业废气资源开发利用、能源气体开发。不难看出，这三方面的研究都与国计民生休戚相关。

在生命保障气氛方面，他着重开展的研究：一是高海拔制氧技术的完善和深化，结合各类飞行器机载制氧和高原重大工程建设项目的需要，集中研究在时空范围内动态变压吸附制氧理论和技术；二是结合建筑节能和环境增氧的需要，开展相对封闭环境制氧供氧技术研究开发，该技术已经用于九寨沟黄龙机场候机楼供氧等工程；三是封闭舱室内空气循环净化，去除二氧化碳以及其他微量有害气体。目前，北京科技大学气体分离工程研究所已经成为我国唯一研究开发变压吸附制氧微型化技术的中心，形成了全国医用保健制氧机行业的技术依托地位。形成了年产 300 万台的产业化规模，为我国微型变压吸附制氧机产业的发展壮大奠定了理论和技术基础。

工业废气资源开发利用是刘应书的第二个研究方向。他的工业废气 $CO_2$ 减排、资源化（用 $CO_2$ 做塑料）课题已被先后列为广东佛山市产学研项目，广东省产学研项目以及广东省科技重大专项。

在能源气体开发方面，刘应书开展的研究：一是生物甲烷提纯。这是一项利国利民的工作。我们知道，湖泊中的水生植物、人体排泄物、秸秆等都可以制沼气，中国一年大约有 900 亿立方米的沼气资源，沼气中约有 65%的成分是甲烷，将沼气中的甲烷提纯到 96%以上，即成为洁净的高品质燃料——天然气。二是低浓度瓦斯提纯。瓦斯排放在大气中产生的温室效应是 $CO_2$ 的 7 倍，但瓦斯收集起来却是很好的能源。因此，瓦斯提纯项目的研究既有环保效益又有经济效益。目前能源气体开发项目已与有关单位开展了合作，进展顺利。

刘应书在国际国内气体分离与净化领域享有崇高声誉，不仅与美国密歇根大学、澳大利亚墨尔本大学、中国台湾交通大学、吉林大学等大学和机构进行长期合作和交流，还担任“Chemsphere”“Industrial & Engineering Chemistry Research”“Energy and Fuel”“Adsorption”及《化工学报》等国际及国内期刊的审稿人，担任《中国气体》《低温与特气》《医用气体工程》等期刊的编委。同时还兼任中国气协团体标准委员会主任、中国气体分离设备行业协会理事和中华医学会高原医学分会委员等社会团体工作，为气体领域科技发展倾注了大量心血。

谈到多年的科研体会，刘应书说："搞科研要选对方向，要结合国计民生中的重大问题去考虑，去选择。要有毅力，要坐得住冷板凳，只有静下心来，才能踏踏实实做一些实事，集中力量去解决一些问题。"

"要想把科研搞好，就要学会放弃很多东西。做科研的人心态一定要放平，放低。"这是刘应书挂在嘴边的话。

## 教书育人，行为世范

在外人看来，相对于刘应书曾经获得的国家科技进步奖特等奖等科技大奖来说，近期他所获得的 2018 年"北京市师德榜样"奖项，也许只是一个小奖。但刘应书却格外珍惜这份荣誉。自 1999 年入职北京科技大学以后，作为一名教师，他以在教书育人方面获得认可而感到更加光荣。

20 年来，刘应书坚持走在本科教学第一线，为本科生先后开设"创新思维及科学方法""气体分离与环保、能源及生命安全""工业生态学""气体资源学""热能工程前沿导论"等课程。在教学过程中，他不仅给学生传授知识，还结合自己的人生经历，指导学生正确处理爱好与学习的关系、理想与专业的关系以及为人处世的方法，受到学生的欢迎。刘应书一直按"礼、信、勤、洁"要求培养学生。"礼、信、勤、洁"是他的学生入学教育的第一课，也是他对学生的一贯要求。对于这几个字，刘应书有自己独到而具体的阐述：礼——做事先做人，要讲礼貌，要懂得感恩，要亲切有礼；信——为人处事必不可少的品质，别人交代你的事情要及时回信，做科研、做学术、做人都要诚信，要守信，要对自己的选择负责；勤——一周有效工作时间要超过 60 小时，要坐得住冷板凳，做实事，集中力量去解决问题；洁——不仅自身讲究卫生，实验台也要干净整洁，乱七八糟的环境必然产生稀里糊涂的头脑。

刘应书行为世范：他为国家做出了卓越的贡献，却从来不高高在上，不摆架子。学生帮他抬东西，完事之后，他总会亲自送到电梯口，挥手再见，直到电梯门关上。刘应书经常对学生说，我们常常有很多和其他师生、同事、单位的合作，要懂得珍惜和感谢这些机会，感恩别人的信任，有这样的感恩之心，才能促成一次次的长期合作，才有成功的基础。

刘应书走近学生，俯下身来，平视，鼓励、帮助学生，让他们自己发现并解决问题。发现学生状态不好的时候，他会放下手里千头万绪的工作，抽时间来和你谈心，亲切开导你，帮你分析问题，找出办法；他尊重学生的想法，当学生有了新的想法又患得患失的时候，他从不约束你，而是给你支持，做你的后盾。

能源2015级学生王翼修完“气体分离与环保、能源及生命安全”新生研讨课后，给老师写信表示感谢：“刘老师，对于大一新生来说，您这样的大师，我们既敬畏又仰望。您对我们学生，关爱关照，既重视求知，又重视做人。感谢您平安夜给我们准备的小礼物，感谢您的教诲和陪伴。在您的身边，如沐春风！我不知道怎么表达我内心的叹服和感恩，唯有更加努力学习，不辜负您的期望！”王翼同学没有食言，大学四年，在节能减排大赛、演讲比赛等活动中，他都获得了好成绩，并获得国家奖学金。大学毕业时，他的学习成绩名列全年级第三，顺利获得推荐免试入学保送研究生资格。类似王翼这样，以刘老师为榜样激励自己前行的学生还有很多。

“精力充沛”这个词用来形容刘应书，可以说是相当准确，他每周工作时间远远超过他要求学生做到的60小时。毫不夸张地说，梯队里几乎每个学生都曾在凌晨两三点收到过老师的回复邮件，有时候是关于工作的下一步安排，有时候是精雕细琢修改的论文。大到选题把控，小到标点符号的使用，一篇文章，他通常要改3~5遍才放心。在他的影响下，实验室夜晚常常灯火通明。他以身作则，用自己的实际行动感染和激励团队人员，培养和打造了一支学风严谨、求真务实、勤奋刻苦、团结协作、战斗力强的科研与教学团队，刘应书梯队的研究生党支部多次被评为“优秀党支部”，团队人员先后多次获得三好研究生、国家奖学金、十佳学术之星称号、中国博士后创新计划、特聘副教授等项目和荣誉。

在科研和教学工作之余，刘应书还注重青年教师的培养。为了帮助青年教师发展，刘应书在青年教师进入课题组之初便帮助他们规划发展目标，制定发展方向，在科研工作和教学工作中，结合自身的经历进行指导。他还不定期地与年轻教师开展思想交流，解决青年教师在职业发展以及生活中的各种困惑。

在科研工作中，刘应书经常就科研方向与学术问题与青年教师开展讨论与交流，协助青年教师与海外知名学者建立联系。青年教师申请课题时，刘应书对选题方向进行指导，对项目申请书进行反复修改。在他的帮助下，梯队青年教师都分别获得了国家自然科学基金课题和北京市自然科学基金课题。除了开展纵向课题、发表高水平研究论文，刘应书还积极引导青年教师科研工作面向社会，从企业的需求出发，把科研成果用于解决实际的生产问题。为帮助青年教师与社会需求接轨，刘应书亲自引荐他们与企业接触，签订横向课题，并帮助解决项目实施过程中的遇到的沟通以及技术问题。刘应书常说，我这个年龄，一个主要任务就是为年轻人建平台、搭梯子，把我们手中的科研像接力棒一样传递下去。

“他是我们的人生导师，是我们的榜样，更是我们的知心伙伴。”同事们和学生们的肯定，就是刘应书获得的最高荣誉，最大奖项！

智慧、聪明、精力过人……种种赞誉之词用在刘应书身上都不为过，但又不是最为贴切。他为人朴实，感情真挚，把对祖国、对人民最纯朴的爱，体现在科研的攻关、教书育人的平凡工作中，把人们常以为是固执的“秉性”变为“咬定青山不放松”的创新和钻研精神，把一项项荣誉，一个个奖项当成人生的一个又一个新的起点，作为攀登科学高峰的一级级台阶，作为教书育人的一个个站点，以此为基础，永不停歇，奋力向前！

（原载《北京科技大学校报》第 1043 期、第 1217 期）

# 绿叶的情怀　高尚的师德

## ——记北京市师德先锋、外国语学院副教授顾巍

● 温　馨

“老师是太阳底下最崇高的事业”。在五彩缤纷、酸甜苦辣的三尺讲台上，顾巍始终爱岗敬业，以忠诚敬畏之心教书育人，严谨治学。

从教 23 年，顾巍从未耽误一节课，从未迟到早退，从未发生教学事故。她深知“生有涯而知无涯”，所以，钻研教材、研究课题、提高业务水平是她从教以来一直不懈的追求。人们都说：若想给学生一杯水，教师应有一桶水，但她却力求学会自己去“挖水”，无论是否接受一门新的课程，她都自我加压，自我充电，学习电脑操作技术，利用网络寻找最新教学资料，及时补充教学。她本着“一切为学生，为一切学生，为学生的一切”的原则开展教学，精心备好每一节课，满怀激情讲好每一节课，课后认真辅导学生和批改作业，形成了自己的教学特点。

在教学中，顾巍努力建立新型的师生关系，在宽松、民主、平等的课堂气氛中激发学生的共鸣和潜能。她常常转换师生角色，采用形式多样、寓教于乐的方

法，通过开展情景法、交际法、讨论法、演讲法和辩论法等体验式的教学，把学生当做红花，自己甘当绿叶，激发学生学习英语的兴趣，不断提高其英语语言运用能力。她根据教材内容，让学生模拟面试场景，设计广告语、名片，把课文改编成舞台剧。在这种师生角色转换中，学生们的个性和潜能得以充分发展。这种富有情感的独特教学风格，对学生健康心理的发展具有潜移默化的作用，给学生留下了深刻的印象。

教师该成为学生的表率，而顾巍也一贯这样严格要求自己，处处以身作则。要求学生预习，她就提前准备新课教案，布置好预习任务；要求学生课后做练习，她就自己先做一遍，第一时间了解题目难度和学生可能出现的问题；要求学生不迟到早退，她就以身示范；要求学生按时完成作业，她首先做到及时批改、及时反馈。她常常通过身边故事、时事热点，来教育学生实事求是，绝不弄虚作假，告诉学生要想成事，先学做人的道理。这些做法对学生形成良好的思想道德品质起到了潜移默化的作用。

顾巍一直用自己温暖、宽容的心去关爱每个学生，用欣赏的目光去关注学生的每一个闪光点。她经常和学生交流谈心，以此缩短师生之间的感情距离。课上有同学睡觉，她不是直接斥责，而是轻轻拍醒他，善意地提醒他不要着凉，并关切地询问他的身体状况；发现有同学学习退步了，缺课比较多，她会立即找其了解原因，联系其辅导员，共同寻找对策；对于家庭困难的学生，她从多方面给予他们关怀。她对学生的倾情付出和关爱也换来了学生的尊重、喜爱和信任。当她嗓子哑了的时候，学生就偷偷地在她的桌上放润喉片；当她不舒服的时候，细心的学生会在课间悄悄打来热水，搬来椅子；每当节日、她都能收到很多祝福、鲜花和贺卡。每当要结束一个班的教学，分别之际，学生们总是依依不舍。有一次，上完最后一节课，学生们竟然集体起立，深深地给顾巍鞠了一躬，深情地说：谢谢您！您辛苦了！还当场为她演唱了他们集体改编的歌曲，场面令人动容。

顾巍之前教过的一个女生曾经给她发信息："老师，我们在寝室经常说到您，我们还想听您上课。您以前说的'学会倾听，是一种修养'已经成为我们公用的座右铭。"每当这个时候，她真正地体会到了一个教师最大的幸福和快乐。

泰戈尔说过：果实的事业是伟大的，花的事业是甜美的，叶的事业是平凡的。教师的事业就是叶的事业，顾巍就是这样一位老师，一直以自己勤奋踏实的工作作风，一点一滴，一步一个脚印地履行着一个教师的神圣职责，受到身边师生的尊重。

（原载《北京科技大学校报》第1217期）

# 教书育人　鼎力实践

## ——访北京市师德先锋、冶金与生态工程学院教授朱荣

● 李　伟

在北京科技大学，提起冶金与生态工程学院的朱荣教授，从学生到老师，个个都竖起大拇指：2017 年入选国家首批“全国高校黄大年式教师团队”，2017 年获得教育部科技进步二等奖、全国创新争先奖，全国产学研合作优秀奖、全国冶金行业先进工作者；2016 年全国优秀科技工作者、国家科技进步二等奖；2015 年中国冶金科技进步一等奖，国家科技进步二等奖。

朱荣是一个从一线生产技术管理者转型为大学教授的专家型学者。1962 年朱荣出生于江西省萍乡市，1979 年，全班 56 个人只有他一人考上了大学。受家庭影响，怀揣当火车司机梦想的他，却阴差阳错地被录取到江西理工大学冶金系，学习炼钢。大学毕业时不满 21 周岁的朱荣被分配到江西新余钢铁公司（原

江西钢厂）工作。那时，很多人觉得进机关、坐办公室是个好差事，但独具慧眼的父亲却要求他到生产一线长硬本领。在工厂的7年里，朱荣当过炉前工、炉长、技术员、工段长、车间主任。工作虽然辛苦，但却培养了他坚强的性格，这对他后来从事科学研究工作是一段宝贵的经历。在企业工作期间，朱荣目睹了当时中国钢铁工业的落后，抱着追求科学，为国争光的决心，他来到了北京科技大学攻读研究生。7年基层工作的锤炼，5年研究生的学习，为他以后走产学研相结合的学术道路，奠定了良好的基础。

1996，朱荣从北京科技大学冶金系博士毕业后留校任教，由此开始，他教书育人22年，从未间断。朱荣平均每年授课5门（含企业工程硕士）以上、150学时左右。结合他的实践知识及经验，朱荣主讲“钢铁冶金学（炼钢部分）”课程20年。20年中，他坚持“理论+实践”教学模式，通过对炼钢过程典型案例分析，对课程内容深入推敲，举一反三，改变了传统的单一课堂授课模式，开启学生创造性思维，积极发挥学生的创造力和想象力，将课程教学与科学研究相结合。2013年，他主讲的“钢铁冶金学（炼钢部分）”获评北京市精品教材及北京市精品课程；2014年，他讲授的“百炼成钢”入选国家级精品视频公开课“钢铁是怎样炼成的”。2017年他将10年来研究生案例教学讲稿和科研项目实践系统整理，出版了专门针对冶金院校研究生和钢铁行业工程人员的《炼钢过程典型案例分析》教材。

走进朱荣的办公室，书有“集智创新，鼎力实践”8个大字的座雕赫然立于工作台上。这是朱荣团队经过多年科学实践总结的座右铭。朱荣说，创新是推动民族进步和社会发展的不竭动力，一个学科要想走在学术界的前列，就一刻不能没有创新思维，一刻不能停止创新。现代工程科学技术需要大智慧，需要多学科的交叉以及大量的实验验证，要实现更加有效的创新，办法之一就是“集智”。“集智”实际上是属于开放式创新的范畴，不仅要开动自己的大脑，更要集合团队的智慧，要善于听取他人的意见，通过集智实现创新，取得1+1>2的效果。冶金学科是一门富有创造性、交叉性的学科，培养学习能力最好的方法就是互动交流。冶金学院有开放、自主的课堂氛围，有经验丰富、理论扎实的师资队伍，课堂上学生可以针对某一问题提出自己的想法，老师会根据你的思路，与你一同探讨。在互动交流中巩固知识，拓宽思路，锻炼思维，形成智慧。

朱荣认为，理论与实践并举，才能提高学生的动手能力，有利于他们走向社会，早日成才。“集智创新，鼎力实践”既是座右铭，也是入学教育的核心内容。为了践行实践观，更好地开展实践活动，朱荣团队在昌平建立了实验基地，投入了大量的资金，学生可以根据自己的想法去做一些研究，给学生提供更多的实践机会。团队要求每个研究生都要进实验室，都要发表一篇论文。在朱荣的教育和培养下，团队很多学生在研究生期间就得了省部级的一等奖、二等奖，有了自己的专利，获得国家奖励。

教学与科研和生产实践相结合，是朱荣教书育人的一大法宝。他以开创开启学生的创造性思维为主题，培养学生的兴趣，最典型的案例当数二氧化碳在钢铁冶金中的资源化应用。“我在课堂教学中和学生互动比较多，我也经常出一些选题让学生上台来讲，比如地条钢和我们的生活、炼钢与智能化操作、炼钢绿色化等等，主要是想开启学生的思路。”2003 年，当讲台上的朱教授讲到工厂里的设备时，讲台下的一个学生提问：炼钢冒这么大的烟，二氧化碳排放也高，怎样才能更有效解决这一难题？学生的提问引发了朱荣的思考。通过几个月的文献查阅和对转炉炼钢烟尘的产生进行的大量研究，朱荣得出烟尘的产生大部分来源于铁蒸发再氧化的初步结论。2005 年，朱荣就此问题申请了国家自然科学基金。在基金的资助下，朱荣带领一届届学生，做实验，下工厂，搞研究，历经 15 年，最终发现：二氧化碳是弱氧化性气体，在炼钢温度下与碳、硅、锰等元素可发生氧化反应，并伴随吸热或微放热效应，将二氧化碳应用于炼钢过程可实现温度及气氛控制，达到降低烟尘、净化钢液、减少有价金属损失、节能降耗等目的。目前该课题已获两项国家自然科学基金面上项目资助，一项国家自然科学基金重点项目资助和一项“十二五”国家科技支撑计划项目资助，相关科研成果已在福建三钢、西宁特钢、首钢京唐公司实现了工业化应用，取得了良好的效果。

源于教学，教学与科研、生产实践相结合，朱荣在研究生的培养中，结合专业特点，传授给学生科学的方法，实事求是的科研作风，解决生产中的实际问题，学生课程学习的积极主动性明显提高，理论知识基础和专业实践能力进一步提升，成效显著。

朱荣认为，科研离开了实践就是无源之水，实践缺乏了创新就是一潭死水。多年的科研中，朱荣坚持一个信条，科学研究结果要经得起实践的检验，要符合生产实际的需要，还要能够推动工厂的技术革新和升级改造，一个创新的出现，需要百分之百放到生产实际中去验证结果的正确性。他曾这样形象地要求他的研究生：既要学会在实验室里“穿针引线”，又要学会在生产现场“舞刀弄枪”。进入实验室他们是潜心科研的学生，走进生产现场他们必须是能独当一面的工程技术人员。从实践中发现问题，在实验室里解决问题，再到实践中检验科研成果的有效性，在不断优化参数的过程中发现更多问题，逐一解决，这样来实现科研项目的全生命周期闭环控制和良性循环，学生也能从整体来看待和解决科研问题。

当记者问到教学工作是否与科研相冲突，影响到这位大牌科学家的科研时，朱荣摆摆手说，20余年，在《钢铁冶金学（炼钢部分）》和《炼钢过程典型案例分析》教学和建设的投入，让我对课程内容有了更加深入的推敲和举一反三的思考，促进了相关基础理论研究，带来了炼钢新技术开发等方面的突破。

事实也确实如此。早在留校工作之初，针对生产现场的技术需求，朱荣就集中精力开展了“电弧炉炼钢”方向的研究工作，瞄准电弧炉炼钢高效、低耗、节能、优质生产的目标，坚持深入现场发现问题，围绕实际解决问题，投入生产验证效果，经过二十余年的努力研发了新一代电弧炉冶炼技术“电弧炉炼钢复合吹炼技术”，该成果已推广至天津钢管集团股份有限公司等60余家国内外钢铁企业百余座电弧炉，覆盖国内电炉钢产能的30%以上，相关技术及产品已出口至意大利、俄罗斯、韩国等国家，推动了国内外电弧炉炼钢技术的进步。2016年度获得的国家科学技术进步二等奖“电弧炉炼钢复合吹炼技术的研究应用”。

二十多年，朱荣把教书育人落实在课堂上，带入实验室，走进项目中。教学相长，教学促进了科研，科研带动了教学，教学和科研有机融合为一体，走出了一条自己的教学科研、教书育人的独特成功之路。

（原载《北京科技大学校报》第1219期）

# 像装修家一样 设计每一堂课

## ——记北京市师德先锋、土木与资源工程学院教授张英华

● 温 馨

“三尺讲台就像我的另一个家，学生是我的家人，我像装修家一样设计每一堂课”，张英华是这么说的，也是这么做的。从课堂结构设计、内容衔接、时间掌控到服装领带，他都力求一丝不苟。多年来，他通过“1+X”“中澳实习基地”“PPT与板书”“课前格言”“课堂互动”“课间才艺”“课后总结”等教学研究，形成了自己独特的“10+3+15+5+80+5”的课堂教学模式。每次上课，张英华提前10分钟到教室预热幻灯片、准备上课；课前3分钟，教大家做操，等学生入座；上课铃声一响用大约15秒的时间大声说一句格言与同学共勉，让同学们安静下来；课堂前5分钟回顾上次课的要点；讲课80分钟，穿插课堂提问与互动，设置加分；课间传签签到表、留存备查，才艺展示、活跃气氛；课堂最后5分钟总结与提问，了解课堂效果。张英华的这种课堂教学模式，深受学生欢迎，他本人多次荣获校级“教学名师”“我爱我师”“优秀班导师”等荣誉称号。

张英华从教以来，始终奋斗在教学科研一线。他每年坚持承担“燃烧与爆炸”“防灭火设计”“风险不确定性分析与实践”3门本科生课程和“防火防爆技术”“安全技术新进展”2门研究生课程，超额完成学校要求的工作量。与其他教授合作录制的《安全科学与工程导论》被评为“北京市精品视频公开课”，为社会公众普及安全知识做出了贡献。张英华深知教材对教学的重要性，他根据多年的教学经验编写教材，出版了《矿山安全工程》《燃烧与爆炸学》《采矿工程概论》《安全工程实验指导书》《安全工程生产实习教程（矿冶类）》和《讲案例学安全》等6部著作，其中《矿山安全工程》获评“十二五”普通高等教育本科国家级规划教材。

严师出高徒，张英华对学生的学业要求十分严格。他指导学生实验时，数据采集力求严谨、准确，不能有半点马虎，杜绝弄虚作假；指导学生论文时，反复修改，特别是摘要、结论、创新点都逐字逐句批改，做到一丝不苟、精益求精。他指导的本硕博各层次学生多人次荣获优秀毕业论文、国家奖学金和全国大学生安全创意大赛等荣誉。张英华经常用小的故事来启发学生，如他用自己家阳台上同一种花、同时撒种、同时施肥浇水，但一个月以后朝阳的那株长得特别高，中间的那株中等，最里边那株特别小，由此启发学生在课堂上要尽量往前坐，离老师、黑板近一点儿，你每天的收获就会大一点儿，日积月累效果就出来了。

张英华既是学生的良师也是益友，他坚持“一切为了学生”的理念，不管是工作日还是休息时间，对学生有求必应，热心而耐心地解决他们的问题。他把学生当作家人一样对待，热心参与和资助学生活动，每年出资4000元左右支持“安全创意大赛”，资助贫困研究生完成学业。在他看来，爱学生是老师的天职，因为家长把学生交给学校老师，不只是爱的接力，更是信任的重托，这份沉甸甸的多年的托付，老师要“托在手上、刻在心上”。

注重教学的同时，张英华不断攀登科研高峰。他获批“一种测试煤炭自燃发火期小型模拟装置”“一种用于井下紧急避险系统支撑的地面机动救援车”等发明专利12项；主持和参与了国家“973”项目“深部采动应力场时空分布规律及对动力灾害孕灾过程的控制”、国家“十三五”项目“社会化应急服务体系关键技术研究”、国家自然科学基金项目“溶解酯化煤体瓦斯机理研究”等40余项科技攻关项目，获省部级科技进步奖9项；主持和参与“面向新技术的传统优势工科专业升级改造研究与实践”“打造国际化矿山应急救援课程体系”等教研项目15项，获教学奖7项。

张英华积极开展国际交流与合作，提升安全学科国际影响力。在他的努力下，我校与加拿大麦吉尔大学建立了“矿山安全科学与工程”国际会议和论坛制度，与澳大利亚莫纳什等世界名校签署了“2+2”联合培养备忘录，与韩国首尔大学建立了灾难防治国际论坛机制，引进了国际名校的先进教学理念、提升了安全学科的知名度。

发挥安全学科优势，助力“一带一路”。张英华参与巴基斯坦山达克铜金矿援建项目，2009 年率一行 4 人从北京-乌鲁木齐-卡拉奇-达尔板丁 3 次转机、4 辆机枪皮卡军车护送穿越 400 公里戈壁沙漠，用时 5 天到达山达克；到达目的地，张英华一行克服路途劳顿、时差困扰，立即投入毫秒雷管延时实验、深入 200 多米矿坑测定爆破参数、测量断层走向、评判边坡岩石碎裂类型、调阅数万组数据、建立 GPS 边坡位移观测系统，他提出的护坡方案延长该矿 10 年的服务年限，给中巴两国带来近 2 亿美元的经济效益，获得中冶集团嘉奖。张英华还帮助吉尔吉斯斯坦建设安全工程专业，2017 年吉尔吉斯斯坦结构交通与建筑大学 Jenny 访学教授听了他的研究生课后，提出希望帮助他们学校建设安全专业，尽管工作量巨大，但张英华欣然答应，立即着手对接工作，加班加点整理资料、组织研讨，目前已基本完成翻译培养方案、对接本硕课程、组织教师准备教案、签订相关协议等工作。

三尺讲台挥洒几度春秋，苦苦耕耘；春风化雨滋润满园桃李，累累硕果。张英华在教师岗位上几十年如一日，不忘初心，砥砺前行，他在教书育人、为人师表、严谨治学等修身治学的道路上，努力工作并幸福着。

（原载《北京科技大学校报》第 1219 期）

# 科技创新

教师是学生成人成才的指导者和引路人，在提高人才培养质量、提高高等教育教学质量中肩负着重要职责。一流大学需要一流的教师。

他们在教书育人的岗位上，呕心沥血，潜心教学，引领教改，开拓创新，在平凡的工作岗位上做出了不平凡的业绩。

# 宁静以致远

## ——访长江学者、冶金与生态工程学院教授邢献然

● 李 伟 霍建菲

**人物小传：** 邢献然，1994年3月在北京科技大学获冶金物理化学博士学位后留校任教，现为北京科技大学教授，物理化学系主任，兼任中国稀土学会理事、重庆大学教授、全国X射线粉末委员会委员、全国相图委员会委员、美国陶瓷学会会员等职。享受国务院专家政府特殊津贴，人事部“新世纪百千万人才工程国家级人选”，“Chem. Mater.”“Crystal Growth & Design”“J. Am. Ceram. Soc.”等十余种国际杂志评审人。曾在美国、奥地利、日本等大学学习和工作。2005年入选教育部长江学者特聘教授，2007年获国家杰出青年基金资助。

邢献然出生在安徽农村，白白净净的他生就了一副读书人的性格：安静、执着。也许是性格使然，他从小就爱读书，喜欢学习。初中毕业时，恰逢安徽省恢复考试招生制度，应届初中生首次实行全省招考，邢献然以优异的成绩考上了无

为师范学校（一所中专学校），三年后，不到 20 岁的他就回到了乡村，当上了一名中学教师。当时，上大学是很多青年人的梦想，能够接受高等教育机会还比较少。1981 年邢献然参加了电视大学招生考试并被录取，但是他所在的中学没有通电，电视就更不用说了，上电视大学学习也只能是梦想了。1984 年，已是乡村中学骨干教师的邢献然几经争取，得到了参加全国高校招生统一考试的机会，被安庆师范学院化学系录取。尽管读的不是什么名牌，四年的大学学习对于一个从农村中学走出来的青年来说，却是十分难得的机会。他担任化学系的学生会主席，是安庆师院的优秀学生干部，组织大量活动，耽搁了不少学习时间。但是，得益于在中学任教时的自学习惯和学习方法，邢献然的大学学习成绩一直保持优秀。品学兼优的他 1987 年被奖励参加了安徽省大学生夏令营来到了北京，第一次走进了北京钢铁学院的校园。

夏令营活动开阔了他的眼界，他对自己的人生有了更高的追求。少年心事当拿云！北京钢铁学院冶金学和冶金物理化学家和冶金教育家，中国冶金物理化学学科创始人、中国科学院资深院士魏寿昆先生的讲座给了他强大的震撼；从北京书店买回的普里高金的《从混沌到有序》（Orders out of Chaos）一书，给了他莫大的影响。《从混沌到有序》中对自然界的哲学思考，引起了他对化学热力学极大的兴趣。纵观国内热力学大师，王竹溪先生、付鹰先生已经先后作古，而魏寿昆先生仍在指导研究生，走学术研究之路，报考北京科技大学的研究生，成为邢献然的心愿。凭着他对化学热力学方面的强烈兴趣和对大师的仰慕，1988 年邢献然考取了北京科技大学冶金物理化学硕士研究生，师从乔芝郁教授。硕士毕业后的 1990 年，他终于成为魏寿昆先生的博士研究生。

## 咬定青山不放松

“非淡泊无以明志，非宁静无以致远。”这句话在邢献然身上得到了很好的体现。在科学研究实用化日盛，产学研结合呼声高涨之时，作为一名青年学者，邢献然以如水的心境和坚韧的毅力，选择了冶金物理化学中的基础问题进行长期不懈的研究，在材料制备过程物理化学方向中做出创新性成果。邢献然宁静、儒雅，外表平和，既没有铮铮誓言，也不会高谈阔论，但为人做事却有极高的标准、极强的原则性。认定要做的事，他咬定青山，“一根筋”地坚守着，凭着对科学的热爱，一步步往前走，从不懈怠。

热胀冷缩是自然界的普遍属性。1998 年，邢献然在与他人的交流中发现，自然界还存在热缩冷胀现象，即负膨胀。负膨胀属热力学范畴，也是物理化学的重要命题。负膨胀的本质是什么？如何利用它？能否通过改变物质的组成和结构得到新的属性？这些问题引起邢献然极大兴趣。

与以往其他课题不同，邢献然周围从未有人涉足过此方面的研究，也没有人能给他以引导。时年35岁的邢献然以超人的胆识，独自开始走上漫漫的研究路程。最初的研究艰苦无比，既没立项，也无经费。邢献然不怕坐冷板凳，默默坚守着。2000年此方向的研究获得第一个基金资助——“高校青年骨干教师项目”资助，此课题完成后他被评为“教育部优秀青年骨干教师”；2008年，该项目获得国家自然科学基金重点课题资助。历时10年，邢献然坚守着一个基础课题的研究，以自己的行动，向着目标迈进。

梅花香自苦寒来。邢献然在国际上率先开展钙钛矿负热膨胀材料研究，发现两个世界上迄今为止仅有的负热膨胀增强体系，制备出目前国际上报道的热膨胀最小的氧化物陶瓷（零膨胀材料），提出负膨胀的新机制。他在此方向的研究论文，发表在“J. Am. Chem. Soc.（JACS）”“Chem. Mater.”“Appl. Phys. Letter”等著名杂志上，在国内外引起很大反响。其中发表在JACS上的论文是北京科技大学建校55年来以第一作者单位在此刊物上发表的第一篇重要论文，目前邢献然在此方面的研究在世界上处于领先地位。此外，邢献然在冶金热力学和高温熔盐物理化学研究也都做出创造性成果。

采访中我们问邢献然：“作为更易受环境影响的青年学者，您是如何面对色彩纷呈的外部世界？”时，邢献然淡定地说：“每个人的追求不同，研究领域也不同，行为方式也不同。但作为一名科研工作者，一名教师，必须要心静，给自己一个空间，这样才能专心做自己的事，才能一步一个脚印往前走。”谈到待遇，邢献然说：“教师的活动半径不大，消费不高，能让我衣食无忧搞研究，我很知足。”评上长江学者并非易事，而邢献然却将它归为运气，归为北京科技大学的培养。他说：“我是北京科技大学培养出来的‘土硕士’‘土博士’，我的科研工作基本上也都是立足于北京科技大学、在国内开展的，学校给了我很多支持。”

## 学科建设的“领头羊”

2001年1月，邢献然被任命为北京科技大学冶金学院物理化学系主任，负责“冶金物理化学”国家重点学科的建设。接手之初，研究方向陈旧、人才断层、后继乏人等问题，困扰着邢献然。在学校和学院的支持下，邢献然充分发挥老先生的才智和潜力，团结大家，传承了冶金物理化学学科严谨治学的学风，通过培养和引进，克服人才断层的困难，使冶金物理化学学科在 2001 年、2006 年两次全国重点学科评估中成绩优异，保持了国内领先、国际知名的学术地位和影响力。

邢献然认为，人才断层在全国范围内都存在，哪个学科解决得早，哪个学科就会获得较快发展。他充分发挥老教师的传帮带作用，在老一辈科学家的指导下，培养出一批治学严谨、踏实勤奋的青年教师，为学科的发展注入活力。他认为，好的学风是无形资产，是一个学科发展的灵魂。在他的引领下，物理化学系每年年底都会举行学术报告会，至今已坚持了 7 年之久。现在新年报告会大家都抢着讲，讨论热烈，报告会已成为系里的学术舞台，成为物理化学系的“新年大餐”。邢献然说，系虽小，却是学校的基本“细胞”，一些最基本的管理、组织活动，都由系里完成，系里的工作做好了，对院里的工作是一个很大的促进。事实也确实是这样，在物理化学系的影响下，冶金学院从 2007 年开始，将学术报告会作为年底考评的一种形式，由学术梯队的梯队长就一年的学术工作进行汇报，有力地促进了科研工作。

在邢献然身上，集中体现着一名教师、一个学科带头人、一位长江学者对学科繁荣、为学校壮大、为国家强盛的责任感和使命感。

## 教书育人，身教重于言教

邢献然已在北京科技大学工作 26 年。26 年间，他为本科生和研究生先后主讲“冶金热力学”“冶金和材料热力学”“功能材料”等 10 余门课程，由于受过良好的中、高等师范教育，在小学（中师学习期间）、中学、大学都教过课，深谙教学原则和教学规律，他结合当代学生的心理特点和知识结构，运用现代教学方法，注重教学效果，为人师表，因而受到学生的爱戴和同行的尊敬。

教育的成功很大程度上取决于教师。邢献然在指导学生上，把对学生的爱表现为一种眼界，一种教育上的远见卓识。

邢献然招收硕士生、博士生的原则是规模适度，保证自己有足够的时间和精力指导学生。在学生刚入学的时候他就提出三点要求，作为师生共同努力的方向。一是研究生在读学位期间所学、所做的要与其所拿学位相称；二是读学位期间，研究生的各种能力要有较大提高，包括学习、发现、社会交流能力等；三是要有成就感，研究生在学期间的工作要成为科研成果，这样学生走上社会后的自信心和社会适应能力也会随之增强。迄今为止，他共指导了研究生十余名，在他的高标准、严要求下，其中获校优秀博士、硕士论文 4 人，1 人获得洪堡奖学金资助。邢献然认为，参加学术会议有利于开阔学生的研究视野。他规定，课题组每一位学生只要有文章发表，就可以一年参加一次学术会议，经费由他资助。

邢献然以教师平常心态和学者平静的心境教书育人，每年差不多有 300 天在学校或实验室工作，指导学生身体力行。他的博士生燕来告诉记者："邢老师治学严谨，每周一下午的工作组会，他都认真听取学生的工作进展报告，与学生探讨问题。我在读的四年中，无论多忙从未间断过，激烈讨论往往会持续 4~5 小时，他仍兴致盎然。他对学生课题抓得紧，做事有效率，隔两天就找学生了解情况。他在生活上特别节俭，没见过他有什么奢侈品。邢老师朴实勤奋，给我们树立了很好的榜样。"研究生陈茜说，读研之前老师就和我们说过，不能来混学位，虽然邢老师的高要求使我们在学习过程中感到有难度，却提高了我们解决问题和创新的能力。博士生李立宏还说到这样一个细节：他们写的英文论文，邢老师要给他们校正，然后修改，往往反复改上三、四次才肯"罢手"。也正是因为这样，邢献然的学生发表的 SCI 收录的英文论文数量连续两年名列北科大第一。

用行动播种，用汗水浇灌，用心血滋润，邢献然这位"土著"博士，以农民之子的质朴、执着、坚韧，一边收获着事业的成功，一边引导着学生走向充满希望的明天。

（原载《北京科技大学校报》第 1034 期）

# 年轻的教授　年轻的心

## ——访长江学者、材料科学与工程学院教授姜勇

● 刘泽平

记者第一次拨通姜勇的手机，当听到欢快的童音唱着《春天在哪里》的彩铃时，第一感觉就是拨错号了，因为选择这样彩铃的机主一般都非常年轻。更让人吃惊的是，在磁随机存储器研究方面已经名扬中外的姜勇在电话里传出的也是年轻而又乐观开朗的声音。这似乎让记者隐约感觉到：或许正是姜教授用年轻的心去面对枯燥乏味的重复实验和科学研究才取得了令同龄人羡慕的成果。

### 潜心科研

2004 年 5 月，日本五大新闻媒体同时报道了计算机存储领域取得的一项重大技术突破。其中有媒体报道：东北大学工学部的研究小组在下一代不挥发性磁随机存储器的研究中取得革命性的突破。他们在世界上首次将 MRAM 的写电流降低到原来的 1%，使得对低电流消耗、高存储密度的磁随机存储器的成功开发充

满希望，该结果已经被“Nature Materials”接受。该成果也使人类的“瞬时启动计算机”梦想将可能得以实现。这项突破性技术就是当时在日本做科学技术振兴机构研究员的姜勇博士主导的。

目前，电脑的动态或静态随机存储器在断电时会丢失数据，这也是造成开机需要几分钟的“罪魁祸首”。磁随机存储器技术结合了巨磁电阻（或隧道磁电阻）和芯片集成技术，具有高速存取、超高存储密度和不挥发等优良特性。所谓的不挥发，也就是说该存储器在断电后仍能保持其所存储的信息。这种随机存储器在计算机中的应用可以给人类带来一种崭新的“瞬时启动计算机”。人们将在打开计算机时，显示屏上会立即出现关机前的所有信息，不再需要长时间的等待。

目前，美国 IBM 公司、摩托罗拉公司和日本的东芝公司等都已经投入巨资进行磁随机存储器方面的研究。Motorola 公司在 2003 年 10 月开发出了世界上第一个 4 兆存储量的 MRAM，2004 年 6 月，IBM 公司也宣布开发出容量为 16 兆的 MRAM。但是，要进一步提高 MRAM 的存储量却面临着很多挑战。首先，在存储元件的信号增强方面，高的存储密度需要存储元件能产生高的输出电压信号。MRAM 的存储单元目前主要使用的都是铁磁性隧道结构。超过 100 毫伏的大信号电压则需要用于制作 MRAM 的 MTJ 在室温下具有很高的隧道磁电阻效应。如何有效地提高 MTJ 的室温磁电阻效应成为这项技术取得突破急需解决的难题。更高存储密度 MRAM 的开发所面临的第二个挑战是如何降低写电流，从而降低能量消耗。姜勇主导的研究就是攻克这方面的技术难题。2004 年，他将高密度存储所需要的写电流降低到了原来的 1%，被同行专家评价为磁随机存储器研究的“革命性突破”。一年后，他又通过改善结构，进一步将“电流诱导磁化翻转”所需的临界线电流值降低到原来的 0.5%。

2005 年底，姜勇的研究成果被国际半导体和电子技术行业最权威的发展指南《国际半导体技术蓝图》收录，并受到极高的评价。

在二十一世纪的今天，信息产业已经成为重要的支柱产业，而信息的存储则是至关重要的。大容量信息的长期存储主要是通过磁记录和光纪录技术来实现。磁记录已有很长的历史，是目前信息存储的主要方式。面对日新月异的信息时代，大容量、高速度、高密度和小型化已成为信息存储发展的必然趋势。磁随机存储器无论在军事上和民用上都有着至关重要的应用被认为将最终取代目前被广泛运用的磁、光盘技术。

2000 年以来，姜勇在国内外学术期刊上发表论文 45 篇，被 SCI 收录 40 篇。

在国际会议做特邀报告 6 篇次。

## 悉心育人

“梅花香自苦寒来”，这句话在每位取得巨大成就的科学家身上都会得到印证。姜勇 1968 年出生于安徽，22 岁本科毕业。工作几年后，积累了一定的工作经验便继续考研深造。在外人看来，聪明的姜勇读书路上很顺利，而事实上，姜勇的顺利是用“自己比别人付出更多”换来的。

姜勇是在中国科学院等离子体物理研究所获得的理学博士学位。实际上他只在该所不到半年就随导师的工作调动一起到了武汉的华中科技大学。在读博士期间，姜勇天天埋头做实验，将吃、睡都搬进了实验室，一天 24 小时连轴转。华中科技大学有每周五晚放映露天电影的传统，忙碌辛苦了一周的姜勇有时很想去奢侈享受一次，但他总是忍痛割爱一次也没有去。读博那几年，姜勇一年 365 天除了 7 天和家人团聚过春节外，其余时间天天给自己安排有实验。正是“付出几分，回报几分”，姜勇的硕士和博士学习都是破例提前毕业的。毕业后，便先后被邀请到新加坡国立大学和日本东北大学继续从事磁性存储材料研究。

现在，姜勇已为人师，他目前带着 2 个博士和 6 个硕士研究生。他讲授的每门课除了给学生总结已有的研究成果外，还一定会介绍这个学科世界范围内正在研究的问题以及最新的研究成果，学生们感觉听他的课总能“嗅”到学科的最前沿信息。

姜勇在心里对自己学生的刻苦钻研很是满意，但当着学生的面他总会指出学生存在的不足。他常对学生说：“如果你们也能够像我读博时那样一年只休息 7 天，像我在日本留学时连续数天熬夜做实验，不得出满意的结果不休息的话，你们一定也能够做出惊人的成绩。”

姜勇常常事无巨细地严格要求自己的学生，因为他在心里期待着能够培养出比自己更优秀的学生。

## 一心报国

姜勇在日本完成科研后，美国硅谷的一家高科技公司给了他“高级研究科学家”的职务和大约 10 万美元的年薪。该公司的总裁还专门去日本和姜勇会面，并许诺在姜勇加入该公司后就开始给他申请美国绿卡。在这家公司的大力协助下，姜勇很快就拿到了美国的杰出人才入境签证。但经过慎重考虑后，姜勇还是选择了回国，他说他是中国人，不能总是让自己和家人在他乡“漂”着。于是通过人才引进工程，姜勇来到了北京科技大学。

北京科技大学材料物理与化学学科是由我国第一个金属物理专业发展而来，其材料学教学和科研一直走在国内同类高校的前列。姜勇回国后迅速组建了“自旋电子材料与器件”研究团队。该团队目前包括三名教授和两名讲师，其中三名教授都是从国外引进的，另两名教授也均获得了教育部“新世纪优秀人才支持计划”。

回国以后，姜勇与其所领导的研究团队，通过与新加坡国立大学和日本东北大学进行合作的方式，已经分别在电流诱导磁化翻转的理论模型计算、铁磁性隧道结中的量子阱效应的研究等方面取得了进展，并在国外知名刊物上发表文章 5 篇，姜勇还申请国家发明专利 8 项，其中已获授权专利 2 项。

姜勇先后分别邀请了新加坡国立大学资讯存储材料实验室的 M. B. Jalil 教授、日本东北大学工教授学部的 Koichi Roinomata 和日本东北大学金属材料研究所的 Koki Takanashi 教授等人来我校进行学术交流，并且已与上述几位教授初步达成协议，每年输送一些青年教师去他们实验室进行合作研究，从而培养和提高青年人才的研究能力。姜勇还作为海外合作者与 M. B. Jali1 教授合作申请了新加坡政府重大支持项目“新型自旋转换磁随机存储器的研究”。

姜勇已经取得了很大的成就，但他的心里还有更远大的理想，他希望通过努力能够将自己的研究成果转化为受市场欢迎的产品。可“成功无坦途”，现在摆在姜勇面前最大的难题就是没有比较先进的制备和测试设备，这既影响了研究生教学，也使得他难以开展前沿的科学实验。姜勇说，如果在设备方面能够得到学校更多的支持，他完全可以取得能和日本、美国等发达国家科学家相媲美的成果，为国家的信息化建设尽力。

（原载《北京科技大学校报》第 1017 期）

# 像火像冰又像水

## ——访“新世纪巾帼发明家”优秀奖获得者、材料科学与工程学院仇卫华

● 侯晓敏

近日，由国家知识产权局、全国妇联和中国发明协会共同举办的全国第四届“新世纪巾帼发明家”评选结果揭晓，材料科学与工程学院无机非金属材料系的仇卫华从众多参评者中脱颖而出，荣获了“新世纪巾帼发明家”优秀奖。欣闻这一喜讯，记者专程去采访了仇卫华。

和仇卫华对话，就像接受了一场精神的洗礼。年近六旬的仇卫华头发有些花白了，朴素的藏青色布衣布鞋映衬着学者特有的睿智和淡泊名利。精神越富有的人，物质总是极简的。仇卫华的办公室可谓是真正的“陋室”，桌椅、沙发、暖水瓶都深深镌刻上了几十年的岁月痕迹。成堆的书籍资料旁一瓶细碎的布艺小野菊，给这陈旧的陋室添了一份雅趣。我们的访谈就是在这间“陋室”开始的。

1950出生的仇卫华和那个时代所有的青年一样，在17岁的韶华经历了难忘的知青生活，在艰苦的插队生活中，她始终没有放弃学习。付出总会有回报，1973年9月，她以优异的成绩被北京钢铁学院冶金物理化学专业录取，毕业后又因表现突出而留校任教。1990年，她转到理化系开始从事锂电池关键材料的研究和开发工作，从此开启了一段崭新的学术生涯，更收获了数不清的累累硕果。

如今，仇卫华从事锂离子电池正、负极材料和电解质材料的研究已经20余载，已取得一项美国专利，作为第一申请人申请国家发明专利12项，已授权7项，并在国内外核心刊物上发表学术论文80余篇，其中被SCI和EI收录的超过了40篇。对于自己的成功，仇卫华总结了两点，一是勤能补拙，二是保持一颗平常心。的确，无论是在发明创新还是在学生培养方面，她始终兢兢业业、淡泊名利、恪尽职守。

对于“发明创新”，仇卫华自有一番心得。要想创新，“闭门造车”断然不可取。创新一定要借鉴和吸收别人的优秀成果，不断学习，不断跟踪相关领域国际上的最新研究成果。年轻时赶上“上山下乡”特殊时期，总是认为自己理论知识欠缺，因此，在新知识的学习和吸收上，更为严格地要求自己。如今，临近退休的仇卫华依然在不断地学习，学英语、学理论……乐在其中。除了理论知识的学习外，她认为注重实践、勤于实践同样至关重要。北科大历来就有着“学风严谨、崇尚实践”的优良传统，她回忆起大学时代在没有师傅的指导下，自己亲手炼出两炉钢的那次实习时，言语间满是自豪。勤勤恳恳、踏踏实实的实践经验为她的创新发明奠定了坚实的基础，积累了丰富的经验。“实践出真知”，实践更能出“新知”。只有通过实践，才能更好地弥补理论知识的欠缺，才能启发创新思维。

在创新方面，仇卫华尤其重视原创性的研究。我国冶金、材料领域自主创新能力不足，其中一个重要原因就是缺乏原创性研究。党的十七大报告提出了我国要建设创新型国家的战略目标。大学尤其是像北科大这类行业特色型大学，在创新型国家建设中要想发挥更积极的作用，就一定要重视原创性研究。

在高校教师如何提高自身的创新能力，尤其是原创能力的问题上，仇卫华总结了三点：第一要时刻把握相关学术领域的前沿动态；第二要注重实践；第三要不断拓宽自己的知识面，不要把目光只局限在本学科领域。在社会和科学综合化的时代已经来临的今天，重大科学研究成果的取得和重大社会问题的解决几乎都是多学科共同协作的结果，学科交叉更容易出重大的科研成果，也更有利于产生原创性科研成果。拓宽知识面还有利于提高自己所带的学生的综合研究能力，使学生能适应社会的发展变化。

比起自己在发明创新上的收获，更让仇卫华引以为傲并津津乐道的是自己所带的学生。目前，她已经培养出了近 20 个能进行锂离子电池关键材料研究的硕士生，并和其他教授合作培养出了多名博士生。每届硕士生中都至少有一个硕士生的论文被评为学校的优秀硕士论文，2004 年毕业的一位博士生的论文还荣获了“北京市优秀博士论文”。

在学生培养上，仇卫华开玩笑地说自己信奉“严师出高徒”，还常因为要求严厉引得学生哭鼻子，但是学生们都很理解她的良苦用心。现在无论毕业多久的学生，都仍和仇老师保持着联系。师生关系因老师对学生“望生成龙”的高标准、严要求和学生对老师的理解尊重、自觉努力而保持得分外和谐融洽。

仇卫华认为由于我国基础教育体系中，教育方法和教学内容的不足，学生的创新能力不能得到很好的激发。到了大学阶段，学生创新思维和创新能力更显不足，此时导师就显得尤为重要。导师一定要善于倾听学生的想法，要花时间多给学生一些指导，鼓励学生充分利用学校提供的平台积极开展一些有想法有创新的活动和科研项目。学校在激励和推动学生的创新能力培养方面也做了很多有益的工作。比如 2006 年 11 月教育部开始试点一项名为“国家大学生创新性实验计划”的项目，北科大是教育部批准的第一批项目实验学校。这个项目旨在资助在校有特长或对某方面有浓厚兴趣的本科生开展创新性实验，使他们在本科阶段就能得到创新性科学研究方面的锻炼。这既是学生的机遇，也是对指导教师的挑战。为老师们探索新型教学模式，为同学们创新意识、创新精神、创新能力的提高提供了一个个性化的平台。与此同时，仇卫华建议学生之间也应该主动建立通畅的沟通渠道。例如，可以成立一个虚拟的网络社区平台，经常交流一些学习和实践过程中的心得体会，很多创新性的想法都是在交流中通过思维碰撞而产生的。

谈起自己所钟爱的科研和教学，仇卫华总是那么神采奕奕，短短一个小时的访谈很快要结束了，望着安居陋室、潜心科研，关爱学生成长、细心培育学生创新的师者，记者不禁深深敬仰。对待科研，她的热情像火，炙热蓬勃；对待教学，她的认真像冰，明晰清透；对待学生，她的柔情像水，润物无声。是啊，像火像冰又像水，这就是谦逊豁达、明媚开朗、无欲无求、可敬可爱的巾帼发明家——仇卫华。

（原载《北京科技大学校报》第 1056 期）

# 创新路上的巾帼发明家

## ——访“新世纪巾帼发明家”新秀奖获得者、冶金与生态工程学院教授张梅

● 佟瑞雪

在日前结束的“新世纪巾帼发明家”评选活动中，北京科技大学冶金与生态工程学院张梅教授荣获“新世纪巾帼发明家”新秀奖。是怎样的一位教师能够获此殊荣？记者走近了这位年轻的教授，领略了她创新路上的风范。

张梅，任理化系副主任，资源与环境物理化学梯队负责人。她长期从事冶金物理化学、材料物理化学领域的研究工作，主要利用物理化学的理论与方法进行纳米功能陶瓷、新型结构陶瓷的材料化学设计与制备、计算机辅助工艺优化、性能与结构分析等基础研究，目前已经获得 7 项授权专利，同时公开申请专利 14 项，荣获“北京市科技新星”和“教育部新世纪优秀人才”，在张梅的科研之路上，创新一直是她的不竭动力，也是她取得如此骄人成绩的重要原因之一。

2000年张梅博士毕业后，曾赴葡萄牙留学两年从事博士后研究工作。两年的留学经历给了她不一样的体验，也充分培养了她独立自主、开拓创新的科研精神。国外尤其强调学者的自主与创新意识，“国外没有导师制，一切都得靠自己。”谈起国外的科研生活，张梅对那种严格到近乎苛刻的工作态度感慨不已。她笑谈道“不出国不知道中国的好，出了国就更加爱国。我时刻提醒自己，我的言谈举止都代表着中国人。”带着这种思想，张梅出色地完成了博士后的工作，学成归国。

回国后，张梅进入北京科技大学冶金与生态工程学院任教，在资源与环境物理化学研究室从事科研工作，其研究方向是利用固体废弃物合成高温耐火材料等。当时国内还很少有相关领域的研究，张梅与其团队可以说是走在了最前沿。在国家资源紧缺的大背景下，耐火材料的生产大多还是采用传统的天然原料或纯原料合成，这不仅造成了大量的资源浪费，还给企业带来了经济负担。而在我国的煤炭生产过程中，有大量煤矸石废弃物产生，长期的知识积累，使张梅迸发出智慧的火花：“如果能把煤矸石作为耐火材料原料，岂不是变废为宝，一举多得吗?”经过长时间的刻苦攻关，最终，她成功研发了利用煤矸石生产新一代塞隆耐火材料的技术。这不仅提高了煤矸石的附加值，同时也缓解了我国耐火材料原料紧张的压力，提高了耐火材料的质量。这项研究创新性地利用废弃材料进行绿色生产，荣获了4项发明专利，并被广泛推广到生产实践当中。

在随后的几年里，张梅继续在相关领域不断探索前行，取得了一项又一项专利成果：她利用废旧耐火材料制备合成塞隆耐火材料、合成纳米 $CeO_2$ 包覆纳米 $TiO_2$ 汽车尾气传感器材料、利用水热法合成一系列无铅压电陶瓷粉体等。更值得称道的是，张梅在研究中响应国家提倡的循环经济、绿色经济的号召，积极开展原创性、具有自主知识产权的科研工作，在原有的基础上合成新的材料、提出新的方法，取得了许多可喜的成果，其创新之处得到了学校、企业以及国家的充分认可。

在教学中，张梅也非常重视对学生创新意识的培养。她经常鼓励学生多动手实验，并尽最大努力为学生们提供需要的实验条件，尽力不让经费等客观问题影响学生们的实验进程。对于学生的课题方向、实验内容等，她也只在订立课题时给予相关的引导，只要认为方法可行就鼓励学生大胆动手实践，尽量给学生充分自主的发挥空间。学生实验过程中遇到问题，她会以小组讨论等方式与学生共同探讨解决，并鼓励学生自己思考改进。她经常对学生说：“科研不怕走弯路，出现的问题可能就是新的方法、新的方向。”在张梅开放式教学方式的启发下，她的学生也在科技创新领域取得了可喜的成绩，其中不少人还申请了专利。

对于学生自身如何提高创新能力，张梅有自己的看法。她建议学生在进行学术创新之前，先要把握研究领域的动态，熟悉国内外相关研究的进展，在掌握充足知识、查阅大量文献的基础上提出新的看法。站在前人的肩膀上才能有所创新，缺乏积累和总结就不可能有创新。张梅还鼓励同学们积极投身实验。她经常教导学生："想与做的区别很大，不动手永远都不会知道结果。实验可以给理论创造更广阔的平台，即使失败也是收获。"她同时也指出，有些本科生在参与科技创新的过程中不喜欢动手，甚至申请后就不见踪影，这种创新的态度不可取。虽然本科生知识储备有限，但在实验的过程中积极参与，多听多看，就可以了解到很多科研的方法、流程等相关知识，多动手训练自己的操作技能，为今后的科研工作打下良好的基础。

采访过程中，张梅风趣的谈吐和爽朗的笑声给记者留下了深刻的印象。正是不断求索、不断创新的精神让她永远保持着年轻的心态和旺盛的斗志！相信在今后的科研中，她将取得更大的成就。

（原载《北京科技大学校报》第1059期）

# 辛勤耕耘　知难而进

## ——访“全国百篇优秀博士学位论文”获得者陈骏

● 吴　凯

**人物小传：**陈骏，1979 年生，安徽宣城人。2007 年 3 月获北京科技大学冶金物理化学专业博士学位后留校任教，2008 年获德国洪堡研究基金资助赴德国研修，2009 年 4 月回国。从硕士阶段至今一直从事钙钛矿型化合物等材料制备物理化学、相结构、负热膨胀、物理性能等方面的研究。发表论文 40 余篇。申请国家发明专利 7 项。2005 年，获北京科技大学首届研究生“学术之星”十佳称号；2008 年，获北京市优秀博士学位论文；2009 年获全国百篇优秀博士学位论文。

每一种成功都是辛勤耕耘的结果，每一份坚持都是知难而进精神的体现，这句话在前不久获得“全国百篇优秀博士学位论文”的陈骏身上，得到了很好的印证。

陈骏是北京科技大学物理化学教授、长江学者邢献然的学生。陈骏的本科是在合肥工业大学度过的，一次偶然的机会让他认识了邢教授，从那时起他就萌发了报考邢教授研究生的念头。幸运的是那年冶金物理化学专业只招收了陈骏一个学生。“邢教授对我的影响非常大，他传授给我知识和做人之道，还为我的学术研究提供了良好的条件，在我的人生规划上为我指明了方向。”面对记者的采访，陈骏如是说。

提起获奖经历，陈骏讲了一段小插曲。在攻读博士学位的时候，与陈骏同龄的同学们都已经工作了，年轻人当时心急，都想着早点毕业，早点工作。事实摆在面前，如果提前毕业而不对博士论文“咬文嚼字、精雕细琢”的话，论文质量势必不高。当时邢教授看出了他急切想毕业的思想苗头，就找他谈话，希望他放弃提前毕业的想法，同时鼓励他争取问鼎“全国百篇优秀博士学位论文”。听了邢教授的一席话，陈骏茅塞顿开，他欣然地接受了导师的建议，继续扎扎实实做论文。

陈骏当年报考邢献然教授的研究生是一次明智而幸运的选择，但今天他取得的成绩却是他一步一个脚印，踏踏实实地走出来的结果。“胜利的果实”是他用汗水浇灌、孕育出来的。学术研究的过程是艰辛并快乐的。

谈到艰辛，陈骏认为面对困难，坚持是最重要的，当然也要讲究方法，不能蛮干，量力而行。他回忆起在读研究生期间，为了做同步辐射实验，专程跑到中国科技大学。一周很快就过去了，实验却没有得到任何结果。他不甘心地回到了学校，把这一部分暂时搁置，继续其他方面的研究。但他却没有就此放弃，几年后，也就是在不久前，他又在上海一座新建成的实验室里做了同样的实验，依然没有达到预期的效果，这一实验也只得再次搁置，等待与国外实验室取得合作机会。陈骏建议那些走在为理想为目标奋进道路上的人们，要抱着积极正确的心态，坚持不懈，咬定青山不放松，就一定能够成功。

“科学研究是一个伴随着不断发现或者‘唤醒’某种新的自然现象，与此同时解决新的问题的过程。我觉得这就是快乐。”2008 年陈骏获得德国洪堡研究基金资助，赴德国学习，继续开展与博士学位论文紧密结合的高温压电陶瓷相结构与性能研究。短暂的留学生活拓展了他的学识和研究视野，还让他受到了作为一个科研工作者必备的严谨和规范训练。他举了一个例子，“我们知道做完实验按理说是要清理干净实验台，以方便下一位做实验的人。德国人做事是相当严谨和规范的，假如做完实验忘记清理实验台的是一位博士生，而接下来要做实验的是位本科生，那么这位本科生会不留情面地当面指出，而不会顾及所谓的‘身份’。”

他把这些优秀品质带回了实验室，“他每一个实验都要身体力行，亲自做。”

“他不会放过每一个实验上的瑕疵，虽然在生活方面平易近人，可在学术上他的要求就是标准，再复杂也要做，再耗时也要耐心，不能糊弄任何一丝细节”，研究生李建勇说。“有一次他进实验室看到我的电脑屏幕一直在晃，主动帮我调试了屏幕的显示频率，他就是这样一丝不苟，这样的事太多了。”另一位研究生王金蕊说道。“坚持”和“态度”是陈骏总结自己取得如今成绩的关键词。

一个月前才步入而立之年的陈骏面对记者的采访时说：“我的事业才刚刚起步。”，当问到他以后对学生们有什么希望时，陈骏说：“希望同学们活得坦然、豁达些，不要在生活的细枝末节问题上斤斤计较。找到人生的主干，不回头地走下去！”

（原载《北京科技大学校报》第 1065 期）

# 北科大设计团队“引领时代潮流”

## ——记“潮流”火炬设计团队

● 佟瑞雪

2009年9月17日，2010年第十六届广州亚运会组委会正式公布，由北京科技大学设计团队创作的“潮流”火炬方案入选亚运火炬形象评选前两名。10月11日，在经过24天的网上票选后，“潮流”以70%的选票完胜，真正在广大网友中间掀起了一股“潮流”。与此同时，这支成员平均年龄只有30岁的年轻设计团队也成为万众瞩目的焦点。记者有幸走进他们的工作室，了解到这股“潮流”背后的故事。

### 三重文化并蓄交融

早在2006年，“潮流”团队设计的奥运火炬形象——竹韵，就从全球388件作品中脱颖而出，跻身四强。凭借强劲的实力和良好的口碑，在此次火炬设计活动伊始，“潮流”团队就接到了亚运组委会的邀请，与清华大学等三家单位一起，成为角逐亚运火炬设计的一员。

亚运火炬的设计工作得到了学校的高度重视，学校组建了人才更加完备的“潮流”团队。这当中不仅包括艺术设计、工业设计、视觉传达、摄影、视频等各个方面的设计人才，还加入了金属领域、材料加工等技术力量，并与航天科工集团合作设计使用火炬燃烧系统。艺术与技术双剑合璧，造就了今日“潮流”团队的成功。

2010 年亚运会火炬必须体现主办城市广州的岭南文化色彩，这对于“潮流”团队来说是一个不小的挑战。团队成员几乎都是土生土长的北方人，对岭南文化知之甚少。为此，团队在设计之初查阅了大量的资料，几乎将书店所有有关广州的书籍都搬回了工作室。大家增长了不少知识的同时，也越来越感觉到在岸观水似的缥缈，明明答案就在眼前，却怎么都抓不住要害。“要明白水的精华，就变成鱼到水中去！”秉持着这种信念，团队在正月里向广州迈出了第一步。

主创设计师洪华笑称：“我们三个设计师去广州‘吃喝玩乐’去了！”三人为了体验融在空气中、看不见、摸不到的岭南文化，三天时间里几乎跑遍了当地的大街小巷。他们在高耸入云的现代写字楼下驻足，也到老旧的“接吻楼”“一线天”参观；他们吃过老字号的“秉胜”“稻香”酒家，也喝过街角苦涩的大碗凉茶；他们流连在藏品丰富的市内博物馆，也注目于屋前巷口的土地财神。一路走来，岭南看似什么都有，又看似特点全无；似流水样的包容兼并，也似流水般的时变时新。团队设计师在这种文化氛围的包容中，渐渐领悟到了岭南“常变常新、兼容并蓄”的文化内涵。这成为火炬设计要表现的首要含义，而水作为其代表形象成为团队的首选。

广州亚运不仅属于广州，更属于中国。如何在其中表现出鲜明的“国韵”也是团队创作的重点。有了奥运火炬的设计经验，团队很快确定了方向——奥运祥云图案。它无疑是最受广大国民接受的鲜明形象之一，设计团队选择了站在巨人的肩膀上以达到更高的高度设计思想。“为了创而创并不好，”洪华介绍说，“不必从零开始诞生，我们选择的是进化。”由此，团队在原有的基础上变卷曲为流线、变平面为立体、变打孔为镂空，配合流水的意相，设计出了独具匠心的“潮流纹”，这也是为什么有人说“潮流纹”与“祥云”相似的原因。

亚运会作为亚洲盛会之一，其火炬设计必须具有国际化水准。设计团队在充分考虑其神圣、庄严的特殊形象基础上，大胆地灌注以国际流行的后现代主义，并以一种更加清新而进取的方式反映出对历史久远的中华文化的传承。“越是民族的就越是世界的。”洪华以一句简单的话语道出了其中的真谛。

现在我们看到的火炬颜色设计其实经过了团队的无数次修改审议，在设计稿中记者见到了银色、蓝色、幻彩等数十种设计，而现今采用的木棉红到中国红的渐变设计无疑是其中最抢眼的。洪华告诉记者，每一分改动都经过团队的充分商议表决，大家连吃饭时间都是围在工作桌旁盯着设计图样度过的。最终的颜色不仅融合了广州市花木棉的形象，也充分体现了民族风、中国情，国际上代表中国的红色元素也蕴藏其中。“这是三重文化的交融，是真正的兼容并蓄的体现。”

## 沉淀与灵感激情碰撞

团队在设计过程中并不是单纯的埋头画稿，“潮流”设计师们在创作中特别注重思考与沉淀，甚至会问自己一些听起来可笑的问题。洪华笑说：“我们设计火炬，却总问自己‘火炬是什么？’我们为了亚运会而设计火炬，却总想‘为什么办亚运会？’”这些问题听起来简单，设计师们却从思考中得到了不少启发，回到了设计的原点。

火炬是一种特殊的“礼器”，这就要求设计必须神圣庄严、有距离感；火炬也是件艺术品，设计师们就在其中融合了绘画艺术“大写意”的豪放情怀；火炬是件传媒物，这就要求设计在雅与俗中寻求平衡；火炬甚至是现代工程技术的凝结和体现，需要配备有最尖端的燃烧系统。而金融危机背景下的亚运会，更多地承载着未来发展、树立信心、激发动力的美好愿望，这相比于物质上的收获更加重要。

综合考虑了多角度的火炬实质和亚运精髓，“潮流”团队的设计也就有了依据。冷感的铝合金材料、流线型的整体造型、剔透玲珑的牙雕艺术、奥运火炬燃烧系统的应用、鲜艳瞩目的红色外观等，这些都是经过了设计师们深思熟虑的沉淀后，才能迸发出的灵感。“我们在思考到一定程度就会觉得某部分的设计自然而来，这就是所谓的‘妙手偶成’。”洪华如是说。

## 艺术与技术完美结合

团队中各式人才的相互配合，无疑给设计工作提供了更多的便利。

工业设计出身的设计师们在初期就考虑到了美观与功效的兼顾。火炬作为亚运会的精神象征之一，最重要的就是其火焰的造型。完美的造型要求其高度、饱满、丰富、飘逸和动感，同时还要兼具时间和稳定等因素。“潮流”团队在以往经验的基础上，创新性地采用平面浮雕中透雕的方式和里外两层的独特结构，以此代替传统的火炬外壳打孔供氧，不仅做到了美观新颖，也完美地满足了火炬燃烧的通风需求。

这一做法说起来简单，但毕竟没有可供参考的理论，所以进风与出风强度的配合、镂空纹理的数量大小位置、顶端出火口的造型等一系列设计，都经过团队反复缜密的实验。设计师们制作了多个仿真的火炬模型，与燃烧系统设计人员一起，对镂空部分进行调整。纸质的、木质的、塑制的、铝制的，各种质地的模型都被拿来试验，几乎每一道纹理都要进行反复的测算实验，每一份纹样都要经过平面、材料、燃烧系统等人员的多重修定，最终才确定了现今兼具美感与功用的镂空设计。

“潮流”火炬外观的渐变色彩，也是当代艺术中少有的。渐变工艺成本较高，技术也相对复杂。“潮流”团队运用现代工业技术，成功地将渐变工艺运用到了设计之中，实现了新的视觉创意。

## 精神内涵的寄托

团队设计师在体验岭南文化时注意到，当地特别注重良性的心理暗示，菜名、流行语、吉祥词等都蕴含了美好的愿望。这种向往积极的感情也感染了设计师们。“潮流”火炬的名称就来源于流行词“潮”和吉祥词“涨潮”，体现了广州作为海上丝路的起点和改革开放的弄潮儿的历史定位，也寄托了设计师们对广州未来发展、继续引领潮流的美好期望。“潮流”团队想要做的不仅仅是火炬，也包含了对于全国人民、全亚洲人民的美好祝愿。

洪华认为，整个设计过程带给团队最大的收获就是感觉自己不是北京人或者外地人，而是都变成了广东人。团队也渐渐被广东专注投入、高效务实的氛围感染影响，吸收了广东人民的干劲、精神，“这对于我们的心灵也是一种打动。”洪华有一个很有意思的比喻：“从正月开始干，一直干到端午，都顾不上吃粽子，然后马上又是中秋。有时我都有一种错觉，好像才刚刚过了一天，正月刚吃了一顿饺子就开始埋头苦干，等到活儿快做完时感到肚子有点饿了，一看该吃月饼了。”

在谈到对未来的设想时，洪华显得很干劲十足。火炬精神不仅可以传递，还可以通过通讯、网络、公益活动等变得更加深入人心。而“潮流”团队也可以此为起点，不仅局限于设计一个活动的标志，甚至拓展到打造一个城市、一个地区的形象，创造更具冲击力和社会价值的设计作品。相信这支年轻的队伍未来必将走上更广阔的舞台，引领时代的潮流。

（原载《北京科技大学校报》第 1060 期）

# 用执着书写无悔青春

## ——访“北京市优秀博士学位论文”获得者吴渊

● 吴钰重

北京市教育委员会评选出 60 篇论文为 2011 年“北京市优秀博士学位论文”，北京科技大学有两篇博士学位论文入选。新金属材料国家重点实验室材料学专业博士生吴渊撰写的学位论文《多尺度下金属玻璃变形行为研究》获此殊荣。约好采访时间，吴渊如约而至，他并不像记者想象中那样夸夸其谈，更像一位随和的学长，稳重内敛，面对 2011 年“北京市优秀博士学位论文”的荣誉，他只是谦虚地说道：“我取得的成绩离不开导师的指导以及实验室的支持，我仅能就自己所知给正在和准备写论文的学弟学妹们介绍一点我的经验，供他们参考。”

### 衣带渐宽终不悔，为伊消得人憔悴

虽然获得北京市优秀博士学位论文，但吴渊的论文写作过程却不是一帆风顺，甚至十分坎坷。1997 年吴渊怀着对大学生活的憧憬迈入北京科技大学，在材料科学与工程学院铸造专业学习。2001 年因成绩优秀，他保送留校读研。硕士毕业时面对高薪工作他不为所动，继续选择留在新金属材料国家重点实验室深造，攻读材料科学与工程专业博士。

本科、硕士期间专业排名名列前茅，并多次获得奖学金的吴渊对自己的博士生涯本来期望很高，做课题十分努力，甚至为了赶实验熬通宵，可是到了博三的时候，由于自己实验上的“蛮干”，别人都刊登出多篇文章，自己还没有一篇文章发表，这时的吴渊极度沮丧。他用“痛不欲生”形容那时的情形，“整晚的睡不着觉，经常失眠，从那时起头发白了很多，本来挺好的身体也生了病，开始怀疑自己的选择，对前途感到一片茫然。那时走在路上，见到熟人就躲着走，感觉很丢脸。”最低谷的时候吴渊甚至一度感到绝望，有轻生的念头，但想到含辛茹苦培养自己的父母，他坚持了下来。“相对结束自己的生命，选择活着有时需要更大的勇气和坚强。”吴渊如是说。

在读博士第三年年末，长江学者特聘教授、杰出青年基金获得者吕昭平教授从美国橡树岭国家实验室来到新金属材料国家重点实验室工作，由于研究方向相同，吴渊由吕昭平教授具体指导。吕教授找吴渊进行了深入的谈话，首先从心理上对他进行疏导，鼓励他不要被困难打倒，要坚持不懈，“一个人不可能永远成功，也不可能永远失败，年轻时的磨难是人生的一笔财富。”吕教授对吴渊的研究内容进行仔细的分析和探讨，对他一些“蛮干”的做法进行了耐心的纠正。经过对自己以往过失的深刻反思，吴渊在吕昭平的悉心指导下，逐渐地取得了实验成果，出色地完成学位论文并最终获得“北京市优秀博士学位论文”的荣誉。

回想起自己的博士生涯，吴渊最大的感触是学会感恩。“无论是导师，还是朋友，只要别人帮了你，你都应该从心底里感谢他们，要学会感恩。”做论文的过程让吴渊明白了不管是处于艰难之中，还是处于顺境之中，对每一个帮助过自己的人，都要感恩，不能因为身处困境而抱怨，解决问题最终要靠努力。“做学问最基本的还是要从做人开始”是他最大的收获。

在逆境中的不懈坚持帮助吴渊渡过难关，最终完成博士论文。搞研究是要解决目前尚未解决的难题，如果怕困难，图省事，很难做出好的成果。他始终牢记在低谷时吕昭平教授鼓励他的一句话：“今天的困难没有克服你就是失败者，克服了就能成为成功者。”每当论文写作中遇到困难时，他都以这句话给自己打气，告诫自己完成博士论文不仅是学识的检验更是意志的考验。在论文头绪混乱的时候，是坚定的意志让他冷静头脑，整理思路；在论文毫无进展的时候，是导师的教诲让他调整状态，寻求突破；在面对纷繁复杂的实验数据、汗牛充栋的文献面前，对专业的热爱令他夜以继日，废寝忘食。正是不懈的坚持让吴渊克服了每一个困难和障碍，一步一个脚印地完成博士学位论文，为自己的博士生涯交出满意的答卷。

和导师良好通畅的沟通是吴渊的另一个重要心得。“写博士论文不能闭门造车，只有多和导师沟通交流，才能少走弯路，避免不必要的重复和错误。”在他做博士论文期间，每隔几天就会找吕昭平教授进行讨论，有时讨论会持续 2~3 个小时。“吕老师鼓励他的学生在学术上对于自己不同意的观点自由反驳，有时我和吕老师会因为不同的观点而各执己见，即使顶撞了吕老师他也并不生气。”吴渊承认自己很受益于这种讨论甚至有时的“争吵”，在讨论争吵中能够碰撞出思想的火花，有时会醍醐灌顶，产生新的启发和灵感，他有好几篇发表的文章都是在和吕昭平教授的讨论中产生的。

## 漫漫窥渊路，上下求索人

儿时的吴渊就喜欢想一些新奇的东西，理想当一名科学家，填报大学志愿时一心想来北京的他毫不犹豫地报考了北京科技大学。本科他的专业是材料学院铸造专业，当时社会上热门的专业是计算机、金融、管理等，班上很多同学有专业情绪，认为学铸造专业没有前途，不好找到赚钱的工作，有的同学还考了别的专业的研究生。而吴渊喜欢这个专业，认为金属的凝固很有趣，而且坚信学好专业以后大有可为。

因成绩优秀吴渊直接保送本校读研，研究生快结束时，他也和其他同学一样尝试了求职。由于扎实的专业基本功和面试时出色的表现，同时有几家国有企业、外资公司向他抛出橄榄枝。吴渊还参加过国家公务员考试，报考的部门是中国科协，经过统考、内部笔试，前面几轮面试，一路杀进最后的面试并最终得到了中国科协的录取通知。面对这么多的好机会，吴渊经过深思熟虑之后，还是决定继续在材料领域深造，而要学材料第一选择就是留在北科大继续读博士，在他的心目中，北科大一直是国内材料学领域最强的高校。他从内心里热爱他学的这个专业，希望在专业领域里能有一番作为，他的决定也得到了父母的支持。被问及对当初做的决定后不后悔时，吴渊说：“选择比努力更重要，趁着年轻的时候，做了自己想做的并且富于挑战的事情就不会后悔。”

学术研究的过程是艰辛并快乐的。读书时的吴渊经常泡在图书馆里看书，有一次他的书本落在图书馆，等回来取的时候怎么也找不到，正当他急得满头大汗时，打扫卫生的阿姨拿出书交还给他，原来他经常泡在图书馆，打扫卫生的阿姨都认识他了，看他把书落在座位上就替他保管起来了。做博士学位论文时吴渊查阅了大量的文献资料，其中绝大部分是外文文献，“一开始读外文文献的时候真的很痛苦，有时候即便查到单词的意思，也还是不明白放到中文应该如何理解。”但他没有因此放弃，而是投入更多的时间和精力，“那时自己无时无刻不在钻研文献，就连陪女朋友逛街的时候也不忘带着文献，在她试衣服的时候拿出来看，一开始她有些生气，后来她还是理解我了，不再让我陪她逛街了。”功夫不负有心人，最终他不仅熟读了那些文献而且对自己完成论文有很大的帮助。吴渊想以自己的亲身经历鼓励那些走在为理想为目标奋进道路上的博士，只要抱着积极正确的心态，坚持不懈，就能成功！

博士毕业后吴渊留在新金属材料国家重点实验室任教，他秉承了导师吕昭平教授严谨的治学态度，实验力求亲自动手，身体力行，不会放过每一个实验上的瑕疵，虽然在生活上和课题组的师弟师妹们很亲近，可在学术上，他锱铢必较，不放过任何一个细节上的错误。一次做一个小尺寸拉伸试验，用以表征非晶合金材料的拉伸性能，由于非晶形成能力和制配条件等方面的问题，有些无法做出标准样品，又出现了气孔、试样加工、引申计夹持等一系列问题，可吴渊对样品的要求和往常一样高，他和吕教授以及课题组的同学一起多次讨论解决方案，直到做出标准的样品和满意的结果。虽然留校任教和之前他放弃的那些工作相比清贫了一些，但是他不后悔自己的选择，他衷心地热爱他的专业，热爱所做的科研，“选我所爱，爱我所选，我会在自己选择的道路上一如既往地走下去，希望通过自己的努力在所处的领域有所作为。”

吴渊坚信一分耕耘，一分收获，只有今天的付出，才会有明天的回报。获得“北京市优秀博士学位论文”是对自己读书时努力的收获，但这已成为过去。面对未来，吴渊会在自己选择的道路上坚定地走下去，一如既往、脚踏实地，潜心钻研，争取在科研的道路上取得更多创造性成果。

（原载《北京科技大学校报》第 1099 期）

# “双面”新星

## ——访“北京市科技新星”、新材料技术研究院副研究员潘德安

● 刘 蕊

北京市科学技术委员会评选的 2014 年度“北京市科技新星”计划于近日揭晓，北京科技大学新材料技术研究院副研究员潘德安获得“北京市科技新星”称号。

翻开潘德安的个人简介，不见华丽的辞藻、煽情的自述，只有条理分明列举出的论文著作、专利和科技项目，而仅是这些就占据整整 5~6 个页面。初识潘德安，如同这份简介表一样，朴素沉稳，井井有条。深入交谈后，不仅能看到他苛求细节、追求精准的“学霸”一面，也可以发现他机智幽默、生动有趣的另一面。他是科技新星、学术达人，也是学生口中那个能带动气氛，毫无架子的好朋友，还是那个愿意“泡”在社交网络上实时分享各种经历的潮人。

### 学术达人：脚踏实地，追求卓越

潘德安小学时候的目标是上一所好中学，高中时候则是希望能考上大学，从

小到大他一直逐一去实现着他的一个个小目标，所以他的求学、工作经历显得格外平稳顺畅。但也就是这一个个小目标培养了他脚踏实地的性格。

潘德安本科就读于东北大学环境专业，凭着对科研的一份热爱，他选择到拥有更多更好深造机会的北京科技大学攻读研究生。这样一个当时看似不经意的选择，却注定了他今后与北科大的缘分。从 2001 年 9 月到 2008 年 1 月，潘德安在北科大攻读硕士、博士学位，毕业后留校成为新材料技术研究院功能材料研究所的一名普通讲师，2010 年 7 月成为副研究员和硕士生导师。进入功能材料研究所以来，他全力协助张深根教授开展材料循环技术方面研究，先后主持和参与多项国家科技支撑计划、“863”、国家自然科学基金重点项目、广东省产学研合作重点课题，申请并授权二十多项国家发明专利。

相比起求学、工作经历，他在科研方向的选定上似乎多了一些曲折。潘德安本科主修矿物加工专业，硕士研究生阶段意图顺承本科所学研究矿物材料加工，但却并没擦出更多智慧火花。对于新方向的开展，他也有过纠结与迷茫，但是不曾改变的是他对于学术的追求与热爱。机遇也更偏爱有准备的人。在博士期间，潘德安师从乔利杰教授，在学校开创了磁电复合材料制备及性能研究方向。这个新的方向让他大展宏图，大有作为。他的博士学位论文《层状磁电复合材料制备及性能研究》获 2009 年度“北京市优秀博士学位论文”奖，2010 年度“全国百篇优秀博士学位论文”提名奖。经过多年的努力，他在磁电功能材料及其器件领域开展的一些独创性工作得到国内外同行认可，在“Applied Physics Letter”等杂志上发表论文二十余篇。

磁电复合功能材料是当前前沿研究的一个热点，潘德安在乔利杰教授指导下，与其师弟陆俊共同开发了国内首套具有自主知识产权的全自动宽频磁电测试系统，该测试系统在南京航空航天大学和东北大学秦皇岛分校实现成果转化，合同额达近 110 万元。潘德安深切地感受到，对于科研而言，一方面要有耐心与毅力，另一方面是要能吃苦。2009 年至 2012 年期间，他每年都会花近 3 个月的时间，前往广东进行调研和开展产业化实施工作，期间他一方面要完成产业化研发工作，另一方面要与所指导的学生保持着密切的联系，工作强度非常大。如今，他把更多的精力放在了重金属石膏无害化、减量化处理及综合应用方面，将学术与当下热门的“环境治理”结合起来。

## 亦师亦友：默默关心，润物无声

作为科研岗的一员，潘德安留校以来并不教授任何课程，每天接触最多的是科研数据、文献材料，接触的学生也都是团队的硕士、博士生，与本科生接触机会较少。他唯一与本科生直接打交道的机会是他担任的材料学院 1007 班班主任。

自称“只是虚长他们几岁”的潘德安，科研任务虽然繁重，但是只要有时间，就会准时参加班级会议，了解学生生活、学习的情况。他并不担心班里学生成绩不够理想，他更担心的是有的学生在成绩不理想时产生畏难情绪，难以进行自我管理而荒废了学业。他总会告诉班里的学生，要规划好自己的 4 年时光，要知道在什么阶段去做怎样的事情。

平日里学生有事情就会随时去办公室找他，他们之间谈论比较多的话题是关于深造和今后的发展方向。他愿意把所了解到的系所优势信息全部分享给学生，也尽可能地把自己知道的出国留学情况及专业方向的建议告诉学生，他希望学生热爱学习，去国外开阔眼界。他培养学生对科研产生兴趣，培养学生对科研的热情，告诉他们在学术的道路上所想象的东西与真实接触的感受是大不相同的，一定不能把没接触过的领域想象得高深莫测、难以触及，要大胆尝试，真正接触过才能知道自己有没有兴趣，是否适合科研。在和学生相处的过程中，他将自己的经历、所知和所学与学生分享，而 1007 班的学生也让他收获了很多惊喜与感动。一次班会上，他惊喜地收到了一张奖状，当他对奖状的内容感到好奇时，发现班里的每个学生都获得了奖状，奖状上的荣誉称号各不相同但是却符合每个同学的优点。一个个荣誉称号都是为所有人都“量身定制”的。他觉得这是他印象最深刻的一次班会，他为这个集体的团结与融洽感到骄傲，为大家能发现每个人的优点而感动。4 年过去了，1007 班的学生们也即将毕业，看着自己带出的学生即将走出校门，潘德安既有期待也有不舍。

除了所带的本科生，他还亲自指导一批研究生。比起对本科生事无巨细的关心，对研究生则更多的则是进行思路与科研方向宏观的指导，他更希望研究生能深入思考，并有更多的自由空间去独立研究。对于学术问题，他言辞“犀利直接”，但在生活方面，他又不乏年轻人的幽默和风趣。工作之余，他会邀请团队的学生去家里聚餐畅谈，也会在 QQ 群里跟大家谈天说地，或是在微信朋友圈晒晒近照。虽然有着老师的称谓，但是在学生的眼中，他平易近人，更像朋友。

（原载《北京科技大学校报》第 1144 期）

# 熔铁冶金，铸造北科脊梁

## ——记“全国钢铁工业先进集体”冶金工程研究院

● 申　雨　吕健昭　潘思彤

在崇尚实践，学风严谨的北京科技大学校园，有一个以校内外资源整合、多学科交叉为优势的研究机构——冶金工程研究院。这支逾百人的团队从建成之初一直秉承着严谨、认真的科研精神和为集体、科研牺牲小我的奉献精神，奋战在教育科研的第一线。近年来，冶金工程研究院成绩斐然，领跑国内钢铁行业，并于 2014 年荣获“全国钢铁工业先进集体”的光荣称号。

### 忆往昔岁月峥嵘，看今朝成绩斐然

北京科技大学冶金工程研究院的前身——高效轧制国家工程研究中心成立于 1996 年，是首批获得世界银行货款建设的 47 个国家工程研究中心之一。2000 年，按国家发展改革委的要求，轧制中心成立北京科大恒兴高技术有限公司，主要开展技术转移、工程服务、技术开发等业务，公司于 2008 年获得国家科技部首批“技术转移示范机构”称号。2005 年，学校以高效轧制国家工程研究中心为主体，扩充冶金、连铸等相关领域，并整合企业联合研发平台，成立冶金工程研究院，作为学校的二级单位。2008 年，学校将北京科技大学设计研究院有限公司并入到研究院，公司于 2010 年获得“冶金行业金属材料工程甲级设计资质”。

冶金工程研究院、轧制中心、北京科大恒兴高技术有限公司和北京科技大学设计研究院有限公司采用“四块牌子，一套人马”的管理方式，集冶金、材料、机械、自动化、计算机等多个学科与专业为一体，成为学校面向行业、服务企业的窗口和工程技术推广平台。

冶金工程研究院自成立以来，始终坚持“将学校的科技成果进行技术集成与工程转化，形成可向企业推广应用的成套技术与装备，实现钢铁生产关键技术的国产化”的目标，在轧制自动化、轧制工艺与设备、先进材料研发与性能优化、表面检测系统等方面取得了突出成果。到目前为止，冶金工程研究院共获得国家科技进步奖 9 项、省部级奖 50 余项，在解决国家重大需求、促进企业技术进步、加快科技成果转移、培养行业特色人才等方面做出了突出贡献。轧制中心于 2012 年获得国家发展改革委颁发的最高层次奖“国家工程研究中心杰出贡献奖”。

## 为有牺牲多壮志，敢教日月换新天

冶金工程研究院从无到有，从小到大，从默默无闻到成为行业翘楚，这些成绩的取得与研究院全体工作人员的辛勤付出密不可分。但在辛勤付出和不断创造卓越成绩的背后，他们也面临着自己的困境。冶金工程研究院运行模式是全新的公司化管理，科研方向为工程实践研究，不同于其他科研人员更关注基础学科的理论研究，他们主要进行应用型技术的研发及成果转化、推广工作。由于要进行成果推广工作，研究院的成员可以用来写理论研究性论文的时间明显不足。因此，面对学校现行的考核要求，他们常常处于困境。

在对冶金工程研究院何安瑞院长的采访中，何安瑞表示，研究院一方面正在加强内部的工作，在完成成果转化及工程推广任务的同时加大对科研的重视和投入，另一方面与学校积极商讨，力求开创适宜成果转化和工程推广人员的考核体系，使得研究人员们的工作和考核得以兼顾，以便更好更快地解决工程与科研之间的矛盾，保障工作人员的切身利益。冶金工程研究院的团队成员们工作繁忙，法定假日对于他们来讲都是奢侈，更不用说寒暑假。2012 年的春节，研究院有两个队伍在外进行项目实施和技术服务，不能回家过年。前不久的十一长假，有 20 多人带着任务出差。今年的春节，又将有一支队伍在外过年。他们很辛苦，但是从没有人抱怨。

冶金工程研究院正是凭借着不问牺牲，只求贡献的精神，才取得了宝贵的科研成果。也正是凭借着“急客户所急”的服务理念，才能在同行中脱颖而出，获得企业的一致好评。

他们就是这样的一群人，顶着科研压力，甚至牺牲自身利益，从事艰辛的实践工作，但也正是因为有了他们这样的一群人，才造就了冶金工程研究院的辉煌成绩。

## 回头看全面开花，向前走再创辉煌

冶金工程研究院在发展过程中，克服重重困难，不断提升自身综合能力。但同时，它也一直在积极思考未来的发展道路：该怎样保持自己的技术领先地位，弥补自身的劣势与不足，进而促进集体的持续进步？

在对何安瑞的访谈中，通过他的介绍，可以看出在接下来的发展方向上，冶金工程研究院有着自己明确的目标：保持现在已具备的科技优势，注重技术成果的转化和推广工作，继续进行应用技术的开发研究；加强优质服务建设，以优秀的技术加优质的服务扩大市场占有份额；为了增加在市场中的竞争优势，也为了促进相关产业的改革和升级，积极进行科技创新，拓宽技术成果涉及的领域，开展信息技术、节能环保等方面的技术开发和成果转化工作，争取通过不断的努力，将冶金工程研究院整体品牌化，建成国内钢铁行业关键共性技术的领跑者和先行者。另一方面，在拥有定市场份额基础上，冶金工程研究院也会继续利用市场回报对科技研究进行反哺，形成科研和经济效益的良性循环和共同发展，努力将冶金工程研究院建成北京科技大学的对外窗口性学院。

一个研究院也好，一所学校也好，要想获得长足的发展，就一定有一群人在为它无悔付出。而在我们的校园中，存在着这样一个又一个的优秀集体，他们不怕困难，不计辛苦，一心一意为学院和学校的发展做贡献。北京科技大学这座钢铁摇篮需要这样的集体，他们熔铁冶金，铸造北科脊梁。

（原载《北京科技大学校报》第 1150 期）

# “钢铁冶金男神”是怎样炼成的

## ——访长江学者特聘教授、冶金与生态工程学院教授张立峰

● 李 洁 杨 文

自 1989 年至今，20 余年孜孜不倦“钢铁冶金求知路”，曾经的“钢小伙”，今日的“钢铁冶金男神”，张立峰逐渐由青涩走向成熟。多年来他奔走于中、美、日、德、挪威等国，为了钟爱的冶金事业奋斗、拼搏着，实现了由“贫穷小子”到“知名学者”的重大转变，但始终不变的是一颗滚烫的爱祖国、爱教育、爱专业的心。“三个梦”（中国梦、冶金梦、国际梦）成为他的追求。

## 千锤百炼始成钢，始终如一“中国梦”

时光追溯至 1972 年 8 月，张立峰在河北丰润的一个农家小院呱呱落地，幼年时期家中生活极其困顿，为了谋生，父母带着几个儿女，几经辗转，多次迁徙，最终来到内蒙古东部的煤矿生活。多年过去，回顾起那段充满苦楚与贫瘠的艰辛岁月，张立峰自己都觉得“难以想象那样的日子一家人到底是怎样熬过来

的”。淳朴的父母，文化程度都不高，初小（小学二年级）毕业，他们对张立峰的家庭教育始终只有两个词：“努力”“争气”。这四个字深深铭刻在儿子心中，并将伴随他一生。童年贫穷的烙印，没有压垮张立峰，带给他的是昂扬的斗志和永不懈怠的奋斗之心。

岁月如梭，又如白驹过隙。1989 年，17 岁的张立峰通过高考顺利考入重庆大学冶金与材料工程系，1993 年考入北京科技大学冶金系，专业一直都是钢铁冶金。1998 年在五年一贯制直读博士毕业后，他先后在日本学术振兴会、日本东北大学工学部、德国克劳斯塔尔工业大学冶金所、美国伊利诺伊大学香槟分校机械与工业工程系、挪威科技大学材料科学与工程系、美国密苏里科技大学材料科学与工程系从事钢铁冶金专业的相关教学与科研工作。

一切学习、工作、生活都逐渐步入正轨。在密苏里科技大学材料科学与工程系工作三年后，张立峰教授得到了终身教职（Tenured）。“如无意外，我在国外会从年轻教授、知名教授、知名老教授一步步成长，各方面均没有太多的压力。”张立峰回忆道，“但是每次午夜梦回，我总有一种失落，一种遗憾，一种难以言喻的情感充斥着我的内心。”经过几年的这种失落的感觉之后，他才明白，这种感觉就是“鱼离开水”的感觉，就是离开祖国很久之后那种找不到内心里的自己的国家的感觉。中国是一个钢铁大国，但离钢铁强国还有一定距离，“我应该回去，回到生我、培养我、我爱的祖国去！那里才是我建功立业的最佳场所。”

正在张立峰思索怎样劝说妻儿放弃美国舒适安逸的生活回国时，妻子已默默整理好行囊、打好了背包，对他说：“你想回国咱就回吧，我和儿子永远支持你！”于是 39 岁那年，张立峰带着妻儿毅然决然地回到自己魂牵梦绕的祖国。

回国后，张立峰于 2012 年入选中组部“青年千人计划”，2014 年入选教育部“长江学者奖励计划”特聘教授。截至 2015 年 3 月，他先后承担了 9 项纵向课题，包括负责自然科学基金重点项目一项，参与自然科学基金重点项目一项；承担了 30 多项企业项目，涵盖了国内宝钢、首钢在内的 18 家钢铁公司；发表英文刊物论文 40 多篇、中文刊物论文 20 多篇、国内外会议论文 60 余篇；被授权 3 项发明专利、27 项实用新型专利；为国内外 60 多个刊物评审稿件。

忙碌而充实，张立峰为自己的“中国梦”快乐地工作着！

## 坚持不懈“冶金梦”，钢铁行业不夕阳

钟情挚爱百变钢，金戈铁马入梦来。谈及为何如此热爱钢铁冶金专业，张立峰强调，钢铁是发展国民经济与国防建设的物质基础，在可预见的将来没有任何

其他材料能够替代钢铁的地位。对于“钢铁工业是夕阳产业”这一说法，他给出了坚决的否定答案。所谓“夕阳工业”，是对趋向衰落的传统工业部门的一种形象称呼，主要是看该产业产出的产品到底有没有其他产业的产品来替代它。比如“郑和下西洋”时所用的木头做的船，今天的船板钢替代了木头，所以木头制船业这就是个夕阳产业。但是到目前为止没有任何一个材料可以站出来把钢铁替代了。所以说，“钢铁行业绝不是夕阳产业。”

近年来，张立峰带领科研团队致力于高品质钢的研究，主要围绕开发钢铁冶金新工艺和技术、炼钢连铸过程数值模拟、洁净钢与夹杂物、电磁冶金、绿色循环冶金（废弃物回收、资源综合利用）等方面开展。目前国内钢厂普遍存在着“不论钢水状况如何、喂入的钙量一定”的问题，不利于高品质钢的产出。为了解决这一难题，张立峰团队开发出热力学模型，将合理的喂钙量和钢中总氧、酸溶铝含量、钙的收得率、钢水温度等因素充分结合起来，科学地根据每一炉钢水状况来确定合适的钙处理量，已用于指导一些企业生产实践，取得了良好的经济效益和社会效益。非金属夹杂物是影响铸坯质量的一个重要因素，会造成铸坯修磨工作量的增加或产生废坯。于是，张立峰团队将近期研究的重点放在了“利用电磁力去除金属液中的非金属夹杂物”上，不仅要为钢铁企业的生产实践提供重要的数据参数，还要更好地开展洁净钢的实践应用。“科研工作就是要有‘咬定青山不放松’的精神”，他对自己团队的青年师生反复强调。此外，张立峰非常注重基础研究，他认为，学术项目与企业项目同样重要。在他的带动和鼓励下，近年冶金学院中青年骨干教师成功申请到 8 个自然科学基金重点项目。

他是一个科研“完美主义者”，善于发掘工作闪光点，是学生口中的“良师益友”“发展引路人”，他经常连续工作超过 16 个小时，披星戴月已是常态，但张立峰很快乐，因为心中有着“冶金梦”，身边有着志同道合的“冶金人”，他感觉“梦想即将成为现实”。关于下一步的工作设想，张立峰谈道：“我们将依托北京科技大学在钢铁冶金方面的优势，联合国内的主要钢铁企业（宝钢、首钢、鞍钢、攀钢等），建立一个集科研、开发和应用为一体的，与国际同类型研发中心接轨、并达到国际水平的高品质、洁净钢的研发平台，研发生产出我国急需的新一代钢铁材料。”

## 三尺讲台说钢铁，全力探求“国际梦”

讲台上的张立峰幽默风趣，在国家级视频课“钢铁是怎样炼成的”中，他从火电用钢、核电用钢、高铁用钢、舰船用钢、航空航天用钢等方面来讲述“百变钢铁”，用“味精、鸡精、超级味精”等生动的语言来详解合金元素的作用，带领青年学生走进丰富多彩的钢铁冶金世界，领略钢铁冶金最前沿的技术。他总是对自己的学生们说：“有梦想才会成功!”

“冶金学科国际化”则是张立峰的又一梦想。他认为，客观来说，与很多其他专业相比，近年来冶金行业在科研奖项、文章影响因子等方面均面临着困境，在长江学者、国家杰出青年的数量上也存在短板。如果想寻求突破，需要从提升国际知名度、开设国际班、从事双语教学、引进国际人才、开展国际交流等多渠道、全方位开展工作。

在学校领导、学院同仁的大力支持和帮助下，作为院长的张立峰正带领着北京科技大学冶金与生态工程学院师生大步朝着冶金国际化的道路前进。他们鼓励师生在行业国际知名杂志、刊物上发表文章，如“MMTB”“ISIJ Int.”“Steel Research Int.”“Ironmaking and Steelmaking”“Metallurgical Research and Technology”五大冶金国际期刊；积极参加国际会议、发表先进的科研成果，掌握、跟踪国际发展动态与前沿，不断提升学校、学院国际知名度；他们开设国际班，积极招收外籍人士到来校读博士、做博士后，吸引有潜力的外籍人士到国内做科研；他们在本科生中试行双语教学，注重创设语言环境，引进国外先进的专业理念，培养学生对学科国际惯例的掌握能力，全英文讲授的“传输原理”等课程深受学生喜爱；他们倡导“引进来”，紧密联系本领域在国外科研上很活跃的华人学者，定期邀请他们到学校讲学，吸引更多的人才回国加盟，势（誓）把冶金学院建设成国际上冶金领域青年人向往的科研学术乐园；他们积极申请国际化项目，先后聘请来自英国华威大学、墨西哥莫雷利亚技术研究院、美国密苏里科技大学等的知名专家学者来校开展长短期教学科研活动；他们还鼓励师生“走出去”，开展国际交流，接受不同思想文化的熏陶，有助于他们开拓国际视野，汲取先进技术，建立国际化知识结构。

“纸上得来终觉浅，绝知此事要躬行。”张立峰这样阐述自己的职业理念、追求。作为钢铁冶金行业响当当的“男神”，他认为，中国在钢铁工业的发展有着质的飞越，但是仍有许多技术难题尚未攻克、亟待解决，钢铁强国的中国梦需要新的力量来充实。在谈及对青年师生成长的希望与寄语时，他深情谈道：“惟愿诸位如我般幸运，为求梦想成真，全心投入，身心皆悦!”

（原载《北京科技大学校报》第1163期）

# 勤业不怠　勤学不辍

## ——访新材料技术研究院助理研究员宋维力

● 申　雨　孙　金

他是新材料技术研究院清洁能源材料研究室的一名教师，每天和研究所中的大多数人一样，忙碌在科研第一线，埋头于学术项目研究：他是把勤奋和努力当作学习和工作座右铭的一名研究人员，来到北京科技大学任职后，仅仅用了两年的时间就以第一作者的身份发表了 8 篇 SCI 学术论文，其中 6 篇发表在一区 TOP 杂志上。他是美国化学学会（ACS）、英国皇家化学学会（RSC）、英国物理学会（IOP）、Elsevier 等杂志社审稿人。他，就是来自新材料技术研究院的助理研究员宋维力。

### 成绩斐然，一路花开

宋维力于 2007~2012 年在北京理工大学材料学院完成了自己的硕士和博士学业的学习，在此期间师从曹茂盛教授，成绩优异。他曾荣获“北京理工大学育苗基金”，被评为“教育部研究学士新人”。2010 年之后的 3 年中，他分别到美国克莱姆森大学和华盛顿大学进行学术交流，从事相关项目的研究工作。2012 年 9 月，宋维力选择来到以材料专业研究著称的北京科技大学继续自己的学术研究之路，成为新材料技术研究院的一名研究人员，主要从事导热材料、锂离子二次电池、超级电容器、电磁屏蔽与微波吸收材料等方向的研究工作。

在学术研究方面，宋维力可谓成绩斐然。他主持国家自然科学基金等项目 5 项，目前开展 3 项国家级在研项目，他作为主要负责人之一参加“973”计划青年科学家专题项目，项目获授权发明专利 2 项，公开 2 项。迄今为止，以第一作者及通信作者身份在国际权威知名杂志上发表 SCI 收录学术论文 20 余篇，SCI 收录论文总数超过 50 篇，其中邀请综述 1 篇，SCI 论文引用总数超过 550 次。他利用来到北京科技大学的短短两年时间，发表多篇高质量论文，在同期科研人员中成绩不俗，拥有较高的学术研究水平。

## 业精于勤，行成于思

翻开宋维力的自我简介，最让人瞩目的莫过于他发表的多篇高质量的学术论文，能够利用较短的时间，同时面临学术研究竞争巨大的压力，取得这样成绩确属不易。当被问到怎么样才能写出这些高质量、高数量的学术论文时，宋维力提到首先要有扎实的材料、化学及物理等多学科理论为研究方向打下基础，通过交叉学科的结合能打开更广的科研视野。宋维力目前主要进行 3 个方向的研究工作，分别是：轻质热传导材料、超薄电子屏蔽防护材料、柔性储能器件等方向。其中，超薄电子屏蔽防护材料及柔性储能器件的研究均是他来到北京科技大学后，结合自己在美国交流学习期间的研究成果，开展的新方向研究，在这两方面的研究上他已取得了一定的进展和成果。因此可以看出，正是这些新的具有突破性的研究方向的开展，为他取得自己的学术研究成果以及发表高质量、高数量的论文打下了坚实的理论基础。

宋维力认为在做学术研究时应当多看相关研究领域最前沿的优秀文献，以期了解目前的学术研究水平和最新的科研成果，在此基础上，可以更有效的选择自己的研究方向；同时也要多读专业书籍以促进专业知识的不断积累，提升自己的理论基础。要多思考，用心去做研究，不盲从，通过理论和实践结合形成具有特色的独立研究体系。他提到在科研中最重要的就是要勤奋“时间和成果是成正比的”“不断学习，坚持不懈地工作”，在采访中，他不断强调这几句话，而这些也正是他平时学术研究的真实写照。在研究生阶段第一次做课题研究时，由于课题本身选题比较新颖，所使用的设备是当时国内第一台，可借鉴的经验很少，因此他连续两三个月，每天十几个小时都待在实验室中，不断记录和观察数据，翻找相关文献，寻找影响课题结果的本质因素，最终通过不懈的努力，取得了一定的研究成果。在美国克莱姆森大学交流期间，需要做化学实验，由于化学并不是自己所学的专业，因此一切都要从头学起，那段时间他不断向身边的人学习，慢慢摸索前进，最终圆满完成了该项目的研究工作。刚来北京科技大学时，换了新的研究方向，也是要不断地学习，花费大量的时间了解和掌握研究领域的相关内容。正是凭着这份学术研究中的勤奋和努力精神，宋维力不断增强着自己的专业修养，收获了研究领域中的累累硕果。

## 以研为本，情系新材院

“能够取得现在的工作业绩，与北京科技大学、新材料技术研究院，特别是院长曲选辉教授、副院长李芊和梯队长范丽珍教授等老师们的培养和支持是分不开的。”宋维力在采访中说道。新材料技术研究院非常重视对青年教师的培养工作，为此投入了大量的教育资源包括资金支持和出国政策支持等，而近几年仍在不断加大资源的投入力度。

该研究院“以科研为本”的教学管理模式尤其体现了对青年研究人员培养方式的关注。学院会定期将国家和学校的科研优惠政策详细地通知到每位教师，使其可以及时了解国家和学校的科研政策，为其申请国家项目提供信息支持通过设立老教师“传帮带”等活动，一些年轻教师能迅速掌握工作要领，提高工作技能，为未来的科技创新项目的顺利完成奠定良好的基础。此外，为促使青年研究人员做好本职工作并在科研项目上取得突破进展，学院建立了研究人员考核淘汰机制，激励青年研究人员不断开拓创新，学习专业知识，提升专业技能，做到厚积薄发，取得更好的科研成绩。

新材料技术研究院的这些支持政策，为宋维力开展科研工作提供了良好的环境，获得了更多有利的研究资源，也为其取得较好的科研成果奠定了坚实的基础。

每一份成绩背后，都包含着辛勤的汗水，不懈的坚持努力，宋维力那份对科研的坚定付出，努力奋进，使他在自己的科研事业上越走越远，越走越好。

（原载《北京科技大学校报》第 1151 期）

# 新材料研究前沿的“行走者”

## ——记新金属材料国家重点实验室教授吕昭平

● 李 洁 吴 渊

“1912年英国豪华客轮‘泰坦尼克号’撞上冰山沉入海底，1998年德国高速列车相撞，2003年美国哥伦比亚航天飞机坠毁，2007年美国明尼苏达州大桥倒塌……这些灾难和事故后来经科学实验证实都是源于材料性能的问题。材料不仅是社会发展的物质基础，也是人民生命安全的保障。随着科学技术的发展，人们对材料的需求也越来越复杂，单一的某一种材料，很难满足我们的需求，现代社会已经进入了新材料时代……”北京科技大学吕昭平教授正在课堂上给学生深情讲述着有关新材料的那些事儿……

### 求知勤学路

“城里街衢曲巷，夜半诵声不绝。乡间竹林茅舍，清晨弦歌琅琅。”桐城，安徽省历史文化名城，享有“文都”盛誉。课堂、邻里和乡间小路，到处都传递着“穷不丢书”的理念和共识。1970 年吕昭平出生于此。这位普通的农家子弟在教育氛围浓厚的桐城慢慢长大，“勤奋学习”深深地烙印在他的内心深处。

年少时的吕昭平聪明、勤奋、爱读书，求学之路平坦而顺利。1988 年，18 岁的他以优异成绩考入华中理工大学（现华中科技大学）机械工程二系。四年后，1992 年他凭借扎实的专业基础从全系 70 多人中脱颖而出，获得保送本校研究生的两个名额之一。1996 年，在知名企业一线工作一段时间后，他决定“到国外去看看，了解最先进的技术”，于是奔赴新加坡国立大学材料科学系师从李毅教授攻读博士学位。2001 年，带着对材料学科研究与技术应用的深入思考，他来到美国田纳西州的橡树岭国家实验室，师从国际著名材料学家、美国工程院院士、中国工程院外籍院士，被称为国际“金属间化合物之父”刘锦川教授，开始了自己的博士后研究。

美国橡树岭国家实验室是一所隶属于美国能源部的大型综合性研究机构，作为国际著名的基础和应用研究基地，多年来为美国的尖端武器研制提供材料支撑，承担着极端服役环境下先进材料的研发工作。吕昭平进入这个实验室犹如游鱼得水，很快就在非晶合金和耐热不锈钢等材料研究领域取得突破性的学术成果，多次获得国际知名学术杂志的专题评述和世界各国媒体的宣传报道。连续发表高水平的研究论文不仅引起美国橡树岭国家实验室同行的关注，也赢得了导师刘锦川教授的欣赏与信任。结束了博士后研究后，在导师的力荐下，吕昭平很快就受聘成为这个国际一流实验室的一名正式研究员。

舒适优越的海外生活没有泯退吕昭平的爱国之心，祖国科学发展的每一步都牵动着他的心。当接到北京科技大学新金属材料国家重点实验室的加盟邀请时，他的心动了。思考了不到 40 秒，他给妻子打了个电话：“我想回国，好吗？”妻子：“好啊，你到哪儿我和孩子们就跟你到哪儿。”他很快卖掉美国 400 平方米的大房子和汽车，告别了医疗教育等优越条件，告别了优美的自然环境，告别了钓鱼、割草的悠然安逸生活，举家回到思念已久的祖国。没有任何豪言壮语，他只是开心地大声说：“回到祖国，我的心都安定了！”

回国后的吕昭平，一头扎进实验室，带领他的团队投入到热爱的新材料前沿科研工作中。

# 执著材料梦

成功来源于热爱。怀揣一颗火热的专注科学研究的心，追逐着新材料发展的梦想，吕昭平带领团队在新材料前沿的科学研究中越走越顺畅。

在好莱坞科幻电影《终结者》中曾看到这样神奇的一幕：由液态金属制成的未来战士被击碎后，通过流动达到了自我修复。在现实生活，我们可以找到对应的材料，就是非晶合金。非晶合金又被称为金属玻璃，它是一种在过冷条件下快速凝固获得的具有类似液体结构的合金，具有优异的强度、耐腐蚀和超塑性，是近年来国际材料领域的研究热点之一。吕昭平从攻读博士学位起就开始对非晶合金展开研究，凭借先天的聪颖和后天持续不断的努力，他很快走在了这一研究领域的国际前沿，2004 年有关非晶钢的论文就被美国物理学会评为当年世界上“Top Physics Stories”之一，关于非晶形成能力的论文被 ISI 机构确定为材料科学界 2005 年“Fast Moving Frontier”论文。回国后的吕昭平带领团队继续在非晶合金研究方向上钻研攻关。针对非晶合金实际工程应用的关键瓶颈问题——室温脆性和应变软化，2010 年，吕昭平带领团队在国际上率先引入“相变诱导塑性”这一概念，成功地制备出具有拉伸塑性和加工硬化能力的相变诱导塑性非晶复合材料，首次在行业内得到了在保持高强度的同时具有高拉伸塑性的非晶合金材料。这一研究成果在影响因子 18.9 的国际著名材料期刊“Advanced Materials”发表，被认为是块体非晶合金强韧化上的一个重要突破，“Nature-Asia Materials”为此成果予以专题评述，认为这一研究成果“为其他合金体系中开发大韧塑性非晶合金材料提供了一种新的思路，并对非晶态合金材料的实际工程应用起到极大的促进作用。”另一著名学术期刊“Science”杂志也对此研究进行了专门报道和评述，认为这“极大提升了非晶合金的潜在结构应用，并开辟了一个新的科学研究方向”。同年，吕昭平在“Physics Review Letters”发表了对纳米尺度上非晶微观结构的最新认识，揭示了非晶合金原子排列的球周期有序结合局域平移有序的普遍特征，有效地实现了局域原子团簇和三维原子结构的整体结合，所建立的非晶合金球周期结构的普适结构模型，被认为是我国学者对非晶研究领域的一个重要贡献。吕昭平团队还将传统凝固中的异质形核思想应用到大尺寸非晶复合材料的开发中，通过设计微合金化方案，调控奥氏体型晶相的形核与长大，成功地开发了厘米级的具有优异拉伸性能和加工硬化能力的相变韧塑化非晶复合材料。该成果得到同行审稿人的高度评价并推荐发表在“Advanced Materials”上，被认为是块体非晶复合材料的又一个突破。

耐热不锈钢是工业界广泛使用的一类特殊钢，对于缓解全球温室效应影响下的气候变化威胁、提高能源利用效率、保护自然环境具有重要意义。吕昭平团队为了这一全球重大问题而努力寻求着材料领域的解决方案。由于传统的耐热不锈钢含有大量的铬元素，铬元素高温下氧化会在材料表面形成致密的氧化保护膜，但是这一层氧化膜在高温和水蒸气环境下会很快失效，早在美国橡树岭国家实验室工作的时候，吕昭平就关注了这个问题，开始了新的耐热机制研究。经过理论分析和反复实验，他和同事们发现通常作为钢铁冶炼中用于脱氧的铝元素可以替代铬发挥同样的作用，形成的氧化膜层可以在高温和水蒸气环境稳定存在，根据这一发现，吕昭平和他的同事们研制出新一代高强度、抗蠕变、耐氧化、低成本的高温奥氏体不锈钢。这一研究成果获得美国专利授权并在“Science”杂志上发表，国际著名材料评论刊物“Materials Today”以专题形式予以报道，引起了学术界的轰动。回国后，由于意识到这方面研究的重要性，虽然没有得到专项经费支持，吕昭平千方百计筹措科研经费坚持耐热钢方面的研究，历时多年，终于研发出 750℃和水蒸气服役条件下的新型耐热钢，综合性能大幅超过在美国开发的同类材料。

在航空航天、新能源、先进装备制造、高速列车和国防安全等国家重大关键技术领域，对于高端的超高强钢有着重大需求。传统的马氏体时效钢含有大量的钴、钛和钼等贵重合金元素，且要经过复杂苛刻而严格的冶炼和热处理工艺，价格昂贵。“如何进一步提高钢铁材料的极限强度并降低成本和简化工艺？”吕昭平团队一直在试图解决这个难题。通过创新合金设计理念，大幅降低钼等贵重元素含量，完全不含钴钛等昂贵合金元素，代之以铝和碳等常见的“平民”元素，利用不同的强化机理，成功研发出一种高密度纳米析出强化的超高强马氏体时效钢。这种新超高强钢不但成本低，而且抗拉强度达到 2200 兆帕，同时塑性不低于 8%，大幅度提高了高强钢铁材料的综合性能。国际顶级期刊“Nature”于 2017 年 4 月发表了这一来自中国大陆材料学家们的突破性研究进展。业内专家评价认为，这一突破不但有力地推动该类材料的实际工程应用，其设计理念还有希望应用于其他合金体系，为新型超高强度材料的发展打开了新的研究思路。

吕昭平团队还致力于高熵合金研究。他的团队推动并引领了高熵合金领域研究前沿，在高熵合金基础研究方面有着国际领先的优势，提出了预测多主元高熵合金相形成的规律的判据；揭示了熵在高熵合金相稳定性中的作用；在理解高熵合金相稳定性和强化机理方面取得了突破，为设计新型高性能高熵合金提供了科学依据。基于在高熵合金领域的开创性工作，他的团队2014年受“Progress in Materials Science”杂志邀请撰写高熵合金方面的综述文章，该文目前已被SCI引用超过400次，成为该领域的最重要的文献之一。近期，吕昭平团队进一步将“相变诱导塑性”的概念应用与高熵合金，解决了一类高熵合金的脆性问题，研究成果已经被“Advanced Materials”接收发表。针对高熵合金关键的相稳定性问题，吕昭平团队采用原位高压同步辐射技术，发现高熵合金的多形性转变，打破了人们对于高熵合金相稳定性的普遍认识。

春种一粒粟，秋收万颗子。执著、专注于新材料研究的吕昭平及其团队，在他回国十年之际，已经硕果累累。迄今，吕昭平团队已经在国际学术期刊发表高水平论文100余篇，被引用5000余次，获得授权发明专利30余项。吕昭平本人受聘为教育部“长江学者奖励计划”特聘教授、获得国家杰出青年科学基金资助，入选“国家百千万人才工程”“有突出贡献中青年专家”及国家“万人计划”领军人才等称号。团队获得教育部创新团队滚动支持，团队成员获得国家“优青”“万人计划”青年拔尖人才、“北京市科技新星”等称号。

## 阳光生活情

高尔基曾说过，生活的美妙就在于它的丰富多彩，要使生活变得有趣，就要不断地充实它。

吕昭平一直以自己的导师刘锦川教授为榜样，认真做好一棵关爱小草的大树、一块具有吸引力的磁石、一位引导青年成功航行的舵手！

青年教师小吴老师谈到，吕老师对于科研、对生活、对教育的那份热爱让我们感动。“师德先进”等称号是大家对他的评价，他只是一心一意做我们的“良师益友”。他教会我们，好工作会自己说话，工作好同行评价才会高，才是真正的成功。“吕老师爱转实验室。”博士生小宋说到，“他总说，一手的实验数据是最重要的，不论看起来是对的还是错的，都要认真反复推敲，寻求创新点和突破口。”

负责组织团队活动的博士生小喻同学说，每周一次的组会雷打不动，不论吕老师多忙，会开到多晚，他都会仔细认真地倾听我们每一个的近期工作、实验、生活的汇报，与我们交流。他总会用幽默的语言，结合自己的亲身经历告诉我们人生的道理，鼓励我们走好自己的人生之路。在团队中，我们不断成长，心理日趋成熟，改变以前“为找个好工作而学习”的想法，我们也要像吕老师一样为国家做贡献，不为名利，勇攀科研高峰。

小何同学，一位曾对未来生活规划产生迷茫的小伙子，在他纠结于出国深造或直接工作的两难选择时，吕昭平不断地与他谈心，帮他分析，在那一年最冷的一个冬日，他们俩在学生宿舍楼下聊了很久。“吕老师帮我拨开心中的迷雾，我不再有任何心理压力，我不要碌碌无为的一生，要对自己有个清晰的定位！”

博士一年级的小李同学说：“我们吕老师爱打篮球、还会烙饼！”曾是华科大篮球校队的吕昭平每周都会和同事一起打篮球，他喜欢那种挥洒汗水在球场的感觉，喜欢那种运动强化体能的生机勃勃的感觉。他总说，自己就是一个“炒菜”的“大师傅”，在不断的“烹饪”中找到新的材料。他经常为学生下厨，尤其擅长“烙饼”。因为在他看来，烙饼和研发新材料有异曲同工之妙，都是不断添加、减少、调配各种成分，最终形成成品的有趣过程！

路漫漫其修远兮，吾将上下而求索。低调平实、醉心科研、关爱学生、热爱生活，这就是一位学者的印象。在科学探索的过程中，吕昭平收获了学术成果，也收获了一份快乐和满足，他说，“在人类历史发展的长河中，新材料不断地创造着人类的新生活。坚持不懈地行走在新材料研究的前沿，我很快乐！”

（原载《北京科技大学校报》第 1198 期）

# 创新之花盛开在国民经济建设主战场

## ——记材料科学与工程学院教授韩静涛

● 李　伟　操秀英

**人物小传：** 韩静涛，北京科技大学材料学院教授。1957年出生，1975年参加工作；1984年10月在西安冶金建筑学院冶金系毕业后留校任教至1991年9月，任金属塑性加工专业教研室主任；1995年4月至今在北京科技大学工作，任教研室主任、系副主任、学科主任、首席教授。1999年11月~2002年3月在德国亚琛工业大学和马克思-普朗克金属研究所做访问教授。2002年6月起担任澳大利亚武伦贡大学特聘兼职教授、荣誉教授，2010年6月起担任澳大利亚新南威尔士大学特聘兼职教授。

韩静涛自1982年以来，一直从事金属塑性加工理论、轧钢与锻压工艺的教学与科研工作，在轧钢、锻造与冲压新技术、特种轧制工艺、特殊钢与高温合金生产工艺、大型锻件质量控制技术、材料成形数值模拟与组织性能预报、冷弯型钢生产技术与装备开发、金属层状复合材料技术领域进行了深入系统的理论研究与技术开发工作，在国内外具有较大影响。先后主持或完成了国家自然科学基金重点项目、国家“863”项目、国家技术创新项目等60余项课题的研究开发工作。研究成果获国家科技进步二等奖等国家、省部级科研成果奖14项，出版学术专著译著12部，发表科研论文370余篇，其中240余篇论文被SCI、EI收录。已培养毕业博士研究生32名、硕士研究生102名。

## 系统外首个为航天工程提供商品化资源的高校

新华社消息，2月2日15时51分，我国在酒泉卫星发射中心用长征二号丁运载火箭成功将电磁监测试验卫星“张衡一号”发射升空，进入预定轨道。北京科技大学韩静涛团队研发的弹性卷筒式空间展开机构成功搭载并应用于“张衡一号”。“张衡一号”可开展全球7级以上、我国6级以上地震电磁信息分析研究，总体技术指标达到了国际先进水平，部分技术指标达到国际领先水平。这些目标的实现，离不开装载在“张衡一号”上的重要执行机构——弹性卷筒式空间展开机构。在卫星入轨后利用一维弹性伸杆机构把端质量（如天平动阻尼器、电磁场探测仪器等）伸向远离本体的外端，进行地球电磁场等参量的探测。一维弹性伸杆机构是带荷载卫星的核心部件，张衡一号卫星装备的空间展开系统由6个一维弹性伸杆机构组成，此类弹性伸杆机构的研制成功极具应用与推广价值。

新开发的弹性伸杆机构具有自驱动，重量轻，储能高，大幅降低机构复杂性，展开精度高等特点，而成为国际宇航界的新宠和研究热点。目前，北京科技大学、美国HUNTER公司、加拿大Spar公司成为具备此类机构的研发和制造能力单位，北京科技大学在技术和产品应用上具有领先优势。此次“张衡一号”卫星的发射，将使我国大型空间展开机构在荷载数量、展开效率准确性、高效性等指标上处于国际领先地位。

“弹性卷筒式空间展开机构相当于一个机械伸展臂，它的前端固定有高精度磁强仪、感应式磁力仪、电场探测仪、等离子体分析仪、朗缪尔探测仪、GNSS掩星接收机等各种探测器。”韩静涛告诉记者，之所以需要这个类机械臂，是因为需要将探测器离送到远离星体的位置，以避免星体内电磁干扰及探测器间互相干扰。

弹性卷筒式空间展开机构承担将卫星所携带的多个荷载送入卫星外太空的任务，能否将这些传感器安全、高效、准确、可靠地送入太空指定位置，是航天器发射任务成败最终环节。以前的展开系统大多为铰链式的，空间指向性差、运动关节多、操作难度大。研究开发更灵活、准确度更高的新型空间展开机构迫在眉睫。此时，擅长新材料、新工艺开发的韩静涛团队进入卫星研发团队的视野。

“我们团队是2013年年中接到这个任务的，之后和中国空间技术研究院的科学家们一起探讨，尝试各种工艺方法，一步步往前走，从工艺、装备、产品到2017年2月完全定型。”韩静涛自豪地说，一般的军工项目从规划、设计、材料、工艺、制造、检测、上型号等，通常需要熬十多年，但他们团队仅仅用了不到四年就圆满地完成了任务，得到了合作方——中国空间技术研究院的首肯。

“张衡一号”的空间展开机构由四个弹性卷筒式空间展开机构和两个铰链式伸杆机构组成。目前，世界上仅有北京科技大学、美国HUNTER公司、加拿大SPAR公司具备此类机构的研发和制造能力，北京科技大学在技术和产品应用上略领先。经过80余次的深空环境实验与搭载实验，得到中国航天科技集团的肯定，并确定以“张衡一号”为起点，在中国航天器上全面装备韩静涛教授团队研发的弹性卷筒式空间展开机构。

“之前都是试验，此次为正式定型使用。”韩静涛说。这一装置在“张衡一号”上的成功应用，将使我国大型空间展开机构在荷载数量、展开效率、准确性、高效性等指标上处于国际领先地位。

目前，已有“嫦娥四号”等多颗航天器装备了此类展开机构。“为了获取更好的使用性能和功能，我们正在开发不同材料、不同结构，更长的空间展开机构。”韩静涛说，课题组开发的火星探测器用二维空间展开机构刚完成验收，目前正准备迎接新型空间站体系构建的相关任务。

北京科技大学也因此成为航天系统外唯一可为航天领域供货的高校。“大学里主要做预研项目，像我们做到集成度这么高还是第一次。”韩静涛说，“近期，已开始与中国空间技术研究院商议共建联合实验室，共同开发新产品，并进行商业化生产，满足人类和平利用太空的巨大需求。”

## 科研工作瞄准国家建设急需

36年的高校教学与科技研究工作，韩静涛一直站在材料加工工程学科的前沿，针对材料加工基础理论的前沿和国民经济建设的重大问题，不断发现新的科学现象，提出并引导国际材料工程新理论和新技术研究，开发了许多国民经济建设和行业发展急需的新材料、新工艺和新产品。截至目前，韩静涛教授团队研发的新材料产品共有六七十项，成为一支国内外塑性加工领域有重大影响，长期扎根于生产一线，服务国民经济建设主战场，硕果累累的科研队伍。

韩静涛的办公室像是一个小型金属加工厂，桌子上、窗台上摆了各种形状的材料和构件，这都是他多年的研究心血。

在国家重大技术装备领域，1995 年，韩静涛教授提出了金属材料内裂纹自修复理论，引起了国际上的重大反响，并成为至今热度不退的国际材料学术领域研究热点。依据该理论，韩静涛教授提出了关于大型饼类、模块类、轴类、法兰类、筒体类锻件的控制裂纹锻造工艺，解决了长期困扰国际大型锻件领域的锻造裂纹问题，使我国大型锻件合格率由 44%迅速提高到 98%以上，并使我国大型与超大型核电锻件、火电锻件、加氢反应器等锻件的经济、可靠制造成为可能，为我国重大装备制造业的快速稳定发展奠定了重要的基础。

在高速铁路技术领域，1990 年代中期以前，我国铁路运输客货混线运行，火车通行最高通行时速不能超过 120km/h。因为超过此时速限制，传统带孔火车车轮腹板上的孔周边将产生裂纹，为提高车速就必须开发出我国自己的实心腹板车轮。1996 年，韩静涛教授团队承担了国家“九五”重点工程“太重火车车轮生产线建设”项目的工艺技术开发任务，负责锻造、轧制、热处理等热线工艺开发，以及车轮轧机设计、制造、安装、调试，与控制模型开发研制任务。创造性地提出了轮盘件逐次成形理论、环盘件错位移心轧制等工艺理论，形成了我国自己的火车车轮轧制理论与工艺，并成功地应用于生产实践。与太原重型机械集团公司攻关团队共同建成了我国第一条实心腹板火车车轮生产线，为我国铁路提速列车、高速列车用车轮的开发和应用，为我国铁路七次大提速奠定了坚实的理论和工艺应用基础，对国家经济发展做出了重要贡献。

1997 年以前，中国是不锈钢的弱国和小国，全国不锈钢板材总量不足 3 万吨/年。为彻底改变这种状况，国家计划委员会启动了国家科技创新计划“高质量不锈钢板材技术开发”，在太钢建设一个年产 30 万吨的优质不锈钢板材生产基地。韩静涛教授带领北京科技大学团队参加了该项目，负责冶炼、热轧、冷轧、酸洗、退火工艺技术开发，考察学习国际先进不锈钢生产线、生产线设计与关键设备选型等技术工作，提出了 20 辊轧机板型控制理论与工艺技术，与太原钢铁公司王一德教授团队和钢铁研究总院康喜范教授团队一道，为我国优质不锈钢板材产量由 3 万吨至 30 万吨的历史性突破做出重要贡献，在不锈钢大国与强国建设中立下汗马功劳。

在先进复合材料领域，2004 年，韩静涛教授提出了关于复合材料界面的

ZUX 理论，开发出“离心浇铸复合制坯+热挤压成形+冷轧/拔成形”工艺制造全冶金复合双金属管新工艺，并与新兴际华集团、攀枝花钢铁（集团）公司合作生产出高温合金/碳钢、不锈钢/碳钢、高碳钢/普碳钢、钛/碳钢等 40 余系列双金属复合管产品，成为国际上界面复合性能最好的双/多金属复合材料。目前已推广应用于石油、化工、军工等重要国民经济领域，取得了巨大的经济效益，该项目成果在 2015 年 12 月 13 日央视《大国重器》进行了专题报道。在此基础上，韩静涛教授团队又开发出双金属复合板技术、大变形高铬铸铁材料技术、6.5wt%硅钢技术、304BN 系列核屏蔽材料技术、高性能多层防弹材料技术、高性能复合枪/炮管材料技术，这些技术的共同特点是便于应用现有钢厂主要装备，易于大规模工业化生产。

自 2004 年开始，韩静涛教授团队全面系统地研究并向国内推介波纹钢管技术，2012 年组建了全国唯一的波纹钢管研究与推广团队，推动波纹钢管技术在我国“一带一路”基础设施建设、城市综合管廊、“海绵城市”建设、军事工程建设等领域的研究和应用，牵头编写了 GB/T 34567—2017《冷弯波纹钢管》等系列国家、行业与地方标准，造成了巨大的社会影响，使波纹钢产品成为钢铁深加工产品的新宠，并将为中国钢铁行业创造约 2600 万吨/年的新兴市场，将自己的科研成果贡献给“一带一路”“城市综合管廊”“海绵城市建设”等国家战略领域。

面向国民经济建设主战场，2012 年，韩静涛教授创造性地提出了“冷热复合成形技术”理念和技术应用方法，很好地解决了高强、厚壁、复杂断面钢材的成形技术难题，开发出多种新型钢材深加工产品，在国民经济建设主战场发挥了重要作用。其中，在汽车与运载工具轻量化领域，高强钢可大幅度降低运载设备的整体质量，提高设备承载能力和安全性，降低运输能耗，是世界范围内争先研究和开发的技术领域。然而，高强/超高强钢塑性差、难于成形成为其开发与应用的主要技术障碍，市场开拓举步维艰。除中国外，全球热成形钢板的产需市场也仅为 30 万吨/年。韩静涛教授团队开发出的 1500~2100MPa 冷热复合辊压成形超高强异形钢管，工艺技术和产品质量可靠，已大批量应用于宇通、金龙等客车车身主要构件，轿车防撞杆、保险杠、稳定杆等重要结构件，并将很快成为各类运载工具的主要结构件材料。仅此一项，国内即将产生≥10 万吨/年需求的超高强汽车用热成形钢市场。

多年来，钢结构技术发展迟缓的主要制约因素为厚壁（≥6mm）钢构件制造技术，因钢板在其弯曲变形部位出现显著的钢板厚度减薄、微裂纹，强的残余应力，钢板厚度越大、强度越高，问题就越严重。近年来，国家大力推广钢结构技术应用、装配式住宅开发，但占建筑结构用钢 50%以上的方矩形钢管，尤其是作为主要承力构件的厚壁方矩形钢管，大部分只能采用四片钢板焊接制造，手工操作和焊接工作量大，建筑质量难于控制，后期畸变和运维成本高，环境污染严重。为彻底解决该技术瓶颈问题，韩静涛教授团队开发出被建筑行业称之为“外方内圆”，角部增厚的厚壁无缺陷方矩形钢管，同规格材料相应提高截面模量近 40%，得到了建筑专家的一致首肯和赞扬，推动钢结构技术的划时代进步，并在更广阔领域获得应用，将在近期内为中国钢铁业新增≥4000 万吨/年的应用市场。目前，以中厚钢板为原料，采用同类技术生产的平行腿角钢、平行腿槽钢（同规格产品可增加 20%截面模量）已悄然应用于国内外钢结构市场，并正在酝酿进入我国特高压输变电装备制造领域。韩静涛教授团队正在组织编写冷热复合成形方矩形钢管的国家标准，推动钢结构、装配式住宅开发领域的发展。

韩静涛的科研工作还延伸到现代交通运输领域。钢结构桥梁已成为国家重点关注和大力推动开发的领域，中央政府提出了我国钢桥比由不足 1%迅速提高到 30%以上的要求，但引起钢桥 90%以上病害的传统冷弯等厚 U 肋，正成为制约钢桥技术发展和应用的“瓶颈”，通过与国内外桥梁技术专家的多方沟通，韩静涛教授提出了端部增厚辊压成形 U 肋的概念，并成功开发出新型端部增厚的 UTU 肋，经西南交通大学国家桥梁重点实验室测试结果表明，新型 UTU 肋可大大增强焊接接头的疲劳性能，大幅度提高了钢结构桥梁的可靠性和稳定性。现已在国内外近 20 座大型桥梁的建设中获得了应用，并在近期将为我国钢铁行业新增 2200 万吨/年的市场。

在韩静涛教授眼里，课题来源于实践，创新来自实践。“我们团队一直以解决国民经济建设中的重大问题为己任，针对国家经济建设的重大需求去开展科学研究工作，引导和开拓新的技术与市场需求，形成了一个个原始性技术创新，为中国创造进行一些扎扎实实的工作。”韩静涛教授如是说。

（原载《北京科技大学校报》第 1214 期）

# 油气藏开发领域的“ 急行军”

## ——记土木与资源工程学院教授朱维耀

● 陈　震

**人物小传：**朱维耀，土木与资源工程学院教授，博士生导师，应用力学研究所所长、建筑环境与能源工程系主任。先后在中国科学院、中国石油勘探开发研究院、北京科技大学工作，荣获“全国优秀科技工作者”称号、“北京市优秀教师”称号、享受国务院政府特殊津贴。30 多年来，他矢志不渝，一直行走在我国油气田开发的前沿领域，争做高校科研创新的“急行军”。在国内外学术期刊发表高水平论文 270 余篇，被引用 1000 余次。朱维耀在低渗透油气藏、凝析气复杂气藏、薄互层油藏、非常规油气藏等领域取得了一系列国际领先的理论和实践成果，荣获 2017 年的“科学中国人能源领域年度人物”。

2012 年，美国的“ 页岩气革命”正如火如荼地进行着，就是在这一年，美国的页岩气总产量达到 3400 亿立方米。在这一年，我国的天然气总产量才 1329 亿立方米。然而，这并非由于我国“ 贫气”，恰恰相反，美国能源信息署

（EIA）的数据表明，我国页岩气储量高达 36.1 万亿立方米以上，居世界第一。如何让我国页岩气的开发水平后发先至呢？这是朱维耀夙兴夜寐、苦苦思索的问题。

## 砥志研思

1960 年，朱维耀出生于我国东北的一座工业城市。彼时正值建国不久，“大跃进”行将尾声，国家百废待兴，东北三省作为极具战略意义的工业基地，深受国家重视。在当时，最主要的重工业都集中在东北，不论是长春的汽车，还是大庆的石油，都为国家的进步挥洒着勤劳和汗水。朱维耀从小就在“为祖国事业添砖加瓦”的氛围之中慢慢成长，“报效祖国”也深深烙印在他内心的深处。

1979 年，朱维耀考入了大庆石油学院（今东北石油大学）的油气田开发专业。由于成绩优异，还担任了班长。当时的同学对他的印象就是：“只要有时间，就准是在自习室里学习”。到 1983 年大学毕业时，他已首次揭示了凝析气液相变复杂渗流机理，为后来系统地创建凝析气藏相变传质渗流理论和高效开发技术奠定了基础。当时，大学毕业生还可由用人单位“分配”工作。同学们大多直接分配到了部委和各大油田及采油厂，直接参加一线的工作生产，而朱维耀则认为，若要更好的为国家和行业做贡献，就必须继续深造，探索更为先进的石油科技为国家服务。为此，他放弃了国企的“铁饭碗”，转而报考了研究生，最终考入远在中国科学院兰州渗流力学研究室，专门从事油气开发渗流力学研究，师从郭尚平院士等油气田开发及渗流力学领域的领军人物，在不断的刻苦学习和年复一年的技术创新的摸索结合与实践中，提高自己的科学认识水平。1990 年取得博士学位后，朱维耀留在了渗流力学所，从事油气藏工程的数学和力学理论研究。在此期间，朱维耀对三次采油技术有了更加广泛的研究，通过实验、理论、计算机模拟等多种手段相结合，他优化了化学剂驱油技术，提高了非均质油气藏的采收率水平。为此他先后获得多项省部级科技进步奖。

2004 年，这时石油界正是由常规油气研究转向“非常规油气”研究的转型期。为了更好地从事科研工作，朱维耀把研究的主战场从科研院所转移到了高校，在教书育人的过程中，也提高着自己的科研水平。执教以来，他带领着青年教师及由博士、硕士组成的团队，全身心地投入到了热爱的石油科技研究前沿之中。

# 硕果累累

所谓“非常规油气”，顾名思义，其储藏条件远不如过去几十年所开采的常规油气藏，非常规通常意味着孔隙度低、渗透率低、产量递减迅速，生产这类油气藏殊为不易。然而，近十年来，“非常规油气”却异军突起，不但在产量上能占据油气开采的半壁江山，在科研领域更是首当其冲，占据高地。这与朱维耀这类石油领域的学者们的拼搏是分不开的。

2004年，在来到北京科技大学担任博士生导师后，朱维耀便开始从事特低渗透油藏的研究。这是一种流体渗透率仅为常规油田百分之一的储层，石油的流动异常艰难，开采条件可想而知。通常，都需要利用水力压裂的技术，使储层中遍布裂缝，才能获得工业上的油流，但理论层面一直都不明确，因而如何优化生产也是悬而未解的问题。朱维耀带领团队通过对实验和现场上的认识，建立了特低渗透油藏各种井型井网系统开采石油的数学模型，从理论上直接解决了这类油藏的生产问题，搞清了影响生产的各类因素，丰富和发展了大面积水力压裂井网优化增效开发、控制裂缝开发等方法。这些理论成果在大庆、胜利、长庆等十多个油田投入应用，仅三年便累积产油339.0万吨，实现利润达88.05亿元，经济效益显著，更推动了全国特低渗透油田的高效开发的科技水平。为此，朱维耀获得了2010年的国家科技进步奖二等奖。

在理论上解决了特低渗透油藏的问题后，朱维耀并不满足，而是更进一步地在实践层面也展开研究。借由1986年以来，不间断地研究化学驱油所打下的坚实基础，朱维耀带领他的团队，通过理论分析和反复实验，发明了一种通过蒸馏沉淀的流程来制备一种复合纳微米聚合物颗粒的方法，将这种聚合物微球注入井下，可以封住地层中的无效流动区域，让原油和注入水在地下的流动更加“有迹可循”，而且其制备比常规聚合物更加快捷。根据这一发明，团队又建立了更加系统的纳微米颗粒分散体系调驱开发方法，并在长庆、延长、胜利、吉林、大庆油田推广应用，三年间，仅在大庆、长庆累计增油就有37.08万吨，实现产值13.27亿元。该技术已成为目前低渗致密油藏稳产的接替性技术，并荣获了省部级发明奖。

在低渗透储层的研究之后不久，页岩气革命也方兴未艾。朱维耀深感责任重大，随即投身到我国页岩气开发的研究当中。页岩气的储层渗透率比低渗透储层还要小三个数量级，而且由于有机质含量高，所以气体“粘连”在这些有机质上。想要开采页岩气，就必须利用水平井加上多段水力压裂相结合的技术，才能获得一定的气流，而且即便如此，产量也会随着开采的进行而迅速降低，最后仅在一个较低的水平维持很长的周期。美国的页岩气储层条件整体优于我国，因此其开发经验也难以直接应用到我国。为了攻克页岩气开发的难关，朱维耀日思夜想，终于在纳微米尺度的实验方面取得了原创性的突破，实现了微小尺度的气体渗流实验，进一步结合裂缝性的岩样，系统解决了页岩气基质-裂缝多尺度流-固耦合的物理模拟难题。在理论层面，他建立了反映各种流态及影响因素的全过程多尺度流动统一模型，并针对页岩气的开发特点，建立了多级压裂水平井开发多区耦合、热-流-固多场耦合非线性渗流理论，形成了页岩气多流态多尺度多区耦合流场模拟方法，在理论上解决了我国页岩气开发的预测和优化问题。这一理论成果在长宁、威远、昭通等一系列我国最早投入开发的页岩气区块得到了推广应用，近 3 年设计气井 162 口，平均单井产能提高达 3~6 倍，累产气 54. 07 亿立方米，实现产值 80. 46 亿元。本成果提升了我国页岩气开发的核心竞争力，应用前景十分广阔。

此外，朱维耀教授通过多年的钻研，还在薄互层储层裂缝起裂-扩展控制及流场适配技术、低渗致密砂岩油藏提高采收率关键技术、复杂相态气藏开发理论和气藏工程及开发技术、海上化学剂驱油提高采收率油藏工程关键技术、化学剂调驱多相非线性渗流理论和开发方法等一系列领域取得了突破性的成果，达到了国际领先的水平，其团队已然硕果累累。迄今，朱维耀已经发表学术论文 270 余篇，其中 SCI、EI 收录 110 余篇；出版专著 13 部；授权发明专利 11 件，取得科研成果 180 多项。获国家科技进步二等奖 1 项（排名第 1）、部级奖 14 项（12 项排名第 1）。朱维耀获评全国优秀科技工作者等荣誉，享受国务院特殊津贴。

## 寸草春晖

爱因斯坦曾说，学习知识要善于思考，思考，再思考。

朱维耀一直以科学界的巨人们为榜样，总是在勤奋地探寻着、思索着，多年的钻研使他已经养成了举一反三不断联想的习惯。他的博士生小华同学说：“朱老师总是鼓励我们多尝试，在实践的结果中探索问题。朱老师经常善于将不同领域的研究热点结合起来看问题，尽管他年纪长我们很多，可是思维的活跃性和想象力一点也不比我们差。”

朱维耀十分乐于教书育人，在课堂上，他不仅为同学们讲解课本上的知识，更通过自己多年来在现场实践的经验，为大家介绍实际的工程实践。春种一粒粟，秋收万颗子，2013 年，朱维耀荣获北京市“优秀教师”称号。他经常告诫同学们，从曾经到如今，教育水平和教育环境已经发生了翻天覆地的变化，同学们应该抓住机会，拓宽自己的眼光，提高自身的综合素质，好好把握学习的机会，为自己的明天夯实基础。

硕士生小涛同学说：“我们朱老师特别爱踢足球，而且水平不在我们之下。”如今，每当周末有了空闲，朱维耀都会喊上团队里的“好汉”们，一起去足球场上挥洒一下汗水。足球是他一生的爱好，就像科研一样。在他看来，踢足球是一个团队分工协作的过程，科研的过程也是如此。在不断的协作和思考中，众人汇集到了一起，凝聚成的成果便是收获的人生的快乐和满足。

作为团队的主心骨，朱维耀带领着流体力学梯队 30 余人的队伍，不断前进，开拓创新。如今，朱维耀教授已经培养了硕士与博士 150 多名，他们也都在各自的岗位上发扬团队的优良传统，有的已经成为教授博导，有的已经走向企事业单位的重要领导岗位，有的已经成为学科领军人物。在今后，朱维耀的团队仍将继续进取，在无涯的学海中摘取那些最为美丽的贝壳。

（原载《北京科技大学校报》第 1221 期）

# 教书育人

寒来暑往，三尺讲台见证了教师传道授业的热情与坚守；伏案疾书，微躬的身影见证了教师授课背后的严谨与认真。一举一动，一字一句，都体现了教师以自身表率和谆谆教诲对立德树人这一要求的贯彻。

# 打造英语教学星级战舰

## ——记外国语学院“大学英语”教学团队

● 杨　祎

在全国近千个开设外语类专业的高校里，有一支不太起眼的教学团队，它没有悠久的教学历史，没有强势的文科背景，却凭借着不懈的努力，创造出了英语教学的奇迹。2005 年，这支团队被评为“北京市优秀教学团队”，其开设的“大学英语”课程先后被评为“北京市精品课程”“国家精品课程”及“北京市教育教学成果（高等教育）一等奖”，创造了工科类学校外语教学的辉煌。

这支团队，就是北京科技大学“大学英语”教学团队。描述这支成功团队的语言有很多，然而这支团队的成员们只用了一句话来概括，那就是：让学生最大程度地受益，让教师心情愉悦地工作。

## 让学生最大程度地受益

“大学英语”教学团队的每一名教师都有着这样一个教学理念：英语不只是

一种简单的工具，而是培养精英人才的重要保证。大学英语教学不仅是为了培养学生的外语技能，更事关未来我国科技人才的综合素质、国际视野和国际竞争力。为使学生在英语学习中学有所用、学以致用，“大学英语”教学团队成员们呕心沥血，不断探索科学合理的教学模式。

2004 年，面对学校扩招后学生人数众多、英语水平参差不齐的局面，“大学英语”课程开始施行动态分级教学。学校通过新生入校时的分级考试，将学生按英语水平分为三级，对各级别的学生进行针对性教学，体现了以人为本的人性化教育理念。行政管理专业的一位同学说道：“我曾经是普通班的一名学生，后来由于英语成绩进步被调到了中级快班。现在的快班教学方式很适合我，英语成绩比以前进步还要快。感谢学校这种人性化的英语教学，不仅使我学习进步了，还让我的综合素质提高了。”

为了给学生提供更加纯正的英语学习环境，“大学英语”课程实行了中外合作的教学模式，即为二级、三级的学生配备专门的、固定的外籍教师。实践证明，这种教学模式取得了良好的成效，不仅激发了学生的英语学习热情，同时也促进了中国教师教学水平的提高。中外教师课后常常一起备课，有时连晚饭也忘了吃。为了学生英语水平的提高，他们经常牺牲自己的休息时间。午休时分、下午下班后、周末双休日，经常看到他们办公室里伏案研究或为学生答疑解惑的忙碌身影。除此之外，外教们对学生的第二课堂活动非常关心，他们自发地参与到“英语角”等课外英语活动中，校园里随处可见他们与学生亲切地交谈。

除了课堂教学外，“大学英语”教学团队非常重视学生的外语实践教学和第二课堂建设，举办了形式多样、内容丰富的竞赛，如英语演讲比赛、英语辩论赛、外文电影配音大赛等。通过各种课外活动的锻炼，不少学生走出学校，在国际国内各类英语比赛中崭露头角。在去年的 CCTV 全国大学生英语演讲大赛中，我校学生柴逸飞一路过关斩将，荣获亚军。他的背后，是教师们的默默付出。比赛过程中，武威老师全程跟随，悉心指导；“大学英语”所有教师群策群力，从命题到内容都提出了不少建设性的指导意见。

为提高学生的英语综合能力，学校开设了多媒体英语学习教室—英语自主学习中心。近年来，针对“哑巴外语”的英语学习现象，几家出版社为英语教学改革的试点学校开发了多套多媒体英语学习系统。我校作为 180 所试点学校之一，也引进了这样的英语自主学习系统。为使系统内的学习材料更为丰富，“大学英语”教学团队成立了 12 个小组专门负责各种教学资料的搜集。学生通过登录该系统的“雅信达平台”能够充分享受到老师们精心筛选的音频、影片等多种学习资源。这个系统深受学生欢迎，不少学生课后也常常登录该系统体验趣味化的英语教学。

## 让教师心情愉悦地工作

“大学英语”教学团队“以人为本”的理念不仅体现为对学生的关怀，还体现为对老师的关心。“大学英语”的老师始终无怨无悔，以饱满的工作热情、忘我的敬业精神和高度的责任感教育激励着一批批学生。他们之所以被全校公认为“敬业负责”的教师，与其卓有成效的团队建设是分不开的。

在团队建设中，团队的领导始终发挥着率先垂范作用。难能可贵的是，除大量的行政工作外，在日常的教学工作中，团队领导与普通教师保持一样的工作量，每个人至少负责两个班，教学任务可说是只多不少。在考评中，团队领导不仅要接受普通教师的考评，还要接受学生的考评，领导的率先垂范和以身作则受到了团队教师的肯定。

在提高老师的素质方面，团队实行“请进来、送出去”“在岗培训”“终身培训”等一系列政策。“请进来”即邀请国际国内知名教授前来讲学，传授先进的教学理念与方法，“走出去”则是选送老师去澳大利亚等国家进行语言培训。不少老师回国后表示英语水平得到了极大地提高，同时将自己的见闻反馈给学生，又促进了学生的英语学习。

“青年教师导师制”是“大学英语”教学团队独具特色的教师在岗培训方式。青年教师一般具有高学历，但往往由于“从校门到校门”而缺乏教学经验。为此，团队专门为青年教师配备了经验丰富的老教师进行一对一帮助，通过互相听课、点评的方式帮助青年教师提高驾驭课堂的能力。

除了团队的教学建设，“大学英语”教学团队对内部的文化、情感建设也相当重视。通过建立“工会之家”，对教师的日常生活进行人性化关怀。在“工会之家”，随处可见温暖舒适的躺椅，供老师们在劳累时得到片刻的休憩；“爱心篮”里面满盛的药材，时常让教师疼痛的嗓子感受到柔润和清凉。

坚持不懈的团队建设让老师们感受到家的和谐温暖，从而形成强大的工作动力。老师们常常不辞辛劳、加班加点地工作。一个普通班的学生说，他的英语写作能力非常差，老师就采取“面批”的方式，叫他到办公室对他的作文进行当面批改，逐字逐句提出修改意见。一学期下来，他的写作能力实现了一个质的飞跃。

老师们忘我的工作和无私的奉献得到了学生的高度肯定和热情赞扬。在每年的网上评教中，“大学英语”课程教师的学生满意率均为100%。

## 找准定位稳步发展

2005年，“大学英语”被评为“国家精品课程”，团队的努力和付出得到了肯定。然而，“大学英语”教学团队没有过分沉浸在成功的喜悦中，团队负责人外语学院院长张敬源教授这样说：“或许有人会问我们已经取得了不错的成绩，能否驻足一下，休整一段？答案是否定的，我们不能。如果看看我校的兄弟学院，如果比比我们周围的院校，每个人、每个学院、每个学校都在寻找一切可能的机遇，创造机会快速发展。如果我们稍有懈怠，我们经过不懈努力才辛苦换来的些微优势不仅会很快丧失殆尽，而且会贻失发展的机遇。我们就会落后、就会被远远地抛在后面。形势逼人，不进则退。在这机遇与挑战并存的关键时期，我们要有强烈的忧患意识和宽广的视野，要跳出学院看外国语学院，把外国语学院的发展放到整个北京科技大学的发展乃至全国高等院校发展的历史进程中去思考，放到全国外语学科的发展大局中去定位，放到我国经济社会发展的现实中去谋划。要在激烈的竞争中，找准自身定位，发挥已有优势，创造新的特色，提升整体水平。创业维艰，守业更难，唯有不断进取我们才能不断发展。求变则活、求变则通、求变则达，不变则死。”他们知道，要在全国大学英语教学改革中保持领先的优势，今后的道路，“任重而道远”。

今后，“大学英语”课程将继续对学生实行优化分级，将目前的三级教学优化为四级教学，更加因材施教；推广网络考试，适应社会的发展；积极鼓励学生走出北科校门，参加大型比赛，完善学校的人才培养制度。相信在优势理念的指导和全体教师的辛勤工作下，“大学英语”教学团队定能在今后的道路上稳步前进！

（原载《北京科技大学校报》第1052期）

# 悉心教学　育才树人

## ——访东凌经济管理学院教授武森

● 吴　凯

夕阳西下，漫天的柳絮反射着淡淡的黄晕照进一间不到十平方米的办公室。一进门，记者看到戴着眼镜，留着一齐耳短发的武森老师已经在静静地等候记者的到来，而此刻早已过了下班时间。微微反光的办公桌上有序地摆放着文件和教案，简洁的书橱上放着一张她和儿子的照片，窗台上一排绿色的盆景枝叶用力地向外伸张，像是在舒缓自己疲惫的四肢。而眼前的武森却精力充沛地在向记者讲述着她和她的学生们有关青春的故事。

武森任教于北京科技大学东凌经济管理学院，其主要研究方向是数据库与数据挖掘、信息系统的建设与管理、企业运营分析与监视。她所授的课程——管理信息系统是东凌经济管理学院的基础必修课，涉及电子商务、计算机与管理系统，应用广泛，成为企业优化管理不可或缺工具，是一门非常贴近生活的学科。

由校学生会主办的“我爱我师”评选活动已经走过了第十一个年头了。10

年前，武森就曾获得过第一届“我爱我师——我心目中最优秀的老师”的称号。而这一次她又获得了该称号。面对荣誉，她十分谦逊，态度格外平和。她说，认真工作，对学生负责是教师的本职所在。能够得到学生的认可，她感到很荣幸，同时也鞭策她自己更加努力地工作，这样才对得起人民教师的称号，才对得起学生的信赖。与武森短短的一个半小时的交谈过程中，她留给记者最深的印象是务实的学风、平易近人的师风以及用心关注与学生交流。

武森曾长期从事班主任的工作，她乐于帮助学生，对于学生各种疑难之事，她都有问必答，及时解惑，同时也经常给许多学生就择业、深造学习等问题进行解答。经管学院有着薪火相传的优良传统——每年都会有“优秀党日”活动和有关“专业发展前景”的课程安排，很多优秀的学长都会回到课堂，详实地传授前人的经验，为在校大学生指点迷津，帮助他们更深刻地认识和理解这门学科，激发他们的斗志。她不是一个人在战斗，是与全体经管师生一起并肩前行。

为师之本乃授业解惑。在学生们看来，武森是被学生们“又爱又怕”的。

“爱”在相对宽松的教育环境。管信 071 班的姜敏说，“武老师在上课的时候是会留给我们很多思考和发散的空间，她说的事例都很贴近生活，让我们很容易理解课本上枯燥晦涩的理论内容”。武森注重让同学们在自主探索的过程中掌握一些科学方法，从而增强学生的自主意识和培养学生的探索精神和创新能力。

“怕”在她对科学的一丝不苟和对学生的严格要求。虽然《离散数学》教材从 1982 年起就一直没有经历过大的修订改革，但是她仍然会每年坚持重新备课，做到知识与信息的及时更新，希望以更加贴近生活的方式传授给同学。这种矛盾的结合体完美地形成了武森的为师风格。

此外，她认为，正如“治水贵在引而不是阻”，当代大学生已经过了稚嫩的年华，无论是做人还是处事，此时的年轻人更像是一条奔向大海的溪流，在不断遭遇困难与挫折的同时发展自己、改变自己，老师们只是以年长者、过来人甚至是以朋友的身份在必要的时候引导学生们。而这些正是良好师生关系和高质量的教学结果的最根本原因。

谦逊、热情、平易近人、务实、无私、治学严谨，这些正是武森人格的真实写照。记者离开办公室时已是七时有余，而武森又回到了办公桌前。

（原载《北京科技大学校报》第 1075 期）

# 求真务实做学问　呕心沥血求发展

## ——访自动化学院教授张朝晖

● 常　阅　黄文秀　杨　祎

明净的玻璃小窗，生机勃勃的盆景，堆砌着大量书籍的铁皮柜，简单实用的桌椅，整个小屋在熹微的阳光中显得那么干净而简朴。这间小小办公室的主人，就是北京市自动化学会副理事长，北京科技大学自动化学院副院长、测控技术与仪器系主任张朝晖教授。冬去春来，张朝晖已在这绿意萌生的北科大校园里辛勤耕耘了近十年。作为自动化学院副院长、测控技术与仪器系主任，张朝晖正是在这间小小的屋子里，呕心沥血地描绘着这个新学院的广阔蓝图。

### 事必躬亲，崇尚实践

张朝晖于1985年毕业于中国石油大学，随后又在重庆大学、东南大学相继完成了硕士与博士学位的学习。硕士毕业后，他回到中国石油大学任教，2003

年作为学术等身的优秀人才被引进到我校。20 多年来，张朝晖共发表学术论文 80 余篇，出版专著 5 部，获专利 4 项，并获教育部和中国石化总公司科技进步奖励各 1 项，至今还承担着国家自然科学基金等多项科研工作。

刚参加工作时，张朝晖的研究方向是研制石油化工仿真器。众所周知，石化设备具有一定的危险性，稍有不慎可能就会导致爆炸。但初生牛犊不怕虎，危险困难通通阻拦不了他求知的脚步。从济南炼油厂到燕山石化，从山东孤岛到中原大地，从前郭尔罗斯草原到新疆沙漠油田，一个探求真知的热血青年活跃在大半个中国的经纬路径上。没有大学教师的架子，没有叫苦喊累，他总是一步一步脚踏实地地做事情，甚至有时候在工厂里一待就是几个月。“那可以说是真正的社会实践。”张朝晖回忆道。虽然四处奔波实习很辛苦，但他认为正是投身实践的那段宝贵经历培养了自己在科研工作方面求真务实的精神，也给自己的教学提供了强有力的经验支持，让自己的课堂教学有了“底气”。“求真务实”不仅仅是他个人的真实写照和座右铭，同时也成为他在教学中的指导思想。

测控专业属于交叉型学科，光机电信息交互融合，学习难度比较大。在学习中，张朝晖对学生们的要求中有这样一条：自己动手实践，自己解决问题，“理论联系实际”是他常常挂在嘴边的话。在他看来，所有的理论都是来源于实际，学生只有深入实践，才能从根本上领悟课本中的理论知识，才能从真正意义上明白学习的真谛。他常说，老师的作用仅限于为学生指明方向、提供所需仪器设备，真正的钻研之路还得靠学生自己去走。对于张朝晖而言，“实践求真知”是他对学生的基本要求，而在学生们心目中，他则是一个“少说多做”的好老师。

2009 年夏天，张朝晖亲自带领一队学生到山西的大山里参加西气东输管道的安全监控工程。正值炎炎夏季，野外工作环境的艰难自然不必多说，炙热的骄阳、干燥的烈风还有倾盆的骤雨可以说是家常便饭。本来课题难度就不小，再加上艰苦的环境，着实让张朝晖心头感到阵阵担忧。“没想到学生们个个抢着出去，而且一去就是十天半个月，没有一个人抱怨。”张朝晖回忆道。令他深为感动的是那么多过惯了城市舒适生活的学生们竟然没有一个喊苦喊累，而且全部高质量地完成了工作。身教重于言传，正是张朝晖潜移默化的熏陶影响，使得崇尚实践、事必躬亲的学术理念深深地融入于学生们的心中。

## 为人师表，循循善诱

学高为师，身正为范。“我认为本科阶段的教学是最重要的，比研究生教学、科研工作都更重要。”张朝晖解释说。这是由本科学生的年龄特点所决定的，大部分的本科学生正处于求知欲旺盛、好奇心强烈的年龄阶段，但此时他们的人生观、世界观尚未完全形成，对事物的看法还不够成熟，所以这时老师们能否以身作则、循循善诱就显得尤为重要了。就拿一些基础差、没有自信心甚至是比较偏激的留级生来说，由于他们开始毕业设计的时间要比应届生晚，找导师的时候往往有些困难。对于这些学生，张朝晖根据他们的实际情况酌情提出相对简单一点的课题，因为“也许完成这些别人认为‘很简单’的题目，对于他们来说，也是一种很大的自我挑战”。在他看来，老师们给予他们多一些的鼓励，在作业评语里不吝予以的肯定，在询问孩子情况的家长面前的几句夸奖，甚至在面对面交流时真挚热情的微笑都能成为他们找到自信，继续前进的动力。“我们不能抛弃任何合格的学生。”张朝晖如是说。

虽然已经是一名成果斐然的学者，但张朝晖并没有满足现状，学海无涯，他仍在不断地超越自己。这源于他在当助教时的一件小事：在一次在给本科生上课的过程中，碰到了一个令他百思不解的问题，正当他苦苦思索的时候，一个学生在上交的作业中以一种独特的思维提出了解决问题的方法。这件事给了他很大的冲击，“不能小瞧学生啊，学生是不能糊弄应付的”。所以直到现在，他总是不断地提醒着自己学无止境，不断地在教学和科研上对自己提出更高的要求，才能在攀登学术阶梯的过程中完善自我、超越自我。在张朝晖看来，大学教师只有自我学术能力不断完善，才能引导学生在求知的道路上不断进取，勇攀高峰。

张朝晖认为，大学的科研应该反哺教学，在研究过程中培养人才、储备人才。因为技术总是在不断地突破创新，真正能够在工业界长期发挥作用的科研成果毕竟是少数，培养出一大批学术人才方能在日新月异的技术竞争中引领潮头。“当我们退休后回顾自己的一生时，我们自己的还在社会上起作用的科研成果恐怕早就没有了，而引以自豪的或许还是我们的学生们，是他们在推动着技术的永恒进步。”张朝晖感叹道。

## 学科建设，上下求索

在自动化学院成立之前，测控系只是学院的一个系。回忆起初到测控系的景况，张朝晖感慨颇深。当时由于许多经验丰富的老教师退休，造成了师资队伍的断层，青黄不接的局面让学生们对测控专业的研究和就业方向无法明确，专业吸引力大为降低。那一段日子的艰难对于他来说仍历历在目。近年来，随着国家建设对测控专业的需求日渐旺盛，测控类科研项目逐年增加，科研方向更加明晰，测控专业已经发展成为一门招牌专业。为了加快该学科的建设和发展，学校专门成立了自动化学院。张朝晖坦言，在看到喜人局面的同时，当年所反映出的本科教学的重要性仍然不可小觑。“现在我们自动化学院已经将抓科研的教授们从打本科教学擦边球的位置推到了本科教学的第一线，全部承担基础课、必修课。”张朝晖介绍道。作为一所研究型大学，让本科生接触前沿的科研成果，是提高专业吸引力、激发学生学习热情和带动学风建设的最佳选择。

然而，当科研和教学重心都压在了教授们身上时，我们该如何给教授们释放压力，使他们能够身心愉快地、宽松自由地工作。“要做到这一点，既需要教授们实事求是抓重点，更需要我们改变管理方式，完善考核评价制度，我们将摸索着前进。”

“现在的学生比以前更‘实际’了。”张朝晖笑言。通过对学生们上课时的细心观察，他发现同学们只有在老师讲到他们认为有价值的内容时，才会投去关注的目光；相反，当老师重复地解释一个浅显的道理时，大多数人就会把注意力转移开。这种态度间接地导致了课后作业不认真完成，进而引起厌学等诸多问题。这一现状令张朝晖忧心的同时，也让他感到了教育教学方法的改革已然是迫在眉睫。张朝晖在给年轻教师的建议时鼓励他们多参加科研活动和社会实践，以丰富自己的实践经历，充实授课内容，增强教学的经验支持，从而让学生们真正感觉到学以致用、学有所值。

2009 年底，张朝晖来到英国牛津大学物理系访问学习。“我是带着许多困惑去寻找答案的。国外的教育教学制度是独特的，但国内外环境不同，我们不能生搬硬套，不过某些做法可以参考借鉴。”牛津之行让他获益匪浅。目前，张朝晖正积极地寻找国外先进的教育经验与现实情况的切合点，力求探索更适合实际情况的教学方法。

寒窗苦读，他孜孜不倦，不畏困难和危险；专于学术，他硕果累累，却不骄不躁；为人师表，他循循善诱，坚持“实践出人才”；教育改革，他见解独到，敢为人先，大胆尝试。在实践求真知的道路上，张朝晖正笃定地一步步继续前行……

（原载《北京科技大学校报》第 1086 期）

# 光环背后的朴实　朴实背后的奉献

## ——访自动化学院教授李擎

● 于　筱　桑丽萍

**人物小传：** 李擎，2001 年、2003 年两次荣获“我爱我师——学生心目中最优秀的教师（专业课）”光荣称号，2003 年获校“建龙”奖教金，2005 年获“北京科技大学本科教学优秀奖”一等奖，2008 年获批“北京市高等教育精品教材”，2010 年，所讲授课程获北京科技大学第二批精品课程称号，并有多门课程成为“免检课堂”……近十年来在国际期刊和国内核心期刊上发表论文 60 余篇，负责教育部“留学回国人员科研启动基金”项目 1 项以及厂协项目 2 项，参与“国家自然科学基金项目”4 项、“十五”科技攻关项目 1 项、“北京市教育委员会科技发展计划重点项目”1 项。历任院长秘书、院长助理、副院长。

一位头顶着数项荣誉光环的年轻学者，一位深受学生爱戴的大学教师，他就是现任自动化学院副院长的李擎教授。李擎究竟是一个怎样的人呢？他的生活又是怎样的？带着这些疑问，让我们一起走近他。

## 他是一名严师

进入北科大之前，许多学生期待在大学得到一种“自由”：没有高中老师时时刻刻的步步紧逼，可以自由选择听课或是不听课。而在李擎这里，这是不可能的。李擎在教学过程中特别注重过程管理，对学生的要求十分严格。他的一位同事说：“尽管李老师对所讲授知识点已经滚瓜烂熟了，但每次上课前，他还是要认真完善课件，增加一些和当前新技术联系紧密的素材。而且只要还没到上课时间，他总是一遍一遍翻看课件、在草稿纸上反复演练板书内容……以至于我们开玩笑地说他有‘强迫症’。”李擎课堂的出勤率很高，且同学们听讲十分认真，在他的课上如果学生私下讲话，被发现了是要被提问的，这种方式不仅可以让同学们静下心来，专心听讲，而且能够避免由于简单说教而引起的不必要的摩擦或尴尬。李擎课堂的另一个特点就是几乎没有一个同学抄袭作业，他的学生笑称李老师为“毒眼龙”，他们说：“我们都不敢在李老师的课程上抄作业，因为他从来都是自己批改作业，而且平均每次至少批改一半以上，一旦被他发现作业抄袭（包括抄袭习题参考答案），哪怕是一道题的某一问，抄袭人和被抄袭人此次作业均按 0 分记，且会在课间受到通报批评。”对此李擎也说：“我每周大概需要半天左右的时间批改作业，所有批改的作业均按照 5 分制打分，没有批改的也要收上来登记。如果在批改过程中感觉到有雷同现象，我都会把批改过的作业重新翻出来找一遍，确认是否存在抄袭行为，只登记不批阅的那部分作业我也会大概扫一下，看是不是抄的。因为按照我的课堂管理规定，自己独立完成作业的，哪怕一道题也不对，我都会给他 3 分的诚信分；而抄袭者和被抄袭者则均按 0 分记，这样做虽然既费时又费力，而且会得罪学生，但对于树立学生的诚信观念以及培养学生独立解决问题的能力都是大有帮助的。尽管有些同学当时不高兴，但时间长了，他们还是会逐渐理解我的良苦用心的。如果学生平时努力学习了，那么期末考试取得好的成绩应该是水到渠成的事情。”在采访期间，记者曾随机找到李擎的一些学生，每当提到李擎讲授的课程，同学们都感慨“能遇到李老师，是我们的一种福气。”“其实同学们都很懂事，我们知道李老师对我们严格要求实际是为了让我们学到更多的东西。”

李擎对于自己和学生的严格态度，是深受父母和导师影响的，同样，他也把这种教育理念应用到了孩子身上。他总是要求儿子尽量乘坐公交车上周末辅导班，只有遇到雨、雪等特别的天气时才可以打车。“一到下雨或下雪打车，儿子都会特别高兴。”李擎笑着说。从这个笑容里，记者感受到了一个父亲对儿子深深的爱，越是简单，也越是实在。

## 他的出发点永远是学生

李擎严于教学、一丝不苟的精神令人钦佩，他对学生的无私奉献让人动容。他一直坚信教学应该有另外两个不可被忽略的作用——育人和服务。

所谓育人，就是要充分发挥教师的引导作用，让学生们树立信心，确立自己未来的目标，李擎一直积极鼓励学生毕业后尽量到国内、外名牌大学读研。对于毕业后想就业的学生，他也会在最后一节课的时候提醒学生们关注学校的一些招聘会或者上网查看一些工作需求，这样才能够更有针对性的学习。对于就业所需的教学计划里开设的课程，学习时要把理论和实践紧密结合起来；对于教学计划里没有开设的课程，则要通过旁听其他相关专业课程或自学等方式加以获取。有针对性的学习才能获得有针对性的工作。

而在服务方面，李擎主要是尽自己最大努力帮助学生们实现他们的目标。对于那些想要出国的同学，前期他会根据每个人的实际情况帮助学生确定一个合理的英语考试准备计划，中期则会根据每个人的科研兴趣以及英语成绩、课程 GPA 成绩帮助学生选择合适的学校，后期则会帮助学生修改推荐信，向自己在国际交流活动中认识的教师推荐学生等等。在考研方面，他也同样会帮助学生制订考研计划、选择和联系所报考学校的导师，尤其对于报考外校的学生，后一方面的工作更为重要。就业方面，李擎更是十分热心，他经常利用自己的人脉把学生推荐到自己同学所在的公司实习或工作，千方百计帮助学院提升“一次就业率”，李擎于 2010 年荣获了“北京科技大学就业工作突出贡献教师奖”。他始终认为，当老师的不仅仅要讲好课，更要为同学们提供一些实实在在的服务。

李擎虽然只是一名大学教师，但是他所扮演的角色用“育人、服务”这四个字概括却远远不够。在 2005~2008 年，他一直资助通信工程系一名 2004 级本科生，即便自己在多伦多进行访问学者研究工作其间也从未间断过，在他的帮助以及那名学生的刻苦努力下，该学生不仅顺利完成了学业，而且获得了全日制工程硕士的保研资格。“我一个月就给他 300 元钱，不算多，而这却可以大大减轻他的经济负担，让他集中精力完成自己的学业。”

李擎的理念就是如此。虽然自己不算富有，但他不愿意看到大学生因为生活费问题而影响学业。当这名同学工作了一段时间，提出要还钱给他时，李擎却拒绝了，他建议那名学生用这些钱去孝敬他家在农村的父母，待经济相对宽裕后，可以到母校资助更多的贫苦大学生。

## 他是办公室的“宅男”

采访时，李擎笑称自己是典型的“宅男”。“我几乎天天宅在这个办公室里，平时晚上没有特殊情况都要工作到 11 点半左右，节假日也基本都在办公室，经常一两个月也不出校门。因为白天要处理学院里的一些行政事务，偶尔还要上课，所以只有晚上、周末才有时间备课、答疑以及和研究生、本科生交流科研和课题。如果没事儿，我一般都会在办公室待着，否则就会觉得过得不充实，感觉自己心存愧疚。”李擎指着他办公室外面公用接待区里的一张桌子和一个挂在墙上的小黑板说，“这些都是我为我爱人和孩子准备的，他们看我总在学院里忙，不回家陪儿子，周末就来这里陪我。”他把自己的大多数休闲时间都奉献给了教育事业，像所有的家长一样，他希望看到每个学生都学有所成，按照国外的理念来讲，也就是每个人都能够自食其力，不给社会造成负担。而家人的支持和鼓励更是促使他献身教育的一大助力。

对于社会上很多人批判有些老师只注重科研而忽视教学的现象，李擎认为，教书育人是一名老师义不容辞的责任，是第一位的，也是教育三大职能之首。搞科研很重要，但科研是为了更好地服务于教学，这两者应该是相辅相成的，要做到教学与科研并重，切莫走向任何一个极端。由于一个人的精力有限，因此合理分配两者的时间是十分重要的。李擎说：“由于我的兴趣主要在教学，所以在教学方面投入的精力要大一些，休闲时间基本也都用于和学生们讨论、交流了，因此在科研方面相对弱些，今后要在科研方面多加努力。但我个人觉得，自己在科研投入上的牺牲相对于教学上的收获以及学生的受益而言是值得的，对此我个人无怨无悔。”

短短一个小时的交流，记者从中感受到了李擎对学生的浓浓情怀，更是被他热衷于教学，为了学生无私奉献的精神所感动。再多的光环也无法掩盖李擎的朴实，而在这背后更是无法被忽视的那种奉献。

（原载《北京科技大学校报》第 1089 期）

# 漫漫科研路　浓浓师生情

## ——记自动化学院教授付冬梅

● 刘　蕊

“墙角数枝梅，凌寒独自开。遥知不是雪，为有暗香来。”中国人对于梅花有着独特的情感，梅花象征坚韧不拔，百折不挠，奋勇当先，自强不息的精神品质，在人们心目中斗雪吐艳，凌寒留香。

人如其名，付冬梅其人便如同梅花一样，低调、坚强、谦逊。她不断研究教学方法提高教学效果，脚踏实地一步一脚印；她不满足已有的成绩，在科研的道路上继续坚定前行；她为人师表，把为学生着想放在第一位，拿学生当自己的孩子看待……她不仅仅是老师，更是很多同学心中的偶像。

### 仰望星空，脚踏实地

“作为老师就是应该踏踏实实地教书育人，不能向‘钱’看，这是老师的本分也是党员的责任。”付冬梅如是说，也是如是做的。

付冬梅，自动化学院自动化系党支部书记、教授、博士生导师，目前教授本科生课程“自动控制工程基础”和“自动控制理论基础”。自 1987 年从事教学工作以来，付冬梅已经在北科大的讲台上辛勤耕耘了二十余年，讲台下的面孔一年年不断变化，一直未变的是付冬梅悉心的讲解。

付冬梅认为学习的基础很重要，只有打好坚实的基础才能够更好地学习。“现在的竞争的确很激烈，但是竞争越激烈就越要求我们要脚踏实地，更有计划地学习，学会规划人生。个人能力是一个方面，另一方面是你能不能坚持下来，切忌浮躁，有恒心与毅力和长远的眼光才会成功。”访谈中，付冬梅多次强调本科生应该打好一个底子，有一个良好的规划。“大家来自不同地域，基础也有所不同，应该从一开始就为今后的发展打下底子，做好规划，这样才能在大学生活中取得不俗的成绩。”每次有新研究生入学，付冬梅都会问他们今后的规划是什么，从而更有针对性地为他们选择课题并告诉他们要一步一个脚印地开始自己的研究之路。

这种淡然与踏实一直伴随着付冬梅的科研之路，见证着付冬梅的艰辛与辉煌，也感染着一批批学子。

## 追求卓越，永不止步

从教 20 余年，付冬梅取得了许多成绩，获得了无数奖励，目前为止发表论文 60 余篇，其中 28 篇被 SCI、ET、ISTP 等收录。辉煌只代表过去，付冬梅依然在自己的研究领域不断学习、拼搏。

付冬梅指导的博士生用“拼命”来形容导师的工作态度。“有一次付老师出差两周，她为了不耽误工作，下了火车后直接从火车站赶到了办公室。如果付老师白天有课，她也一定会利用晚上的业余时间来到研究室和我们交流。她工作非常认真严谨，晚上平均十点回家，周末一般也是在学校度过的。”每周固定的学术讨论已经成为付冬梅和她的研究生的习惯。“在我看来，每个学生那是一样的，不能以成绩取人，每个人身上都可以看到闪光点。”付冬梅十分注重对学生的引导，同时，她也能从学生那里获得很多有价值的东西。付冬梅希望学生能够注重思考的过程，善于发现问题，然后用自己的理解清晰地解答问题，这不仅是一种学习的过程，也是对自身能力培养的一种过程。

作为“自动控制工程基础”“自动控制理论基础”两门课程的重要教学骨

干，付冬梅责无旁贷地承担起 PPT 制作、习题选择与解答、教学内容和教学进度的合理安排等大量教学工作。为配合课堂教学，通过学生毕业设计和科技创新活动，付冬梅带领大家开发出了一套“半实物化综合控制实验装置”。该套实验装置在教学评估中受到评审专家的一致好评，并于 2007 年获北京科技大学教学成果二等奖。

付冬梅教授的两门课程理论性较强，历来学生感觉学习难度大。为了提高教学质量，创造更好的教学效果，她查阅和收集大量资料，包括参考书籍、相关网站、习题集、甚至考研试题，力求做到在每一堂课上概念清楚、条理清晰。“遇到不明白的东西付老师一定会想办法弄懂，再厚的书也会一页页翻看、标注，她甚至和学生一样，逐个做书后的习题。有很多学术资料是英文原版的，专业术语很多，但是付老师就是能一点点地‘啃’下来。”付冬梅的一位博士生如是说。

## 勤勤恳恳，爱生如子

付冬梅不仅教授本科生课程，她还担任着一个本科生班级的班主任工作。她添加了全班同学的飞信，对每个学生的特长、爱好也十分清楚。虽然在大二的时候原来班级的同学分了小专业，但是她依然关心着原来班级里的每位同学。“他们有时还愿意跟我聊聊最近的学习，每次见面大家都会打招呼。”一提起学生，付冬梅总是掩饰不住内心的喜悦，她和学生们之间的故事有很多很多，其中有一件事让本科 0909 班的同学记忆深刻。

大一上学期期末，班里有一位同学得了水痘在校医院隔离，虽然每天的工作安排得很满，付冬梅在得知此事之后立刻去医院看望了那位同学，询问病情、给予安慰，期间，付冬梅还送去了亲手做的饭菜。付冬梅的学生回忆道：对于付老师来说，这可能是一件很微不足道的事，但却感动了很多人。对于刚刚离开家门的大一新生来说，能得到班主任老师如此无微不至的照顾让我们感到无比的温暖和感动！为了保证和学生的及时交流，付冬梅会定期召开班会，每次班级活动也能看见付冬梅的身影。她愿意和学生分享生活中的点滴，聆听每个人的心里话。在学生眼中，付冬梅更像是妈妈，时刻关注着他们的成长，分担着他们的忧伤，见证他们的一次次辉煌。从大一的 0909 班到现在的电 093 班，付冬梅延续着她的爱，也感动着更多的学生。对本科生如此，付冬梅对她的研究生一样关怀备至。

“付老师特别关心我们整个团队的建设，她不会放弃集体中的任何一个学生，而且会站在学生的角度思考问题，为我们争取锻炼的机会。她觉得一个集体好了、大家都好了才是真正的成功。”为了增进学生感情，让大家轻松学习，细心的付冬梅还会牵头组织一些集体活动，不管是外出郊游，还是羽毛球赛，每周都会有一次。“付老师有空也会和我们打羽毛球的！”她的学生兴奋地说。

在别人眼中，付冬梅是教授，是博士生导师，是教学骨干，但在学生们眼中，她是亲切的朋友。她做事认真、严谨，为了给学生奉献出更好的课程而不断努力；她坚韧、自强，用最高的标准要求自己在科研的道路上坚定前行；她博爱、无私，通过身体力行在无声中感动了一批批学生。她教的本科生会在“我爱我师”介绍材料后面为她不吝溢美之词；她带的研究生会在电脑里珍藏着与她一同出游的照片；毕业的学生只要来北京一定不忘来和她聊聊天……科研路艰辛而又漫长，她用心、用汗水，一步步走得坚定而执着；师生情温馨而感人，她用爱、用真心，一点点灌溉、滋润。

（原载《北京科技大学校报》第 1090 期）

# 育得天下桃李　树得九州栋梁

## ——记全国青年教师教学竞赛一等奖获得者赵鲁涛及指导团队

● 白　华　吴钰重

在中国教科文卫体工会与教育部教师工作司联合主办的第二届全国高校青年教师大赛中，北京科技大学数学学科青年教师赵鲁涛凭借深厚的教学功底和完美的现场发挥赢得了满堂喝彩，一举夺得自然科学应用学科组一等奖，赵鲁涛也创造了北京科技大学青年教师参加教学基本功比赛的最佳成绩。

被鲜花和掌声簇拥着的赵鲁涛和他背后的指导团队止不住激动的泪水。赵鲁涛说："荣誉并不是我一个人的，而是我们数学学科团队的共同成就。过去4个月我们攻坚克难，连续作战，奖杯的后面是老师们夜以继日的付出。"赵鲁涛的获奖经历完美地诠释了"传帮带"的意义所在。然而，"经师易遇，人师难造"。培育新苗的工作对于老教师来说并非易事，既要有"授人以渔"的能力，又要有不求回报的态度，讲台上一颗闪耀的新星，凝聚了几代人的智慧。

## 培育新苗，厚积薄发

赵鲁涛是北京科技大学“土著派”，在北科大完成了他的本科、硕士教育，留校任教至今已有 10 年的教龄，是学校一手培养成长起来的青年教师。他在本科教学工作中累计完成 19 门次课程，年均 310 学时的教学工作。初上讲台时，老教师们对青年教师的要求十分严格。让他们从听课开始，一门课程从头听到尾，更要一丝不苟地做笔记、听思路，汲取老教师的授课经验并进行优化，形成自己的教学内容和体系。持续的学习和改进的过程，加上对数学教学的悟性和勤奋，让赵鲁涛在青年教师中脱颖而出，成为数学学科组的重点培养对象。

获得北京市高校第八届青年教师基本功比赛一等奖第一名的好成绩之后，赵鲁涛和指导小组的 4 位老师马上投入到了全国高校青年教师教学大赛的备战中。不同的竞赛规则不仅增加了比赛环节，更是扩大了比赛范围，相比北京市比赛增加了 20 倍之多的任务。尽管要在 4 个月的时间内完成 20 个教学节段的创新似乎是个不可能完成的任务，但老师们还是咬紧牙关，决定背水一战。

整个备战分为初期素材准备、中期制作和冲刺 3 个阶段。由于数学学科属于自然科学基础学科，逻辑性强、趣味性弱，为了让赵鲁涛能够在比赛中抓住观众的“眼球”，指导老师们凭借多年教学经验和对国内外素材的收集，在 20 个教学节段中全部运用自主创新的鲜活素材和案例，并史无前例地在概率课的讲授中运用自主开发的计算机模拟动画，使评委老师眼前一亮。20 分钟的教学演示，赵鲁涛 4 个月积淀在这一刻爆发。他语言干练，有问有答，讲解严密，举一反三，听众为赵鲁涛的幽默而响起笑声，为素材的新颖到位而真心感叹，为跨学科手段的运用而拍案叫绝。赛场中响起了经久不绝的掌声与喝彩，能将概率课讲授得如此生动，其背后的准备工作之艰辛可想而知。当赵鲁涛捧起全国一等奖的奖杯时，始终形影相依的指导老师们流下了激动的泪水。

## 精英教师，同心协力

指导小组的努力在此次比赛中功不可没，4 位资历颇深的教师始终站在赵鲁涛的身后无悔地付出着，他们说，数学学科历来非常重视教学，有着优良的传帮带传统，尤其重视对青年教师的教学能力的培养。指导小组虽然是因帮助赵鲁涛参赛而成立，但这 4 位老师中既有他的本科和研究生的导师，也有从登上讲台之初就对他严格要求的老教师。他们都有多年的教学经验，是我校数学学科教学一线中的佼佼者。

这 4 位教师分别是范玉妹、王萍、张志刚、徐尔，全部为我校“我爱我师”评选的获奖教师。范玉妹是小组中最年长的教师，她获得我校“我爱我师”评选的终身成就奖，现任海淀区人大代表、校教学督导组成员，尽管已退休仍然工作在教学一线。王萍任数理学院工会副主席，高校教龄长达 32 年，有丰富的教学经验。张志刚任系教学主任，“我爱我师”金奖得主，凭借其深厚的计算机功底在教师中备受赞誉。徐尔曾参加第一届北京市高校青年教师基本功比赛，其严谨的作风和深厚的教学功底深得学生认可。4 位教师对教学有着共同的执着，脾气秉性彼此相投，在互相切磋中自然而然地形成一支精品团队。在这次全国大赛中，4 位老师更是从方方面面给予赵鲁涛以最充分的帮助和支持。大到内容选材、体系设计、教案撰写等，小到时间把握、仪态仪表、服装搭配等，从宏观到微观，随时随处进行指导和把关，为赵鲁涛最终取胜提供了重要保证。

作为老教师的他们忠于职守，继承了前辈传帮带的优秀传统，乐于奉献，关注青年教师成长；他们淡泊名利，无私地承担了指导赵鲁涛参加全国比赛的各项工作。比赛全程没有出现过他们的名字，他们这种付出的动力源于对教学的信仰。他们年轻的时候。并没有这么多机会和平台供他们展示教学风采，现在年轻人有机会、有平台，他们便把这个梦想寄托到年轻一辈身上。无怨无悔地把青年教师推向更广阔的舞台，这是数学人的骄傲，也是老教师的欣慰。

## 无私无畏，无悔奉献

王萍把平时备战的点滴都细心记录下来。4 个月的备战结束后，整整写满了 2 个笔记本。记录中，团队正式开会 3 次，合议备战事项 3 次，参加北京市试讲点评会 1 次，正式试讲有 30 次之多。此外，随时随地的碰面讨论、各自的案头工作更是每天都在进行着。他们一方面要保证所有教学工作正常运行，抽出全部的业余时间备战；另一方面要推迟期间的科研工作，放弃全部假期，一心一意准备比赛。老师们回忆道：整个暑假他们从下午两点开始试讲，每天讲到十点以后，顶着漆黑的夜色各自回家，辛苦并快乐着。

对于这个创造学校新历史的奖项，老师们总说这也是在他们意料之外的结果。可是，偶然中总是隐含着必然，喜出望外的背后也充满了老师们无言的付出和辛酸。初期工作全部素材求新求实重新组织，20 个节段中需要约 30 个实例，时间紧任务重，老师们分头查阅，再合议修改，不断地否定不断地整编，在校内校外调研，拿到最新鲜的第一手数据。老教师希望用最短的时间把数十年的授课经验传递给赵鲁涛。对于青年教师自然是个挑战，赵鲁涛面对指导小组的近乎苛刻的要求，始终保持着谦迅的态度，虚心求教。

范玉妹和张志刚在备战期间有一个月的时间在美国出差，即使面对十几个小时的时差，大洋彼岸的老师们仍然心系比赛。赵鲁涛白天跟着王萍和徐尔按计划进行反复试讲，晚上按照美国时间和范老师、张老师线上联络、汇报情况，身在异国，范老师策划了多个授课案例。张老师提供了若干计算机动画模型，为他的表现增色。然而，赵鲁涛在持续一段时间的熬夜后身体亮起了“红灯”，产生心悸反应在医院吊挂瓶，指导小组的老师们为此十分担心，尽管平时对赵鲁涛要求严苛，但更是把他当作了自己的孩子看待。看到赵鲁涛生病，都感到由衷的心疼。

他们都是满载光环的精英，他们都拥有很多令人尊敬的头衔，但是他们只称自己为“老师”，从登上讲台的那一刻开始，他们便注定风雨无阻、无怨无悔。

## 热爱教学，致力终生

走进了这支因热爱教学而聚在一起的团队，我们看到的是他们数十年如一日的教师风采。科研可以量化，教学却很难做到量化。

老师们总是希望把最充分的准备呈现给学生，让学生更好地理解知识的内核。多年以来，数学学科团队对教学工作十分重视，对要求的落实也非常严格，通过对基本功比赛的组织工作，积极为青年教师铺路搭台，使得一批优秀的青年教师脱颖而出。在科研和教学的岗位上迅速成长，逐渐步入学科带头人的行列。赵鲁涛说，教学功底的提高是没有止境的，对教学的研究是一个“无底洞”，他和前辈们都愿意用毕生的精力为后人积蓄经验，为学生们提供更多高质量的精品课程。

范玉妹尽管退休仍然愿意接受学校的返聘重回教学一线，站在讲台上为青年教师的成长出一份力。她说，教师应该是一个最无私的职业，付出和回报不成正比是很正常的，我们都是因为爱学生爱教学才聚在一起的，把教学当作爱好，便乐于这种勤勤恳恳的付出；只要发现了像赵鲁涛这样的好苗子，我们就愿意把他们推到更高的平台上，不计工作代价。因为他们是我们的希望所在。

王萍虽然有三十余年的教龄，但是现在除了上课和科研的时间她仍然在备课，而且是天天备课。她说为了给学生上好一堂课做多少准备都是应该的，作为一个用良心做事的教师，这是她的责任和义务。王萍老师就是我校默默奉献在教学一线的一群优秀教师的缩影，他们不图名利，只希望认真上好每一堂课，对得起学生、对得起自己的教师称号。

师者，所以传道授业解惑也。数理学院的各位教师很好地诠释了韩愈在《师说》里对老师的这一定义。答疑时间不计入工作量，数理学院的各位老师仍旧不辞辛苦地为学生安排定期答疑，并且几十年来始终如一地保持着这个优良传统。

从数理学院各位老师的身上我们深切地感受到了他们对传统师德品质的完美传承。正是这样一个对教学精益求精的教师团队，数十年如一日地奋战在教学事业的一线上，用真心提升教学质量，树得九州栋梁。正是这样一个对学生无私奉献的教师团队，不计个人得失，不求名利回报，用爱心关爱学生成长，育得天下桃李。

（原载《北京科技大学校报》第 1152 期）

# “教书其实是一种大爱”

## ——访第三届“外教社杯”全国高校外语教学大赛获得者白秋梅

● 刘　蕊　张恺妍　朱雅璇

**记者：**作为老师您和同学的关系是怎样的？

**白秋梅：**我和学生的关系既是师生又是朋友，我刚参加工作的时候只比我的学生大两三岁，那时候更像朋友，现在我教的学生都已经和我儿子差不多大了，师生的成分多一些，但我更愿意把他们当成朋友，在课上会跟他们分享很多自己成长的点点滴滴。

**记者：**您有没有什么独特的教学方法？

**白秋梅：**教无定法，但是我永远都不会对学生照本宣科，在英语视听或口译课上我会带给他们鲜活的内容，这些内容学生很爱听。以前我们上学的时候英语学习意味着学单词、学句子、学语法，但是现在的孩子在高中毕业时，水平基本能够达到英语四级的水平了，仅仅在课上给学生讲语言远远不够，应该帮助他们通过英文了解语言所承载的文化，去获取信息，提高技能，进而提高独立学习的能力。

**记者**：您在教学过程中发现学生英语学习的哪些方面比较欠缺？

**白秋梅**：我一直觉得现在国内的学生在学英文的时候最缺少的是 critical reading，叫做批判性阅读，只有具备批判性阅读的能力，才能逐渐形成批判性的思维。但是学生学这么多年英文，只是努力看懂词看懂句子，努力去弄明白这篇文章讲的是什么，认为文章读懂就可以了，其实不是那么回事。读懂文章只是完成了阅读的第一个层次，我认为阅读分为三个层次，第一层是读懂文章的内容；第二层是读懂作者的意图，明白作者用怎样的方法达到意图；最后层是作为一个读者要把作者讨论的问题带到你自己的价值体系中去思考，形成自己的看法，通过这三步才能实现批判性阅读，才能最终做到批判性思考。

我发现很多学生不具备批判性阅读的能力，大一的新生在高中阶段应付高考，已经非常习惯于读懂文章然后做作业或做题，基本上没有时间去思考，所以这点扭转起来也挺困难的。我觉得阅读和思考对一个人的成长非常非常重要，我也会在课上启发我的学生去思考，我教他们视听课，我会鼓励他们看一些经典的英文电影，鼓励他们养成发散思维的习惯。我希望学生在大学的这几年能够养成独立思考的习惯，不盲从，对事情能够沉下心来想，形成自己的看法。我第一次见学生总会告诉他们，这四年其实是他们成长为一个合格公民的四年，学生的价值观就是在这个时候形成的，毕业时他们会形成对整个世界的看法。所以老师给他怎样的教育，给他怎样的东西去读、去听、去看，教他怎样去学习，或者帮助他悟到怎样去学习，都是特别重要的。

**记者**：大部分同学普遍觉得在英语口语表达方面存在障碍，能听能读但是不能说，不知道您是怎么看待这个问题的？

**白秋梅**：我一直鼓励我的学生要学好英语，脸皮一定要厚。我觉得语言的学习不能害怕错误，我们之前通过语法学语言，这种方法的好处有待商榷，因为语法本身在国外很少像国内这么学。中国人一直说英文都讲究精确性，要正确，否则会觉得丢人，其实不是这样的。即使是母语，有的时候也会说错话，更何况英语不是我们的母语。要理直气壮地犯错误。偶尔我在课上也会犯些错误，比如 he 和 she 不分，没关系，意识到了改了就好！毕竟学语言是为了交流，旁若无人地开口说英文非常重要。另外一点是我这几年悟出来的，语言要承载思想才有分量，仅仅一口“漂亮”的英文并没有什么值得炫耀的。在学习的过程中，绝对不能因为害怕说错而不开口，而放弃交流的机会。

**记者：**您在日常是怎样要求学生、锻炼学生的语言能力的？

**白秋梅：**我在教口译课的时候和学生说，翻译有三重境界，翻过去、翻得好、翻得地道。要是连第一步都不敢走的话，你就没法学习，做什么事情都得有个开头，得敢开口。我常跟学生分享我做同传的一些经历，做翻译越久，越不在意别人评判自己翻得怎么样，因为一个口译员永远要记得你的终极目标是帮助双方交流，译员对交流的思想而不是文字本身负责，所以为了双方交流顺畅，你必须调动一切能力、学识，鼓足勇气去翻。学英语也一样，要有勇气开口，不怕犯错误，然后才能进步。

这学期英语视听的期中影评，有的学生错误百出，有的学生写得很棒，但是我发现，有些特别好的作业是抄来的，我很失望，因为信任大家所以我允许大家不在课堂上完成影评，我觉得这次大家辜负了我的信任。于是我让大家选择，要么期末考试我守着在教室看着他们写，要么还是自己回去写，但是绝对不能抄，引用要如实加注。大家选择了后者，因为很多同学要查资料。我问大家“还会有人抄吗？”大家说“不会了”。我非常愿意再信任同学们一次，给他们选择，他们才学会对自己负责。写影评是一个自省的过程，我不希望我的学生仅仅为了好成绩而忽略了做事的过程，急功近利，因为教育本身不是以结果为导向，过程才重要。有个学生的分数很低，我告诉他，你现在的分数很低不好看，但这是真实的，多年以后就不会再这么难看了，因为你会进步，你从 25 分到 35 分到 39 分（40 分满分），这就是你成长的一个过程，这个轨迹是真实的是漂亮的。所以我觉得教育是一个过程，一个好老师应该允许学生犯错，从错误中学习，我觉得这是每个人成长的一个过程。

**记者：**您觉得现在除了教授学生专业知识之外，还需要教授学生什么呢？

**白秋梅：**教书其实是一种大爱，因为这是在影响下一代人。我刚教书的时候没有意识到这一点，后来随着年龄的增加，我逐渐意识到我现在教的学生再过 20 年就是这个国家的中坚力量。他们现在形成的价值观特别重要，因为这些价值观会影响到他们将来如何做事，如何看待和管理这个国家。从这个角度来讲，在课堂上我尽量渗透一些普世价值，比如诚实、认真，比如踏踏实实做事。这些价值观没有文化差异，都是被广泛认同的。在课堂上通过读一些文章我会带着同学们讨论成为一个好公民应该具备的素质以及教育和教养的问题。我觉得现在的孩子知识学得足够多了，但知识本身不能代表他们的教养和他们的公民意识，应该把培养公民意识纳入教育中来。

**记者：**您在教学过程中是不是也会在学生身上学到一些新的思维或者思维

方法？

**白秋梅：**对，我觉得学生很多地方比我厉害多了。比如说我教视听课，我给他们看很多我觉得很经典的英文原版电影，大家一起讨论，然后他们写观后感。我有个学生叫赵志鹏，他有很多的电影，他也会拷贝一些好的电影给我看，然后把他的观影感受言简意赅地发来给我讨论，他的很多见地都很深刻。而且我会从学生推荐来的好片子中进行筛选，不断更新我的数据库。这就是教学相长，学生和老师互相探讨，互相学习。我特别感谢我的学生，教书对于我来说绝对不是一个谋生手段，而是我非常喜欢做的一件事，乐在其中，乐此不疲。我特别喜欢这些孩子们，我觉得他们都特别可爱，他们来到大学就和一张白纸差不多，会有不同的老师给他们不同的影响，如果这些影响都是比较积极向上的，那多好啊。我希望能通过自己的教学给他们一种积极向上的影响，我曾跟他们讲过一句话，这句话可能会对他们产生很重要的影响，因为毕业很多年以后还有学生和我说："白老师，我特别喜欢你说的那句话，叫做'It is great to start low.'"（出身低微平凡是福）。因为如果学生有一颗不甘平庸的心，他会不断奋斗，无论成功与否，他的一生就会特别充实。在他们找工作感觉迷茫的时候，我会跟他们分享自己当年一家一家敲门求职的经历，告诉他们："不要羡慕那些一毕业就什么都有了的人，因为人生本来就是一个实现自己价值的过程，一点点地积累，一点一点地成长。"

**记者：**您之前说与学生的关系是朋友，那么反过来，学生是不是也喜欢您在某些方面对他们要求比较完美？

**白秋梅：**学生可能会认为我不是最严格的老师，我并不要求他们要怎样完美。我从不愿意把学生做横向的对比，因为每个人都是不同的，家庭背景、学习经历、个人的成长轨迹，不能比。以我大一的学生为例，他们写影评的时候会结合自己的生活，写出自己的东西来，这是一个思考的过程。我给他们打成绩当然会有高低之分，但是我会引导学生不要太在乎一城一池的得失，假如一开始得 3 分，后来经过努力得到了 10 分，这是一个成长的过程，我挺看重这个过程的。

我有一个学生叫格格，她告诉我大一时不敢跟我说话，因为觉得自己不足够优秀，到大三我教她们口译课时，我觉得她各方面都很突出，我看到了进步，格格也开始很喜欢跟我说话了，多可爱的学生啊。我觉得这就是一个成长的过程。一开始她可能不起眼，但是她通过自己的努力，最后能够达到她自己的一个高度，我觉得这就可以了。做事的结果不一定要完美，但是过程要做到最好。

**记者：**您认为作为一名教师，哪几点最为重要？

**白秋梅：**记得大一精读课上我们学到过一篇文章叫做“我为何教书”（Why I Teach），其中一句话至今还记忆犹新，“我教书不是因为教书容易（I don´t teach because teaching is easy.），十几年的英语教学让我深深体会到了这句话的分量，好好教书是一辈子的事，教好书更加不容易。”

我对教好英文有以下三点认识。首先，好的英语老师英文一定棒，语言基本功肯定好。她本人应该是一个非常成功的英语学习者，对学好英文有切身的体会，在教学中她会把好的学习方法自然而然地传递给学生，就像大鱼带着一群小鱼游泳，大鱼不是在那里“告诉”小鱼如何游泳，而是通过在前面游，一点点的小鱼渐渐就会了。所以我的第一个关于英语学习的信仰就是“英语不是教出来的，而是学出来的”。英语听说读写技能的掌握一定是学生在学的过程中逐渐领会老师学习英语的方法，进而形成自己的方法，之后才能真正学好。

第二点，好的英语教师应该是具有很强的教学能力的。这里的教学能力指的是老师在课堂教学过程中如何通过设计各种教学活动提高学生的英语水平和英语学习能力。以基础英语为例，这课程是通过阅读来提高学生听说读写译的综合能力。因此，我认为教学重点应是多元的，教学过程中老师不仅仅要解决对于英文文本本身的理解，学习语言本身，还应该透过语言学习知识，最终能够自由地用英文表达思想、做事情。因此我认为过去精读课教学以讲授词汇句子为主的教学模式并不适用于当今的基础英语教学，我在授课过程中更加注重的是学生高效阅读技能的培养，这些阅读技能体现了英语学习的三个层次：学英语，透过英语获取技能或知识，使用英语交流思想、做事情。如果在两年的基础英语课堂教学过程中教师兼顾到并帮助学生掌握这些能力，学生一定会成为非常好的英语学习者。

我的最后一点体会是一个好的英语老师一定要有些个人魅力。老师上课需要有激情，有感染力，这样才能去激励别人。老师本身要有阅历，有见识，有思想，这样才能跟学生去分享，去讨论，引导学生。老师还要有爱心、有耐心，平等友爱地对待每一位学生，这样学生才愿意跟你学。如果说个人语言和教学能力可以后天学习，魅力应该有一点点天分在里头，所以，能把书教好并被学生喜爱的老师是很有福气的。

一直觉得自己很幸运，做着喜欢的事，希望能一直做下去，做好。

（原载《北京科技大学校报》第 1117 期）

# 传承优良传统　勇挑培养重任

## ——记材料科学与工程学院教授强文江

● 党委宣传部

强文江教授自任教以来，不断进行教学改革实践，为本科生、研究生讲授“材料性能”等多门课程，同时承担试验课教学任务，带队参加认识实习，每年都指导本科毕业论文和研究生的学位论文工作。

从国外回来刚担任教学工作时，强文江按照在母校以及国外当学生时的体会，努力按照老师们教自己时的样子，去踏踏实实做好教学的各项基本工作——努力讲好课，每周答疑，布置课外作业并且去仔细批阅同学们提交的作业，编写教材以满足教学工作的基本需要，尽职尽责。他给每门课程都布置课后作业或报告，并认真批阅学生提交的每一份书面作业。他依靠批改作业和实验报告所获得的这些具体的细节来帮助学生，要求学生，他的信念是：学生的素质和能力的培养就是依靠日积月累的教育才能得到提高的。

# 注重教学改革，强化素质能力培养

北京科技大学材料专业的专业课程教材基本上都是校内老师亲自编写的，在金属材料方面反映了国家的最高水平。过去几年里，强文江投入大量时间和精力，认真进行课程教学内容调整，在经过教学实践后，与其他老师一起编写成教材，将教学更新的内容固定下来。

早在 2000 年，在吴承建等老先生的带动下，强文江参与编写了《金属材料学》。之后，他又参编《材料科学基础》。仅在 2009 年 6 月至 8 月的 3 个月时间里，先后出版了《材料力学行为》《材料物理性能》《金属材料学（第 2 版）》3 本教材。这些教材均是学校材料专业本科生的必修课基本教材，他所主笔的篇章总计 50 余万字。其中，《金属材料学》从 2000 年至今总印数超过 30000 册，被多所高校材料专业选作教材，第 2 版入选北京市精品教材和国家“十二五”规划教材。《材料科学基础》（第 2 版）也入选北京市精品教材。

强文江积极参与教学改革工作。他参加工作不久就参与了柯俊院士主持的“大材料”教学改革与实践工作，承担了其中专业模块的课程体系、教学内容的设计，为 96 至 98 级 3 个试点班主讲“材料性能”课程；作为学院分管本科教学工作的副院长，他亲自负责试点班日常的教学管理。该项目获得北京市与国家教育教学成果一等奖（2001 年）。在校内表彰的 70 余人中，名列柯俊院士、孙祖庆副校长、朱荣华教务长之后，处第 4 位。

该项教学改革工作，以及随后的“材料科学与工程类人才培养方案的综合改革与实践”（教育部项目，2005 年获北京市高等教育教学成果一等奖，排名第三）中，柯先生等提出了拓宽专业口径、加强基础、强化素质和能力的培养、建立工程意识等高等工程教育教学工作的改革目标。强文江将其作为教学内容与教学方法改革工作的指导思想。多年来，他始终在探索在教学工作中的具体方法与手段。强文江主持了开展力学性能试验课的改革工作。在低碳钢拉伸试验中，他要求学生首先查找并仔细阅读相关国标文件，拟定试验方案，了解试验设备技术性能，通过误差分析考察试验设备的适用性，并将上述内容写成预习报告，教师批阅后进行讲评。之后，学生进行试验、处理数据、编写试验报告。教师批阅后再对比较集中问题统一讲解。这样的实验课改革，充分利用实验室的资质认证条件为教学服务。这样，学生接触国家标准，设计构思实验过程，强化误差分析，并且针对存在问题分析原因并提出解决方案。学生因此真正经历了完整的试验训练，达到了非常好的效果。在学生试验报告中，有人根据误差分析结果指出了国标文件中存在一些不合理的规定。目前这项试验课改革已推广应用到材料专业的所有本科生，每届200人左右。为了保证这项试验改革的成功，他和同事们需要批阅大量学生报告，有的学生一份试验报告篇幅达到20多页。仅拉伸试验的报告厚度合计有1尺。

## 传承进取，积极推动教学团队建设

2007年，强文江带领材料学教学团队荣获了北京市优秀教学团队。接下来团队建设工作中，他精心组织安排教学团队定期开展教育教学研讨活动：团队教师之间讨论、交流，请学校、学院督导员指导团队工作，创造机会使团队教师与教务处领导面对面交流等等。每个学期团队集体活动在5次以上。教学团队注重吸收年轻教师参加教学研讨活动，对优良教学传统传承起到了良好作用。比如，教学团队结合杨让、宋维锡两位老先生的九十寿辰之机召开教学传统座谈会，使团队全体教师作为学生接受教书育人的教育。强文江还将材料学教学团队的工作经验在学院内、学院之间以及学校层面上进行介绍，推进了学校教学工作。2009年暑假，强文江以冶金教育学会的名义组织在安徽工业大学召开了材料科学与工程专业教学工作研讨会，有40余位一线教师参会。

强文江认为北京科技大学建校60余年，材料学科作为学校特色专业，与前辈们积累了丰富经验，形成了优秀教学传统是分不开的。今天，教学团队首先要继承这些优良传统，保持已有的基本格局来保证人才培养质量。同时，需要结合工程材料与材料学科的发展，做好教学建设与改革工作。通过建设解决前辈们没有遇到的问题。教学改革则要权衡利弊，比如不能动摇多年教学中形成的基本格局。而一旦确认有效的改革，则要坚决推广执行，以求实效。高等教育要通过一代代教师的传承与积累不断提高。每一代教师都是整个发展历史中的一段，都应当做出自己的贡献。他将自己在教学工作中取得的一点成绩，首先归功于有机会向柯俊院士、余永宁教授（首届国家教学名师）等老先生们学习请教。同时，他认为自己的教学工作刚刚有所起色，还有大量的工作要做，希望能够为我国高等工程教育步入世界强国行列有所贡献。

（原载《北京科技大学校报》第1157期）

# 啮合革新　轴转未来

## ——记机械工程学院冯妍卉教授的“传热传质学”课教学

● 党委宣传部

**人物小传：**冯妍卉，机械工程学院教授，博士生导师，教育部新世纪优秀人才，现任机械工程学院热能系副主任，曾荣获“北京市教育教学成果奖”二等奖，荣获“北京市优秀教师”称号。

冯妍卉从教以来，先后为本科生、硕/博研究生主讲了“传热传质学”“热能工程进展”“跨尺度输运”等课程，并指导本科生生产实习和认识实习。为了适应21世纪人才培养的需要，从2002年起，冯妍卉在团队名师的指导下，从课程体系建构到课程内容整合，从教材建设到实验教学设计，从教学模式改革到数字技术利用等全方位地对热能工程专业主干基础课程“传热传质学”进行改革和建设，一方面把本领域研究前沿和发展动态引入课堂，激发学生的学习兴趣和创新精神，引导学生进入科学研究的殿堂；另一方面，通过课堂教学夯实基础，引导教学相长、教研相长。以这样的教育教学理念为基础，经多年努力，成果颇丰：“传热传质学”课程2006年荣获“北京市”及“国家级精品课程”称号，2007年被评为“国家双语教学示范课程”，2010年传热传质学教学团队被评为“北京市优秀教学团队”。

## 双语教学

“传热传质学”课程是“热能与动力工程”专业本科学生的专业基础课程之一，冯妍卉从2002年9月开始进行汉语、英语“双语教学”的尝试，即在中文讲授的同时，使用英语教材、英语板书、英语作业、英语命题考试等。从而能使学生不仅获得专业知识，还强化英语能力，逐步养成用英文思考的习惯，并开阔学生的国际视野，使学生在捕捉以英语语言或文字传达的专业前沿信息时，具备足够的敏感度。

尝试双语教学的初衷，冯妍卉谈及美国南加州大学 Krashen 教授所提出的著名的“输入假说”，教师在中文讲述的基础上，适当采用英语教学，让学习难度略高于学生的接受和理解能力，给学生一个“跳摘”的机会，能增强学生的学习动力。

自2002年尝试“双语教学”，采用自己改编的英文教材，结合师生实际英文水平，课堂主要以中文讲解，伴以全英文板书/课件，适当融入英文讲授。作业、考试命题取材于原版英文教材，要求学生用英文答题。2007年将“传热传质学”课程建设为“国家级双语教学示范课程”；2008年“传热传质学双语教学策略与实施”获“北京市教育教学成果奖”二等奖。

## 双语教材建设

为了适应专业面拓宽、就业行业扩展和双语教学改革的需要，根据学生的状况选择一本合适的英文教材是保证教学质量和教学效果的基础。但由于外文版的教材严重缺乏，购进原版教材耗资巨大。另外，原版传热传质学教材内容均较多，难度深浅不一，很难找到适合现有教学大纲的教材。为了解决这一问题，冯妍卉研阅了国外最新版的权威英文教材，分析其深广度，并与国内教材进行了比较。考虑到学生的认识能力和接受能力，对英文教材的有关内容进行取舍、调整、简化和修改，改编成适合于热能与动力工程专业本科生双语教学使用的、正式出版的传热传质学英文教材“Heat Transfer：a Practical Approach”。该英文教材的特点：第一，取材于国外最新的权威英文版教材，保证了知识体系和文字描述的准确性、系统性和科学性。第二，与国内教材比较，对相关内容进行取舍、组合，最大限度地满足现行教学大纲的要求。第三，对原版英文教材进行了内容调整、删减和简化，内容精致，编排新颖，便于自学；与国内教材相比，该教材图示、实例、例题、习题较多，侧重对问题、方法和结论的归纳、理解、比较。

于 2003 年 9 月起，北京交通大学能源与动力工程学院也开始使用冯妍卉改编的热能与动力工程专业本科生的英文讲义。经过四届教与学的使用，该英文讲义得到了学生和教师的肯定，2007 年 6 月由高等教育出版社正式出版。

## 循序渐进的实施方案

遵循循序渐进的原理，“传热传质学”课程实施“双语教学”分两个阶段进行，第一阶段仅采用英文板书和部分英文教材，试探学生的接受程度；第二阶段采用全英文读写，包括教材、课堂板书、作业以及考试等。

在第一阶段，仍使用原有中文教材，但教师把中文教材中的部分内容，如前言、导热、对流和辐射三种传热方式的概述及总结编写成外文资料，打印复印后发给学生，供其阅读及课堂讲解参考。同时，在整个教学过程中用全英文板书，包括专门术语、关键句子及例题示范；主要用中文讲解，较浅显的内容穿插式用英文讲授；课堂练习及平时作业适当加入英文命题，要求学生尽量用英文答题；期末考试仍采用中文命题、答题。第一阶段的双语教学工作实施了一届，进展顺利，因此大胆按计划进入双语教学的第二阶段。第二阶段采用自己编写的英文讲义作为教师备课、学生学习用书。考虑到师生的实际英文水平，为了使学生对传热传质学产生求知欲、对专业英语产生亲切感，课堂上仍主要以中文讲解，伴以全英文板书，适当采用英文讲授。在这一阶段，需为学生指定几本中文参考书，如现有中文教材，以缓解由于英语水平和能力的限制对学生学习专业知识造成的压力；作业、考试全英文命题，取材于原版英文教材，要求学生用英文答题。到目前为止，第二阶段的双语教学已执行相当长一段时间（10 届），取得了较好的教学效果，受到广大同学的欢迎。

冯妍卉为主要完成人，研制开发了与英文教材配套的多媒体全英文课件，并利用现代数字仿真技术，将经典的传热传质过程动态可视化。2013 年成为“第二批国家级精品资源共享课”立项项目。同时，为了突出双语特色，网上教学资源共享，包括：课程介绍、教学资源、教学工具、教学研究、教学效果、相关教师的基本信息、课程公告。

## 教学效果反馈

通过师生的共同努力，传热传质学课程的双语教学在教材、课堂讲授、检测及网上资源等环节均形成了一定规范性，教学效果优良。回顾这些年的双语教学实际以及期末考试的检验，证明“双语教学”的尝试是成功的。对热 01、热 02 级 8 个班（三年级本科生）约 230 位学生的期中问卷调查（不记名）统计数据表明：大概 80%的学生支持双语教学；约 70%的学生有信心通过双语教学，可以同时提高传热传质学基础知识和专业英语水平；近 50%的学生表示学习过程不需要中文参考书；15%的学生反映由于使用英语学习专业知识，从而学习更有动力和兴趣。

对于全英文命题期末试卷，学生用英文作答，卷面情况较好；与往年中文试卷相比，学生成绩结构分布并未有显著变化。由此可见，用英文读、写并未妨碍学生对专业知识的理解、掌握及分析求解，并且通过双语教学确实提高了学生的专业英文阅读水平，但学生对于英文专业术语的准确书写有待加强。从 2012 年开始，冯妍卉尝试紧密结合传热传质学课程内容开展研究型教学，组织学生自愿选择感兴趣或热门的传热学专题进行课外学习、调研和研究。学生表现出了高度积极性。同学们反馈：通过这种学习方式，提高了主动了解新知识和先进技术的兴趣；一定程度掌握了查阅、归纳、总结文献资料的方法；培养了自主学习的能力；学会了更系统地思考问题；提高了灵活应用知识的能力；培养了团队意识和团队合作精神。

热能与动力工程专业在国家建设等各领域占有重要的地位，也是北京科技大学最重要的支柱学科之一。冯妍卉作为该专业的教学系副主任、学科建设的骨干力量，一直致力于学科建设和改革工作：科学组织、设计了“厚基础 \ 宽口径 \ 重实践并重”的本科生培养方案的修订完善，积极参与高等学校特色专业建设点、高校修购款计划的工作，推动专业实现了由“能源利用”向“能源的开发、转换和利用”的拓展与提升。2012 年，“发扬特色与拓宽面向相结合的行业院校‘热能与动力工程’专业建设”成果获北京市教育教学成果奖一等奖。

身为一个“根红苗正”的北科人，冯妍卉对学校的热爱和归属已经成为一种习惯和本能。虽说“铁打的营盘，流水的学生”，可不变的是年轻的面孔和强大的求知欲。作为师长，面对的是如何传授专业知识、如何育人成才。而作为有着过来人经历的“学长”，她想的更多的是如何让学生的求学之路、成长之路走得更加平稳与扎实，因而教诲之余也就更多了一份关爱。言传身教也许是最有力量的教育。冯妍卉对自身的严苛和坚持不懈的勤勉潜移默化地感染着讲台下的每一个学生，而她对专业的热爱和教育事业的执着更是一种强大的无声号召，鼓舞着每一颗对未来有着探索欲的心逐渐萌芽壮大。

（原载《北京科技大学校报》第 1158 期）

# 赤子一心来中国　中国从此成故乡

● 夏延华

2012年8月，我荣幸地考入北京科技大学外国语学院，成为学院首批三名博士生之一。在一次与导师陈红薇教授的交谈中，她告诉我说："小夏，你有机会的话一定要认识一下我们的外教 Dr. Buck，他在我们这里工作很多年了，没准儿他会给你些帮助的。"我答应着老师的嘱咐，并问道："Dr. Buck 是一个人在中国工作，还是全家都带来了？"老师说："他是一个人，至今还没有结婚。""啊，那他要算是个 Bachelor（单身汉）了。"这就是我第一次听说我们敬爱的外教 Dr. Mark Buck 时的第一反应，言语中仿佛带着一丝不解，甚至觉得有些与众不同。随着后来接触交往的深入，我才发现他虽然是个 Bachelor，但更是一个 Gentleman（绅士）。他没有把家带到中国来，却早已把中国当成了家。

我跟 Dr. Buck 建立友谊始于他从英国为我代购原版图书。在我确定了把当代英国剧作家爱德华·邦德作为我的博士论文选题之后，我查阅了国家图书馆在内的各大国内图书馆，发现第一手研究资料严重不足。为此，我想到了导师对我的嘱咐，于是在 Dr. Buck 回英国过寒假前列出一堆书单，前去向他求助。他看了我的书单，又跟我聊了一会，听了我为什么想要研究邦德的理由，随后表示可以帮助我。而且，令我没有想到的是，他说："英镑比较贵，我回去先试试能否给你买到二手的，那样会省些钱。"寒假中，Dr. Buck 陆续成功购得我要的图书，并分三次给我发来邮件告诉我他的采购进展，来信中充满成就感。过完春节返校，我如愿收到了我要的所有图书，而且都是二手的，他果真为我省了不少钱。尽管他还没有给我上过课，严格来讲我不算他的学生，但通过这次购书经历，我明白了他是一个博爱并能设身处地为学生着想的外教。

购书一事让我对 Dr. Buck 颇生好感，于是在第二学期选修了他主讲的"英语诗歌"。诗歌作为一门优雅而艰涩的艺术，也许只有本民族的人能够更好地理解它。在 Dr. Buck 的课堂上，他给我们讲授了喜、怒、哀、乐各种感情色彩的英诗，他那深情的朗诵、精辟的解读令我对他的学识由衷仰慕，至今仍历历在目，余音绕梁。因为选修了他的课程，我在课余去他的家里请教、交流、请他审阅我的英文习作的机会增多了，每次前去他都会热情地为我烧开水泡茶，然后跟我聊上一阵，给我看他为自己的课程编写的教材，分享心得。这一学期极大地提升了我对英诗的赏析水平，同时也跟他自然而然地成了好朋友。他经常在周五的晚上请一些学生一起吃饭、听音乐会什么的，偶尔也会叫上我。于今回想，Dr. Buck 组织的这些小聚会很好地调剂了我那枯燥的读博生活。

每学期 Dr. Buck 都会在完成自己的教学任务后提前一个月回国，原因是他还有一个九十多岁高龄的母亲独自生活，需要他回去照顾。回国前，他总是要邀请一大桌他教过的中国学生聚一餐，其中还有带着配偶和孩子一起来的。Dr. Buck 总不忘拿出相机把大家举杯的照片拍下留念，那感觉就像回家陪长辈过年。他没有妻子，却有一大群中国孩子。我曾问他说："您的母亲需要照顾，您自己年龄也大了，每年这样往返好累，为什么不放弃北京的教职呢？"他笑着说道："可是北京科技大学的孩子们也需要我。我在多年前来这里工作时也未曾想过要干这么久，可是孩子们的热情令我放不下。只要我还能动，只要北科大还要聘我，我就会继续在这里教下去。"

2015 年 3 月我获得了北京科技大学博士生留学基金的资助赴美访学，在离校之际，我前去向 Dr. Buck 告别。怎样向他告别好呢？他不是经常请我吃烤鱼吗？要不我也请他吃次鱼吧。我最后打算去他家，为他做一道我的拿手菜——黄焖川味儿豆腐鱼。在电话上征得他的同意之后，我买上鱼和配料前往。进厨房准备干活时，我发现在北京科技大学工作了这么多年的 Dr. Buck 厨房里连一个像样的砧板都没有，我只能在盘子上切配料，而那把菜刀则钝得连蒜苗都切不太动，那锅，那铲……啊！他可是个上了岁数的老人，平时对我们这些异国学生有求必应，居然对自己的生活质量全然不顾，他怎么可以如此忘我呢？我的心不禁为之一颤。Dr. Buck 瞬间改变了我对“英国绅士”这个词的理解。真正的英国绅士不是那些在社交中注意自己的仪容举止，风姿优雅，能给人留下彬彬有礼和富有教养印象的男人，而应该是像 Dr. Buck 这样的，在自己认定的事业中可以因为足够投入而获得满足，并达到忘我之境的人。

这就是我所接触到的 Dr. Buck，他毕业于剑桥大学，家住美丽的剑桥郡，数年前因怀揣一颗教育之心不远万里来到中国，却在不经意间把中国变成了第二故乡的英国绅士。他就像约翰·傅兰雅（John Fryer）、汉学家伟烈亚力（Alexander Wylie）等为中国科技知识的普及和中英文化交流做出了杰出贡献的英国传教士，是我们北科大人永不能忘的国际友人。

（原载《北京科技大学校报》第 1178 期）

# 我喜欢而敬佩的老师

● 李 泉

“概率论与数理统计”是我目前为止最喜欢上的课，没有之一。

初见张志刚老师，是在大一暑假的小学期。那时候，张老师教我们计算机应用实践。当时的小学期，上完了英语夏令营，本以为计算机应用实践可能并没有什么趣味，然而张老师的课却让我们开启了对 Matlab 的兴趣。通过各种漂亮的图形向我们展示，数学可以这么美。

进入了大二，我们开始了“概率论和数理统计”这门课的学习。选课的时候，我们发现这门课居然是 4 学分，而其他专业基本上都是 3 学分的课程。大家不免开始忧虑，担心又是一门耗精力耗体力的难熬且无聊的课程……

然而第一天上课，这种顾虑和忧虑基本上便被一扫而净。张老师用充满趣味的生活模型向我们打开了通往概率论和数理统计世界的大门。通过随机的有趣问题的提问，点燃了大家思考的热情和学习的动力。接下来的一个学期中，我们随机分成了 12 个小组，每组 5~6 个人中，4 位都要做某一章的讲解和展示工作，并互相评分，一整个学期基本上一直按这个组别一起学习，互相帮助。而在之前的课上，这样的现象从来没有出现过。让大部分的同学上台做展示，这除了在英语夏令营课程中可能出现过之外，再没有其他课程给予每位同学这样锻炼的机会了。就是靠着张老师上课时的风趣，思维的敏捷，以及这种让所有同学融入进来的教学方式，所有的同学都对这门课产生了浓厚的兴趣。并且让我们彼此发现，身边某个平时不太说话的同学，竟然讲课可以讲得这么精彩。这不仅仅是一门课学习的问题，更是让我们发现了彼此的闪光点，也让每个人变得更加自信起来。

在这一学期的学习过程中，也存在个别同学有时候迟到的情况。张老师并不是严厉的责罚，而是以自己为例子，来平静地向大家陈述迟到是一件不礼貌的事情，也是一种不够好的习惯。张老师在这么多年的教学过程中，无论是到办公室，还是上班，都没有迟到过。与老师聊天中，我们了解到，每天早上老师五点多就起床，一是为了避免早高峰的堵车，二是可以有更多的时间工作。听到这里，大家都很震撼，没有人会想到老师竟然一直保持着这么好的作息习惯。想想我们大一时为早操的存在而头疼不已，现在还晚睡晚起的习惯，真是有了满满的罪恶感。就是在这样的耳濡目染下，张老师一直是激励我们的一个榜样，让我们积极健康地学习和生活下去。此外，理科实验班的构建也和张老师有着紧密的关系，老师参与了我们培养计划的设定，并一直关注着我们的发展，希望能够培养出更多的人才。

随着我们转入各个专业进行学习，我依然记得概率论这门精彩课程带给我们的独立思考和深入思考的习惯。大三申请保研夏令营的时候，班上有不少同学都希望能够得到张老师的推荐，而张老师也在忙碌之中，为需要的同学耐心而细致地准备推荐信。大四毕业之际，我们几位同学有幸能够邀请到张老师一起吃了顿饭，聊起过去，聊着未来。张老师聊起他作为 2008 年北京奥运会志愿者的充满意义而有趣的经历，也让我们更加感觉到了张老师的精彩。聊到老师年轻时的骑行故事，我们又仿佛能看到老师当年意气风发的样子。张老师用他身上独特的人格魅力，让我想变成一个更好的人。

我想，对于教书育人，没有什么比为人师表、用自身的人格魅力引领学生进步更好的事情了。

毕业之际，只想借此机会表达对于老师的感激，以及我作为您学生的一种幸运。祝您能继续得英才而育之，也祝北科大变得更好！

（原载《北京科技大学校报》第 1179 期）

# 桃李不言　润物无声

● 高悦敏

第一次了解刘国权老师，是在学校介绍名师的网站上，上面列举了“材料学系主任”“全国优秀科技工作者”“全国优秀教师”等一大堆头衔称号，我心想这一定是一位严厉古板的老教授。

第一次见到刘国权老师，是在大三学期“材料科学与工程导论”的课上。出乎意料的是，刘老师完全没有我想象中老学究的模样，他的脸上总是挂着慈祥的微笑，课程也讲得生动有趣。我突然萌生了这样一个念头：若是跟着这样的老师做科研，应是人生一大幸事。

一门课程学习下来，不仅为刘老师渊博的知识和严谨的科研态度所折服，更是被他达士通人、幽默风趣的人格魅力深深感染，这更加坚定了我要继续跟着刘老师做科研的想法。在毕设阶段，我怀着忐忑的心去找刘老师，询问是否能加入他的课题组学习，刘老师依旧一脸慈祥的笑容，说“欢迎你，我们会给你提供最好的条件，有什么想法就大胆去做!”后来，我顺利毕业，并有幸成为刘老师的一名研究生。

第一次开组会，刘老师对会场做了精心安排，为我们准备了水果饮料，俨然开成了一次轻松愉快的分享会，这让我们这些来到新环境的同学们紧张感消去了不少，大家谈笑风生好不热闹。组会上，刘老师并没有过多强调科研上必须达到什么要求，而是反复跟我们说“任何时候，安全第一；一人在外求学，一定要保护好自己！”这让我们深深地感受到，梯队就是一个大家庭，而刘老师就是这个家庭中最慈爱的长者。

研究生期间“材料科学与工程-名师讲堂”系列课程中，刘老师为我们做的第一讲。当时现场座无虚席，教室的过道和角落里都站满了前来听课的学生。课上刘老师对材料优化设计方面进行了详述，并与国际上的研究做了对比分析，使大家不仅接触到了材料前沿的研究成果，还开拓了对材料的研究方法的新思路。我忽然想明白了，为什么刘老师培养出了如此多优秀的师哥师姐，受到如此多学生的爱戴。看着一屋子求知若渴的眼神，我不禁暗自庆幸自己是刘老师的研究生。

进入刘老师的材料优化设计组，组里的一个活动让我印象特别深刻，那就是每年教师节的时候，刘老师都会带领着大家到他的导师家中拜访。刘老师的导师章守华先生是我校建校时的 14 名筹备委员之一，也是我校材料学科主要创建人之一。教师节这天，大家会准备好贺卡和鲜花，刘老师带着我们一起去到章先生家中，欢声笑语，其乐融融。刘老师讲章先生年轻时候的故事给我们听：在美国求学时如何的勤奋；在新中国成立后，如何迫切地回到国家参与建设；又是怎样在百废待兴的中国从无到有地筹备建立北京钢铁工业学院……听着这些故事，我们仿佛也跟随着刘老师的描述回到过去，一起经历那些艰苦奋斗的岁月、珍贵难忘的时光，深深为之感动，师生间的温暖情谊也在潜移默化中传承下来。

刘老师在日常生活上也无微不至地照顾章先生，我们组内的师兄们都争着去照顾章先生。非常荣幸，在这些师兄毕业之后，我光荣地接手工作，为章先生服务，我也因此有更多的机会与章老先生接触，听到了更多关于章先生和刘老师之间的故事，使我对师生情谊有了更深的理解。

桃李不言，润物无声。刘国权老师不仅把自己渊博的知识无私地传授给我们，他还通过自己的言行，深深感染着我们组内每位同学，教会我们如何做人做事。从刘老师身上，我们深深感悟到了老一辈教育科研工作者那种严谨的治学态度，高尚的师德修养，无私的奉献精神。作为年轻一代的我们，要时刻铭记老师的教诲，以求实鼎新的态度，努力学习，勤奋工作，书写一份靓丽的人生答卷，感恩老师，报答社会。

（原载《北京科技大学校报》第 1180 期）

# 师恩难忘

● 熊嘉欣

在北京科技大学，有这么一位老师：每次上课他都会提前半个小时到教室等待学生们向他问问题；上课铃响的时候他都会做自我介绍："大家好，我是××，下面我们开始上课"；他上课很少使用幻灯片，每节课都是在黑板上写下密密麻麻的板书，写不下擦去再写，再写不下又擦去再写，如此至少反复三四遍；面对学生们的问题和正当请求，他一定会尽自己能力提供帮助。他在90年代就已经是北京市优秀青年骨干教师，也多次主持并参与包括国家"863"基金子课题在内的各种大型科研项目。他已经到了即将退休的年纪，但仍然以他那惯有的严谨务实的作风奋战在教学和科研前线，诲人不倦。他就是令人尊敬的数理学院物理系冯澎教授。

师者，所以传道授业解惑也。我和冯澎老师的相识，是通过上他的"热力学与统计物理"这门课程。冯老师经常穿着一件黑色大衣，配一件黑色西裤和一双黑色皮鞋，一看就给人一种非常严谨认真的感觉。冯老师虽然戴眼镜，但是双目炯炯有神，学生们问的所有问题，只需要经过他那双眼睛，便都能够得到解答。冯老师比我们的父辈年纪稍长，他和学生们交流的时候，眼里满是慈爱和关怀。

冯老师在给我们上课的过程中没有使用过一次幻灯片，他向我们解释道："PPT 我也有，但我认为 PPT 放得太快了，一下子一页就翻过去了，热力学与统计物理这门课比较重要，内容也比较难。使用 PPT 教学同学们可能不太容易真正把这门课学好学扎实，所以我还是采用每节课板书的方式，希望大家认真听讲，视力不太好的同学尽量往前坐。当然如果有同学不喜欢我这种教学方式而希望用 PPT 教学的话，也欢迎多向我提建议，我们共同探讨，谢谢大家。"冯老师讲课思路非常清晰，强调基本概念的理解和物理思维方法的引导。他的板书极为工整，概念、公式一应俱全，非常有逻辑性和条理性。他善于通过学生们脸上的表情来判断大家的理解程度，当大家对一个知识点没有明白的时候，他总能够及时地再讲一遍直到大家都明白为止。冯老师对他写在黑板上的每句话每个字都非常考究，很少写废话和错字。可能是年纪大了，冯老师手会无意识地轻微颤抖，但是他在板书的时候写字仍然非常用力，生怕学生们看不清，往往写几个字就要停一下用左手推一下眼镜，或者擦一擦额头上的汗水。一堂课下来，冯老师原本整齐的着装往往被汗水打湿一片，原本干净的袖口粘上了一层又一层的粉笔灰。为此，他还曾自嘲过："有一次我回家路过小区门口的时候和保安聊天，他不知道我是大学老师，还以为我是给人家搞装修去了呢"。

冯老师不仅对待教学十分严谨用心，对待学生也是关爱有加。大三下学期我准备参加几所高校的保研夏令营，需要找老师写推荐信，我第一时间就想到了认真负责的冯澎老师。我怀着忐忑的心情给冯老师发邮件简单地把请求说了一下，冯老师立即就回复并答应了我，这效率完全出乎了我的意料，让我兴奋不已。冯老师把推荐信交给我的时候，主动拉着我聊天。他询问了我的深造意向和专业兴趣，介绍了国内不同高校的物理系在教学和科研上的共同点和不同点，阐述了他对于去国内、国外读研的一些看法，同时还事无巨细地提醒我保研面试可能需要提前准备的一些专业知识储备，这令我在满心欢喜的同时大有醍醐灌顶茅塞顿开之感。

冯澎老师就是这么一位学识渊博、严谨认真、敬业负责的好老师。他教授我的，不仅仅是那些复杂的物理学专业知识，也不仅仅是物理逻辑思维方式，更多的是言传身教地教导我应该如何做人、如何待人、如何在树立远大志向的同时兢兢业业一步一个脚印地做好当下的每一步工作。师恩难忘，他像一面旗帜，更像一面镜子，令我高山仰止时时自勉，也让我加倍努力奋发图强。

（原载《北京科技大学校报》第 1181 期）

# 我的“妈妈”姓孙

● 朱雅轩

在我们每一个人的大学生活中，总会有那么几个人的出现，给你的生活带来惊喜和改变，他们也许是你的同学，也许是你的导员，亦或是你的老师，不过这些人都有一个共同点，那就是他们以后将成为你大学生活中最精彩的回忆片段。而对我来说，这些人其中之一，就是我“妈”，我的班导师——孙莹老师。

2014 年 9 月，我成为北京科技大学东凌经济管理学院的一分子，成为经济 1401 中的一员，更有幸成为班长。而班级的第一次班会，便是由我来组织进行一次班导师见面会。开会之前，我的辅导员告诉我：“孙莹老师以前也是我的导师，人非常好，而且还是个女神老师，你们班真是赶上了好老师。”听到这些，我在心中暗自窃喜的同时，也还抱有一丝顾虑，因为在我的错误认知里，所谓班导师，应该是平常基本见不到，顶多第一次见个面、开个会的“龙套”角色吧？随后，导员又突然高兴地补了一句：“啊！对了，她女儿和你们一样大，今年也大一。”

对于这个即将见面的陌生面孔，我们班满怀期待地在教室里等待她的到来。

回想起导员说的关于她女儿的话，我灵机一动，又想到了一种特别的欢迎方式，于是在黑板上写下了“孙妈，快到碗里来”，随后便呼吁每个同学都上来写一句自己独特的祝福语，就这样，黑板变成了彩色。准备工作终于完成，伴随着热烈的掌声，这位美丽的班导师，走进了教室，看到了那块不一样的黑板，脸上洋溢着满满的幸福。这就是我们与她最初的缘分。更巧的是，她一眼看中了我写的那句话，也第一个记住了我的名字。

第一次的相遇，我们与她之间仅存的陌生感随着有说有笑的见面会而消失，“孙妈”是我们赋予她的称号，更是她给予我们的爱的凝结。

第二次和孙妈见面是在之后的班级研讨课和期中教学检测环节。研讨课上，本应是枯燥的 2 小时，却在孙妈的变通下，成了一次谈心交流会，我们感受不到一点平时上课的感觉和压力。她的语言总是很有吸引力，而且，她会第一时间记下你的名字，每次亲切地喊到你时，都让人觉得，你在被她关注着，这样的感觉，就是孙妈与众不同的魅力所在。她以聊天的方式，让我们对自己的大学生活更加有了渴望、有了方向，更让我们感受到了来自一名班导师的爱。

又过了不久，我们班迎来了大学的第一次聚餐，在与同学们商量后，我们决定邀请孙妈一起来，因为有她在，我们也不会显得尴尬，而是更加活跃。我怀着期待给她发了微信：孙妈，咱们班要进行第一次聚餐了，您也一起来吧！我们都特别想让您来。马上，我收到了她的回复：雅轩，对不起啊，孙妈这周出差去深圳，没法和你们一起吃饭了，这样，你来找我一下，我给你们 1000 块钱班费，你们好好吃，孙妈就先不去了。收到这样意外的回复，真是有种说不出的滋味，孙妈毕竟是孙妈，她用这样的方式支持我们，即使不能和我们一起吃饭，也让我们感受到她的存在。那天聚餐，我们第一次的全体碰杯，先敬了我们亲爱的孙妈。

一学期匆匆而过，虽然我们与她见面次数不多，却心里都明白，我们心里有她，她的心里也有我们。

下半学期，发生了一件令人难忘的事。既然我们叫她“孙妈”，就注定有一个节日是属于她的，那就是母亲节。在这一天，我们为她准备了一份特别的礼物——母亲节祝福视频，这应该是表达我们每个人心意的最好的礼物。一句一句真诚的祝福，都显露出我们对她的爱，即便这个视频成品并不高大上，并不绚丽多彩，也依旧能融化你的内心。孙妈告诉我，她真的是含着幸福的泪水看完的，仅仅 3 分钟的视频时间，却变得如此漫长。这个视频也被传到了其他教授和她的其他学生手里，我们的孙妈在羡慕中过了一个幸福的母亲节。这个视频还引发了一个戏剧性的转变。孙老师在给我们上课的时候提到，因为这个视频，她“无奈”地在大家心目中从原来的孙姐变成了现在的孙妈，就连 MBA 班上的 40 岁学生也改口叫她孙妈了，这可真是让人哭笑不得。这份特别的母亲节礼物，成为我们和孙妈之间的“第一”，也是“唯一”。

分专业后，我很荣幸成为孙老师课堂上的学生，但是，她教的却是我最不喜欢的英语课。可是，一学期过去了，我学的最好的，还偏偏就是这门商务英语课。我也因此知道了，吸引同学们认真上课的动力源泉，有很大一部分，来自教师的上课方式。所有上过孙妈课的人都能感觉到，我们时时刻刻在被她关注着，每一次被亲切地喊到名字回答问题时，都没有一丝的抗拒心理。比起枯燥的按教学进度安排的教学方式，她更喜欢互动，让我们对知识有不一样的印象，这也是我们喜欢上她课的原因。另外，她还会抽空叫来留学生做 Presentation 和我们交流，因为她觉得，这样的课外教学，对我们帮助更大。孙妈的个人魅力、上课方式、教学态度，都深深吸引着我们，这样有意思的课堂，必然能唤起我们学习的天性。

最近一次和孙妈的接触，是在一次北京市教学名师推选会上，我作为她的学生评委出席，为每一名教师打分。评选的方式是每名教师上课 15 分钟，由评委进行课堂打分。每位老师都很棒，她们的课堂很有感染力，但是在我心中，还是唯独孙妈更有魅力，因为在她的课堂上，永远是学生至上。本来抱着想要当托的心理去回答问题，结果其他同学的积极没给我留机会，这也是意料之外、情理之中的。评分时，我是有些顾虑的，按理来说，我是孙妈带来的学生评委，我应该给她最高分，而且更重要的是，她确实是我心里的最高分，但我却怕别人误以为这个评分缺少公平性。于是，在参考旁边同学的打分表之后，我坚定地给了孙妈最高分，因为，在旁边同学的打分表上，只有孙妈超过了 90 分。所以，这个分数是公正的、值得的、不容置疑的！

这就是我所认识的孙妈以及我们班和她的缘分，无法用语言来形容她对我们的爱，因为这些都看在眼里，记在心里。我为我有这样一名班导师兼任课教师感到荣幸，她为我的大学生活添上了浓厚的一笔。

以我的角度了解的孙妈还不够全面，我私下联系了孙妈的其他学生，分享了更多关于他们的故事：

校园中的我和孙老师沟通甚少，毕竟在职学生兼任工作，压力也是很大，转眼到了选导师做论文的时候，我才发现，对这个学校和同学的了解都甚少的我，一片迷茫！赶紧扫了一下脑海中有限的信息，却发现第一个出现的就是孙老师的身影，当机立断找到她的电话，还没开口说明自己的来意，老师就说“想当我的学生?”我嗫嚅着不知道怎么开口，她却爽快地说已经有几个同学找过她了，你既然来了，就一起吧！那一时刻，那种愉悦如同可以飞天，因为有老师居然认可我是她的学生，这对一直是学渣的我来说，如同天降大任一般值得珍惜！

进入到论文阶段，我才知道，我们这一届有5位同学选了孙老师，因为各种原因，我确实是被加进去的，而参加全国统考，全校排前五名中的两名同学也做了孙老师的学生，其他两位师弟更是低调的优秀，我立马觉得自己脸大了很多，硬着头皮和优秀的人一起学习前进吧。孙老师说每个学生都有自己的长处，而我殷孝颖的长处不在课堂上，社会才是舞台，她说论文的事情不用太担心，把该做的做好，就一定可以顺利通过，工作中的你才最自信最专业。这一鼓励让我受益匪浅，我觉得如同一种力量，将自己推向了更喜欢更擅长的天地。

遇上孙老师是她的幸运，当然也是我的幸运，因为孙妈简单直接，干脆利落的性格，与我们有了更多的共同话题。这就是我的孙妈，以一视同仁的教学态度关注我们，以发现自我的生活态度鼓励我们，以明天更好的美好希望祝福我们！

（原载《北京科技大学校报》第1183期）

# 授生以鱼　不如授生以渔

● 宋礼鑫

进入大学以来，第一次在一个学期要上同一位老师的多门课程。

第一次在逸夫楼 805 见到臧鸿雁老师，便被老师优雅的衣着仪表和灿烂的笑容吸引，当时是上离散数学的课程，我便主动成了这门课的课代表。在我的印象中，大学教师是不苟言笑，板着脸上课，下课后便离开的，但是臧老师完全不是那样。每次在课堂，臧老师都带着灿烂又亲切的笑容毫不吝啬地授予同学们知识，在课下完全没有老师与学生之间的隔阂，像是对待朋友一样地关照我们，及时地解答大家的问题。

在第一周课程的课间，臧老师鼓励同学们建立微信群或 QQ 群，方便线上提问题。我建立了一个 QQ 群，同学有不懂的问题可以及时反映出来，而臧老师也会尽快地回复。有时我在老师回复前回答了同学的问题，回答后心里略微有些忐忐，担心自己的回答不够准确从而误导同学，但是后来得到了臧老师的肯定和认同，增强了我的信心。

在理化楼上信息论课程时，我又请缨成了信息论的课代表，跟随臧老师学习。由于信息论这门课程成立较晚，课程章节编排不算合理，所以臧老师重新安排了这门课程的书本顺序。她用独特的授课方式让同学们以最快速度接受了这门新兴学科。臧老师在证明定理的时候说过一句话，我至今记忆犹新：证明定理是枯燥的，但是在证明的过程中可以学到解决问题的思路，一种逻辑思维方式，这个证明过程和结论一样重要。因为这句话，我对书本中的证明不再选择性忽略，而是看到定理时，努力根据已知条件来推证明，看看能不能想到整个证明过程。倘若不能证出来，我便踏下心来逐行地看证明过程，试图理解其中的思想和思路，这对于我理解信息论这门学科起到了很大的作用。

臧老师不赞同提出问题后直接给出答案，限制学生的思维，而是鼓励大家对于问题发表自己的看法和思路。因为通过不同的理解，能够发散学生的思维，了解同学考虑问题的方向，充分调动同学们对知识的兴趣和追求。在公布答案的时候，做对的同学可以学到不同的解决问题的方式，做错的同学也能很好地找到问题所在，大有醍醐灌顶茅塞顿开之感。

臧老师不仅对待教学十分严谨用心，对待学生也是关爱有加。老师板书字体工整漂亮，有时担心后排学生看不到，在课间的时候会走到教室后排，确定自己的板书字号是不是太小，坐在后排的同学能不能看清楚，如果看不清楚，她会擦掉后重新再写一遍。在和臧老师平时的聊天中，也能够感受到她是一位幽默的老师。当得知我们的学号是按姓氏笔画排列时，她讲了自己求学时的学号排序情况，“学号排序不论是姓氏的笔画还是拼音，我的学号永远排在最后，因为‘臧’字笔画多，拼音最靠后。”同学们听后都笑了起来，和她聊天很轻松。

在期末考试的时候，臧老师没有给我们以往电子版或纸质版的考题和答案，后来老师讲了这样做的用意。她认为，如果将以前的试卷提前给学生，学生就会尽可能地做试卷刷题，倘若有一套试卷没有做，心里也会觉得不放心。我十分赞同她的做法，没有试卷能让同学更多地回归课本复习知识点，远比机械做题而不懂知识好。上完离散数学和信息论这两门课程，我学会对于一个问题如何去思考，如何去锻炼养成正确逻辑思维的方向。有时答案很重要，但是通往答案的道路并不唯一，如何找到一条快捷准确的路显得更加重要。

臧鸿雁老师就是这么一位严谨认真、敬业负责的好老师，她教授给同学们的不仅是专业知识，更多的是逻辑思维的方式。她言传身教地教导同学们如何做人、如何待人，对于分内的事要不打折扣地承担责任。她的一言一行潜移默化地感染了我，成为我学习效仿的榜样。虽然离散数学和信息论已经结课，但是从臧老师身上学到的内容还在不断地影响着我。老师没有授我以鱼，而是授我以渔，我定要以满腔的热情，去开拓、去感恩、去创造。祝愿臧老师桃李满天下，在学术研究上取得更高的成就！

（原载《北京科技大学校报》第1187期）

# 我与皇甫老师

● 沈雯婷

与皇甫老师初次见面是在老师教授的专业课程“现代通信技术”上，至今已经时隔四年。那是老师到北科大任教的第二年，未曾从同学口中听说对这位青年教师的评价，但是他一开口就能感觉到这位老师在研究和工程上都有着丰富的经验。后来在机电楼下的展板上才看见皇甫老师的阅历，他在清华大学取得硕士和博士学位，曾经在贝尔实验室（Bell-labs）、卓越通信实验室任 MTS 研究员，又在中科院软件所担任过助理研究员、副研究员、硕士生导师等，有这么多学术成就和如此出类拔萃的学术经历，老师却不曾在课上提起，这令我对他更加充满了敬佩之情。这门课成为我整个大学时代学习得最认真的一门课程。而皇甫老师在北科大任教以来每年都被学生们评为“我爱我师——我心目中最优秀的老师”，受到了学生们的广泛喜爱。

大二那年暑假，我到一个研究院实习，发现自己虽然身为计算机学院的学生，却不会写代码，理论基础也很薄弱。在外面碰了壁，我意识到了自己能力的欠缺，满满的失落感，又对如何提高自己十分迷茫。这时候我想起了皇甫老师，我与好朋友，也是同班同学交流了想法，我们立刻鼓足勇气去找皇甫老师，向他说明我们的情况，并希望他能对我们进行指导。虽然皇甫老师不是我们系的教师，但是他欣然答应了我们的请求，对我们的知识架构进行进一步的了解，对我们进行指导。从那以后，每周只要有空闲，我们就去找皇甫老师进行交谈。每一次有些松懈，与老师交谈后便充满了前进的动力。

皇甫老师从培养我们对计算机世界的兴趣开始引领我们，给我印象最深的是他借给我们看的一本书《信号与噪声：大数据时代预测的科学与艺术》，这本书让我开阔了眼界，发现原来有些值得研究的问题如此有趣，大大增加了我对大数据的兴趣。他还向我们推荐了 Python 语言，这也是那之后的近几年大热的编程语言。我旁听了几堂老师教授研究生的 Python 课程，在课上，老师不强调语法，而是将 Python 最为有特点的方面教授给我们，同时也为我们推荐了一些好用的文本编辑器、思维导图工具等，这也是我们从未在课程上接触过的，而自己也不曾考虑过如何高效地进行编程。皇甫老师从各个方面引领我们走向编程和研究。

在平时的谈话中，皇甫老师也与我们分享了一些他在贝尔实验室有趣又有意义的经历，比如实验室的极客玩“扫雷”游戏的时候怎样用技术手段破解游戏等。这些有趣的经历也让我们对研究生涯充满了好奇心。老师也时常叮嘱我们要多进行运动，多看看人文书籍，关心我们的身心健康。

在皇甫老师的指导下，我慢慢地接触到更加广阔的计算机世界，每一次与老师谈话完，都觉得自己汲取了许多前所未闻的知识，受到了莫大的鼓励，拥有了更加奋进的动力。补充了一些基础知识后，大三的时候，老师让我们参与了他带领的一个与大数据有关的科研项目。那时候我们没有任何科研经历，第一次在组会上发表我们的研究成果时战战兢兢，但是老师看到了我们的努力，并指导我们更加开拓思维。

到了保研时候，我有些迷茫不知是否该出国，皇甫老师从多个方面为我分析，也推荐了国内国外的老师给我，认真为我写推荐信。后来我保研到中科院软件所，老师仍然会与我交流。在我松懈的时候，告诫我要抓紧时间。受到了老师很多的指导与关心，我唯有奋发有为，才是对老师最好的报答。

有些许害怕没有老师引领的外面的世界道路崎岖，山高水深。总想回去看看老师，又怕自己仍然学无所成达不到老师的期许，又希望再受一次老师的指点。写着写着，很是想念，等老师出差回来了，就去聊聊吧。

（原载《北京科技大学校报》第 1191 期）

# 我的导师唐英先生

王鹏飞

小学至今已经寒窗苦读二十载了，每个阶段遇到不同的老师。现如今已在读研，我有幸遇到了我的导师唐英老师。研究生阶段，习惯把老师叫做导师，而老师与导师的区别在于一个“导”字，即重在引导，这就与之前阶段的被动式教学有所区别。是授之以渔而非授之以鱼，是平等对待而非上下级关系。

唐老师就任于机械工程学院，从事机械方面的教学和研究工作。在十几年的教学生涯中，培养了无数的本科毕业生和 40 多名研究生毕业，将其一生奉献于教育工作。这使我不由地想到了唐代李商隐的一句诗：春蚕到死丝方尽，蜡炬成灰泪始干。教师是一项神圣的职业，也是一份良心职业。

古之学者必严其师，要说唐老师严厉，据说是学校出了名的。2015 年夏天，我收到了学校的录取通知书，确认了在唐老师名下继续深造，为了更多地了解唐老师，我在网上搜集了好多她的资料，并且咨询了相关人员，其中大家公认的就是唐老师很严厉。当时我就想严师出高徒嘛。和老师相处了一年之久，发现唐老师的严厉更多是在科研方面上，与其说是严厉不如说是严谨，而在生活上她显得随和。

记得有一次和老师一起去工厂里，处理完工作已临近中午了，老师说附近有个房车展要带我们去看看，我们当然是求之不得。看到了漂亮的房车，老师显得特别高兴，并主动叫我们为她拍照合影，此时看到老师完全像一个小女生，丝毫没有掩饰。我想虽然老师 40 多岁了，心中还是有那么一片童话的世界，这样的老师倒是显得有些可爱。

我们甚至可以和老师就一个科研问题争得面红耳赤，但生活上很少有不愉快。唐老师曾这样对我们说："我自认为我是老师，是导师，不是老板，因此我把你们当成和我平等的创造者。我们可以'导''学'相长，共同探索。我在某些方面更有经验，但我不是先知，因为有时候我也会有不对的地方。我希望我是好老师、好导师而不是好老板。我没有点石成金的本领，但点石成铜还是可以的。我会把我有限的点石成铜的本领毫无保留地用在你们身上，多给你们一些指导、指引，希望你们自己能够百炼成金。"

读研后，上课的时间少了，只是在研一的时候有课程安排，记得当时选了唐老师的课"数控技术"。老师讲课很认真，准备的教案也很精美，问题深入浅出，课后答疑解惑，并且课程还安排有实验，使我们更好地掌握。老师对自己的要求也很严。有时跟着老师出差或开会，时常会听到专家们说老师的方案做得很详细。也许他们不会想到方案的背后凝结了老师多大的心血，我们有时会看到老师加班到深夜。尤其到了现在，老师还要兼顾我们的课题进展、毕业事宜。她把全部的心血投入到事业中。两年半的时间很短，但我要向唐老师学习的还有很多，我也很珍惜这样的学习机会。都说教师是人类灵魂的工程师，那么唐老师也参与了我的灵魂的铸造。三尺讲台，三寸舌，三寸粉笔，三千桃李。这就是我的导师——唐英先生。

（原载《北京科技大学校报》第 1197 期）

# 滴水穿石　强化教学基本功

## ——记“全国五一劳动奖章”获得者、数理学院青年教师李娜

● 陈云龙　付彬洲

2018 年庆祝“五一”国际劳动节暨“当好主人翁，建功新时代”劳动和技能推进大会近日在北京人民大会堂举行。北京科技大学数理学院优秀青年教师代表李娜获 2018 年全国“五一劳动奖章”荣誉称号。

### 十年修行，厚积薄发

2016 年是李娜从教的第十个年头，这一年举办了第三届全国高校青年教师教学竞赛决赛。李娜凭借扎实的教学功底、丰富的教学经验荣获理科组一等奖第一名的成绩。

全国青教赛的办赛理念是“上好一门课”，比赛由教学设计、课堂教学和教学反思三部分组成。要求教师提前准备一门不少于 32 学时的课程，从中选出 20 个教学节段，完成它们的教学设计。在确认李娜将代表北京市参赛时，距离比赛开幕仅剩一个月，留给她准备教学设计的时间更只有半个月。钟声滴滴答答，好像时间的道别语，催促着人思绪飞扬。能和全国出类拔萃的青年教师同台竞技，李娜是兴奋的，这种自信源于数理学院数学学科一直以来努力营造的“传帮带”的教学氛围——一代代优秀的教师将教学中的责任、态度毫无保留地注入一届又一届年轻的身体里，源远流长，生生不息。数学学科有着一支优秀的教学团队，在范玉妹、王萍、徐尔和张志刚老师的指导下，数学学科的青年教师已经连续四届获得北京市青年教师教学基本功比赛一等奖，特别是与李娜同梯队的赵鲁涛老师曾代表北京市参加过第二届青教赛，并取得了全国一等奖的好成绩。在李娜的备赛、比赛过程中，他们是李娜教学设计时的智囊团，心态忐忑时的强心剂，正是这样亦师亦友的陪伴，给了李娜披荆斩棘的底气。在激动人心的比赛日，提前 1 小时抽签，20 分钟教学展示，45 分钟教学反思，李娜凭借生动的案例、形象的讲解、清晰的脉络和缜密的展示获得了评委的一致好评。

## 创新教学，自问自答

能在青教赛中突出重围，源于李娜平日里对教学基本功的不断积累和反思。从教十二年来，李娜担负着本科生“概率论与数理统计”“线性代数”等六门基础课和专业课的教学任务。近年来年均课堂教学更达到 300 余学时。她始终坚持三句话：“把功夫用在课前，充分备课；把精力用在课上，全心投入；把反思留在课后，归纳总结。”本着这般扎实的教学设计三步走，李娜的课堂生动而不失严谨，贴近实际又紧跟前沿。学生们常说：“听李娜老师讲课，总会不自觉地就投入到课堂学习中。”在 2015 年李娜就凭借扎实的教学基本功获得北京科技大学第九届青年教师教学基本功比赛一等奖和北京市第九届青年教师教学基本功比赛一等奖、最佳教案奖、最佳演示奖，2016 年被评选为“北京科技大学年度十大新闻人物”。

十年如一日地坚守在教学第一线，李娜对于数学的教学设计，有很多独到的见解。针对学生学习数学叫苦不迭的现象，她曾借用网上的段子讲：“传说中挂着很多人的‘树’，就是你们现在学的这棵‘高数’”。不可置否数学科目多、难度大，学生一时难以理解。但她认为更主要的原因是有些学生对于学习的功利心太强，认为课堂上学的数学以后用不到，花大量精力去学习很不划算。但是当反思数学在科学界的作用时会发现，任何一门学科，只要它的发展遇到瓶颈，一定是和数学有关的问题没有解决。所以，如何合理运用教学方法，让更多的学生喜欢并主动学习数学？是她留给自己的一道简答题。

从这一点出发，我们看到李娜的数学课堂是生活化的，她努力让同学们感受到数学的腾腾热气。她会通过一些日常生活中的小例子来加深学生对数学概念的理解，比如用贝叶斯公式来解释银行对每个人的诚信管理，保险公司的险种设计依据，以及直觉与理性思维的碰撞等。这不仅将数学与学生的生活联系在一起，而且可以引导学生主动去思考数学问题，培养数学思维。李娜说："我们要告诉学生数学是无处不在的，若干年后数学的理论学生可以忘记，但是这样严谨、全面、深刻的思维习惯，是可以让学生受益终身的。"

## 亦师亦友，循循善诱

上过李娜课的同学都会一致好评"李老师人美，气质佳，声音甜"，但总不忘补一句"她总是从我们的角度思考问题，引领我们走进数学的王国，也启发我们思辨生活的道理"。李娜本科毕业时，曾被评为"2001 年北京市优秀毕业生"，学生遇到的烦心事，她很多都曾经历，正因为如此，她给学生的意见总是十分中肯。她帮助学生制定切实可行的学习和生活目标，培养学生创新和实践能力，指导多项学生科技创新项目。她愿意成为学生在象牙塔中抬头即可望见的一颗启明星，在他们赶往未来的长夜里，所见之处，总有方向。而李娜也很享受与学生谈心的过程，那些充满活力的字眼：学习、亲情、爱情、友情、兴趣……仿佛也带她回到了那段夕阳下奔跑的青春时光。在她担任辅导员和兼任班导师的班级中，先后有 4 个班级获得校级优秀班集体和优秀团支部称号，1 个班级获得北京市优秀班集体称号，并有多人获得国家奖学金和校级各类奖学金。面对学生这些付出后的收获，李娜看在眼里，喜在心头。

在推进学校"双一流"建设和人才培养、科学研究、服务社会、文化传承创新、国际交流合作等工作中，有李娜这样的青年标杆举旗先行，相信在各个岗位上会不断涌现出一批批爱岗敬业、无私奉献、潜心育人、用青春和热血在三尺讲台上播撒光和热的优秀人才。

（原载《北京科技大学校报》第 1216 期）

# 三尺讲台存日月　一支粉笔写春秋

## ——记全国青年教师教学竞赛一等奖获得者储继迅及指导团队

● 吴钰重

2018 年 8 月 30 日，由中国教科文卫体工会全国委员会主办的第四届全国高校青年教师教学竞赛决赛正在如火如荼地举行。只见一位身着深蓝色简约西装的青年女教师出场，她精神饱满，从容自信，讲解思路清晰，将难以展示的“曲率”巧妙而直观的表现出来，伴随着精心设计编程的八个动画展示以及精巧的数学教具，将晦涩难懂的数学知识变得通俗易懂，凭借深厚的教学功底和完美的现场发挥赢得了满堂喝彩。她就是北京科技大学数理学院青年教师储继迅。

储继迅以近乎完美的表现，获得了教案第一名、课堂讲授第一名、教学反思第一名，以总分 95. 45 的高分，毫无悬念地获得了全国第一名的好成绩，捧得金质奖杯。同时她也创造了新的历史，获得了全国赛和北京赛的双赛冠军。在第二届和第三届全国青年教师教学竞赛的角逐中，北京科技大学赵鲁涛、李娜相继获得一等奖第二名和一等奖第一名，储继迅的成功实现了学校在全国青年教师教学竞赛中的三连冠，奠定了北京科技大学青年教师教学水平在全国的领先地位，成为了全国高校青年教师教学工作的标杆。

## 甘于奉献育新苗，春风化雨铸栋梁

被鲜花和掌声簇拥着的储继迅和她背后的指导团队止不住激动的泪水。储继迅说："荣誉并不是我一个人的，而是我们数学学科团队的共同成就。我很幸运有这样一个无私奉献、全力以赴的指导团队，过去的几个月里我们攻坚克难、连续作战，奖杯的后面是指导团队老师们夜以继日的付出。"

指导团队是在第二届全国青年教师教学竞赛时为帮助赵鲁涛参赛而成立的，指导团队的 4 位老教师分别是范玉妹、王萍、徐尔、张志刚，他们都有多年的教学经验，是数学学科教学一线中的佼佼者，全部为学校"我爱我师"评选的获奖教师。范玉妹是团队中最年长的教师，也是团队的精神领袖，她获得"我爱我师"评选的终身成就奖，曾任海淀区人大代表、现任校教学督导组副组长，尽管已经退休仍然工作在教学一线。王萍在高校任教长达 30 余年，有着丰富的教学经验，尽管现在已经退休但是仍然不遗余力地帮助青年教师。张志刚任系主任，是"我爱我师"金奖得主，凭借其深厚的计算机功底在教师中备受赞誉。徐尔曾参加第一届北京市高校青年教师基本功比赛，其严谨的作风和深厚的教学功底深得学生认可。4 位老教师对教学有着共同的热爱和执着，脾气秉性彼此相投，在互相切磋中自然而然地形成一支金牌团队。

获得北京市高校教师基本功比赛一等奖的好成绩之后，储继迅和指导团队的老师们马上投入到了全国高校青年教师教学大赛的备战中。从去年 11 月起指导团队全力以赴指导储继迅备赛，精心设计创造性的环节，协助储继迅进行演练。不同的竞赛规则不仅增加了比赛环节，更是扩大了比赛范围。尽管任务艰巨，但老师们还是咬紧牙关，决定背水一战。数学学科的苏永美、臧鸿雁、赵鲁涛、李娜四位老师也参与了备赛指导工作。

整个备战分为初期素材准备、中期制作和冲刺 3 个阶段。指导团队的老师从方方面面给予储继迅最充分的帮助和支持。大到内容选材、体系设计、教案撰写等，小到时间把握、仪态仪表、服装搭配等，从宏观到微观，随时随处进行指导和把关，为她最终取胜提供了重要的保证。由于数学学科属于自然科学基础学科，逻辑性强、趣味性弱，为了让储继迅能够在比赛中抓住观众的"眼球"，指导老师们凭借多年教学经验和对国内外素材的收集，全部运用自主创新的鲜活素材和案例，在高数课的讲授中运用自主开发的计算机模拟动画。

## 甘为孺子育英才，克勤尽力细心裁

北京科技大学能够在全国高校青年教师教学竞赛取得三连冠的优异成绩，和这支由老教师组成的金牌指导团队密不可分，4 位资历颇深的老教师功不可没，他们始终站在青年教师的身后无私地奉献，无悔地付出着，他们的无悔付出正是源于对教育事业的热爱和对学校的深厚感情。

作为老教师的他们忠于职守，继承了前辈传帮带的优秀传统，乐于奉献，关注青年教师成长；他们淡泊名利，无私地承担了指导年轻教师参加全国比赛的备战工作，比赛全程没有出现过他们的名字，他们这种付出的动力源于对教学的热爱和信仰。他们年轻的时候，并没有这么多机会和平台供他们展示教学风采，现在年轻人有机会、有平台，他们便把这个梦想寄托到年轻一辈身上，无怨无悔地把青年教师推向更广阔的舞台，这是数学人的骄傲，也是老教师的欣慰。

老师们回忆道，自从去年 11 月份备赛以来，基本没有过一个完整的周末和节假日，整个寒暑假也全力投入。暑假里他们从上午十点开始试讲，没有时间去食堂吃饭，就叫外卖快餐，每天讲到晚上十点以后，顶着漆黑的夜色各自回家，辛苦并快乐着。王萍把平时备战的点滴都细心记录下来，10 个月的备战结束后，写满了好几个笔记本。记录中，团队正式开会、合议备战事项，参加北京市试讲点评会，试讲的次数数不胜数。此外，随时随地的碰面讨论、各自的案头工作更是每天都在进行着。他们一方面要保证所有教学工作正常运行，抽出全部的业余时间备战；另一方面要推迟期间的科研工作、放弃全部假期，一心一意准备比赛。时间紧任务重，老师们分头查阅，再合议修改，不断的否定不断的整编，在校内校外调研，拿到最新鲜的第一手数据，老教师希望用最短的时间把数十年的授课经验传递给参赛的青年教师。

备赛期间徐尔的爱人生病住院，她奔波在学校和医院之间，从没耽误一天工作。范玉妹已年近 70，作为这个团队的精神领袖，即使在国外，她仍然心系比赛，策划多个授课案例。王萍退休后住在校外，每天晚上结束后总是赶地铁末班车回家，夏天经常下雨，末班车赶不上，出租车也打不到，直到凌晨才回到家中，第二天上午又准时出现在教室里。张志刚从国外出差回来来不及倒时差，就立刻投入到备赛中。当储继迅夺冠的那一刻，每位老教师都流下了欣慰的泪水，全国青年教师教学竞赛三连冠的成绩是对他们无私奉献最好的回报，一切的付出都是有价值的。

数学学科历来非常重视教学，有着优良的传帮带传统。然而，“经师易遇，人师难遭”，培育新苗的工作对于老教师来说并非易事，既要有“授人以渔”的能力，又要有不求回报的态度，讲台上一颗闪耀的新星，凝聚了几代人的智慧。

## 栽桃种李只为一生勤，言传身教毫无半日轻

他们都是载满光环的精英，他们都拥有很多令人尊敬的头衔，但是他们只称自己为“老师”，从登上讲台的那一刻开始，他们便注定风雨无阻、无怨无悔。

老师们总是希望把最充分的准备呈现给学生，让学生更好地理解知识的内核。多年以来，数学学科团队对教学工作十分重视、对要求的落实也非常严格，通过对基本功比赛的组织工作，积极为青年教师铺路搭台，使得一批优秀的青年教师脱颖而出，在科研和教学的岗位上迅速成长，逐渐步入学科带头人的行列。范玉妹说，“教师应该是一个最无私的职业，付出和回报不成正比是很正常的，我们都是因为爱学生爱教学才聚在一起的，把教学当做爱好，便乐于这种勤勤恳恳的付出；只要发现了像储继迅这样的好苗子，我们就愿意把他们推到更高的平台上，不计工作代价，因为他们是我们的希望所在。”

师者，所以传道授业解惑也。数理学院的各位教师很好地诠释了韩愈在《师说》里对老师的这一定义。科研可以量化，教学却很难做到量化。答疑时间不计入工作量，数理学院的各位老师仍旧不辞辛苦地为学生安排定期答疑，并且几十年来始终如一地保持着这个优良传统。他们就是学校默默奉献在教学一线的一群优秀教师的缩影，他们不图名利，只希望认真上好每一堂课，对得起学生、对得起自己的教师称号。

从数理学院各位老师的身上，我们深切地感受到了他们对传统师德品质的完美传承。正是这样一个对教学精益求精的教师团队，数十年如一日地奋战在教学事业的一线上，用真心提升教学质量，树得九州栋梁。正是这样一个对学生无私奉献的教师团队，不计个人得失，不求名利回报，用爱心关爱学生成长，育得天下桃李。

（原载《北京科技大学校报》第1223期）

# 爱岗敬业

他们从来不求回报，只是默默付出，倾尽所学教授他人，在言传身教中感化他人、教育他人。他们为接受教育的每位学生打开知识的大门，规范言行举止，指引人生前行的方向。他们将一生奉献于教育事业，以国家教育事业的发展为己任，在科教兴国、人才强国的道路上倾尽所能。

# 化作春泥更护花

## ——记本科教育教学督导组

● 裴晶莹

在北京科技大学的管理教育战线上，活跃着一支老年精兵——“北京科技大学本科教育教学督导组”。他们是组长罗圣国、副组长熊楚强，组员汤学忠、袁康、周筠清、方安祥、管志安和王文才。

为保证和提高教育教学质量，北京科技大学于1991年2月开始组建由离退休资深教师组成的面向全校本科教育教学的调研、咨询性常设组织——“教学巡视组”，为强化其在本科教育质量监控体系中的作用，2003年更名为“北京科技大学本科教育教学督导组”。本科教育教学督导组也是学校关心下一代工作委员会分委会之一，“督导组”的全体成员同时被聘为学校“关心下一代工作委员会”的重要成员。“督导组”在业务上直接向主管教学的副校长负责，教务处教学研究科配合协助其日常工作，设有专门的办公室，每年下拨专用的办公经费，还配备了电脑、打印机、传真机、人手一套的移动存储和录音等办公设备。

本届本科教育教学督导组由8位教师组成，他们退休前都曾经是学校的优秀教师，担任过院、系的主要负责人或教学主管，有着丰富的教学和管理经验。出于对教育工作、对学校和对青年的热爱，为学校的建设和发展，为保证和提高教学质量，他们离退休后不为名、不图利，接受学校聘任，承担督导任务，为教育教学工作献计献策，做出了突出贡献。他们平均年龄69岁，平均高教教龄在38年以上，督导工作的经历平均在8年以上。

督导们多年的教育教学及管理经验和督导工作中强烈的责任心和使命感，不仅使督导组的工作逐渐成为学校教学质量监控体系中不可或缺的部分，而且使学校的教育教学督导工作颇具特色和魅力，在关心、指导青年教师方面的工作卓有成效。

## 先进的教育教学理念，准确的工作定位是卓有成效的督导工作的前提

“北京科技大学本科教育教学督导组”在教育教学督导的实践中始终关注、跟踪、研究教育教学观念的变化趋势和动向，主动更新教育思想观念，与时俱进，保持教育教学观念的先进性，工作中以先进的教育教学理念作为教学行为的判断依据。教育部下发［2004］1号文、［2007］1、2号等文件时，督导组都组织了专题学习研讨，这些文件也成为督导员手边的常用文件。督导组组长罗圣国是教育部评估中心专家库的成员，作为专家今年参加过工科、农学、师范、艺术等不同类型学校的教学评估70多次，有机会从更高层面理解教育教学的新理念，借鉴、学习其他学校的管理经验。

在日常的督导工作中，督导组更提出了“六项原则”：准确定位明确认识其非行政、非执行机构的性质，把督导的任务更多的落实在弥补管理上的某些不足上，在学校教学质量监控工作中起积极的参谋、咨询作用；以导为主，督导并重，以提高教学质量和改进工作为目标；充分肯定成绩，大力弘扬先进，发现存在问题，提出合理建议；强调督导组的考察、调查研究、咨询、建议的职能，在学校中起参谋和智囊团的作用；注意在工作中摆正心态，充分尊重被督导对象，不是高高在上，而是平等地以诚相待，与人为善，尤其对年轻教师不是用批评、指责的态度，而是和蔼、热情地去帮助；为保证督导工作的高水平，督导员要加强学习，跟踪高等教育发展的动向，主动更新教育思想观念，与时俱进，保持教

育教学观念的先进性。

先进的教育教学理念，准确的工作定位，不仅使学校的本科督导工作卓有成效，更使督导工作始终处于和谐的氛围中，保证了高效高质的运转。

## 完善的组织和制度是高效高质督导工作的保证

“十年树木，百年树人”，英才培育是一个过程。为从冗杂的教学环节中有效地把握教育教学的状态，提高督导工作的整体效率，督导组除积极配合学校建立健全校、院两级督导组织，理顺与各级职能部门、教学单位的隶属和工作关系，为督导工作创造良好的组织环境外，更着眼于督导文化的建设，推进督导工作的制度化建设。

督导组重视工作中经验的总结和资料的积累，在探索督导工作规律的基础上，逐渐形成了一套较完备的工作文件和程序，为督导工作的可持续发展和督导工作的文化建设提供了宝贵材料，保证了督导工作在高质高效的层面上展开。

## 发挥集体的力量是做好“监督、评价和指导、咨询”的督导工作基础

北京科技大学是一所以工为主，包括工、理、经、管、文、法等多学科的综合性大学。督导组每学期都面临着大量的工作，工作中除发挥督察员的个人学科专业优势外，更强调协同配合的组织力量。

督导组以对本科教育有全局性影响的规章制度的完善和建设工作，对教学质量影响量大面广的核心课程和教学环节、新专业和新开课教学状况的调研分析以及青年教师培养为工作重点。每学期课堂听课就达 200 多节，从中获得全方位的教学信息，从而准确把握教学状态，研究教学问题，提出咨询报告以确定后续工作重点。几年来提出各种建议、调研报告分析、规章制度几十项。如为学校开展课程建设提出一系列建议；为保证和提高毕业论文和毕业设计的教学质量，起草了许多规定；为严格考试制度提出了宝贵意见等。与此同时，不断总结督导工作经验，逐步形成了一整套督导工作的内容、重点、程序和规范，提高了督导工作的成效。

监督、评价和指导、咨询是保证督导工作质量的两个方面，巡视、检查、监督是督导工作的重要方面。现在在学校的教育教学质量保证系统中，本科教育教

学督导组已经成为不可或缺的“第三只眼”。

## 悉心指导下一代，化作春泥更护花

历届督导组的教授们以他们的责任心、工作热情和卓有成效的工作，博得了教师、职能部门和各级领导的信赖和称赞，老先生们悉心指点、不严而威的工作风格深受青年教师的欢迎。

督导组主要工作大都反映在《北京科技大学本科教育教学督导简报》中，自 2003 年至今，简报已出了 71 期。每一篇简报所载负的大量的有效信息，都是督导们从日常工作中深入教学第一线而获取的第一手教学信息中筛选出来的。但是督导组的工作又不仅限于此，而是以此为基础，总结、提炼形成对管理工作尤其有改进意义的咨询报告，在这个过程中，督导组的老先生们不辞辛劳，倾注了大量的精力和心血，展现了督导组的工作水平。

以听课为例，督导组的听课与一般的听查课不同，这种不同表现在他们所听的每一节课都是“解剖式”的，这种“解剖式”的听课由“课堂选择的目标性”和“信息处理的程序化”组成。之前选择的课堂就注意与调研主题紧密相联，而听课后更注重处理从中所获得的各种信息，如及时与主讲教师沟通课堂教学情况、与学员沟通学生学习的状态、与管理部门沟通教学环境或教学安排等有待改善的细节，而每一学期又都有以每一节听课为基础所形成的课堂教学质量的诊断报告——《北京科技大学本科教育教学督导简报》。对本科教育过程中涉及面广量大的重要教育教学环节，诸如毕业设计（论文）、实习和实践、考试等做了大量的有高度、有深度的基础性的调研工作，督导组通过大量的专题调研，描述教学运行和执行过程的状态，从冗杂的现象和数据中，经过总结和提升形成对学校、对学校的职能部门、对学院改进管理工作有价值的咨询报告。不论是教务处、人事处、实验室管理处，还是学校的党委扩大会，经常看到督导组老先生们的身影，他们不辞辛劳地工作在本科生教学督导的第一线。

作为本科教育教学质量检查、评价和研究的专兼职相结合的咨询型专家组织，督导组除了常规的工作外，更把对本科教育教学过程中的制度完善和建立作为重要的工作。如 05 版培养计划修订前，就 99 版培养计划的设置及执行情况设专题进行调研，为新版培养计划的修订提出了具体应到本科发展的建议。对于从常规的督导工作中发现的问题，督导组更是从管理制度入手协助职能部门理顺关系，完善或健全制度，如毕业设计（论文）管理工作中一系列文件的完善、试卷的分析工作、非集中考试工作的规范、双语教学的认定和管理、多媒体课程的建设等政策和规范的出台都与督导组的工作分不开。而各类教学运行过程中建议的提出，更是彰显督导组呕心沥血为提高教学质量保驾护航的工作状态。

一所成功的高校，它不仅是学生学习成长的地方，而且也应该是名师养育和成长的场所。督导组对刚刚步入教师行列的青年教师的指点，不仅局限于通过专题讲座，如组长罗圣国以“现代教学理念和课堂教学”为题、副组长熊楚强所总结的“课堂教学十要”、袁康教授在材料与工程学院、方安祥教授在信息科学与工程学院针对课堂教学所做的专题报告，更体现在日常督导工作中督导组的老先生们从关心爱护的角度鼓励所接触到的教师，对于青年教师教学过程中所出现的问题的指正和指点。如熊楚强教授对新入校的高学历年轻教师的每一堂课从内容的选取、方法的选择、课堂的整体设计、课堂实践中的得失等环节逐一指点。为提高双语教学教师的口语表达能力，王文才教授精选大量的外文听说资料刻成光盘，分发给需要的教师，还告诉自己的 E-mail 地址，有外语方面的问题可以随时联系。凡是接触过督导组的老师，对他们言传身教，呵护关怀青年教师的成长的事例都能举出二三。机械学院的冯妍卉、外语学院的白秋梅、应用学院的陈飞武、文法学院的陈闽红……当这些青年教师谈到督导组的老先生时，无不流露出对他们的敬重与感激。

在做好常规工作的同时，督导组凭借多年的教育教学、管理和督导工作的经验，充分发挥督导专家咨询的作用。诸如“校级优秀课程建设立项、验收”“校级精品课程建设立项、验收”“校教育教学成果奖”的评选、“教学优秀奖”的评选、“毕业设计（论文）”校级答辩、“优秀课件评比”“青年教师课堂教学针对性培养工作”“青年教师教学基本功比赛”“实验教学设备系列建设立项、验收”“双语课堂教学评比”等专项工作，由于所提供的评审意见公正合理，所提出的咨询意见符合实际和学校的发展方向，不论是教务处还是实验室管理处、人事处还是工会，在相关的工作上越来越重视督导组的意见。督导组也正是通过这些工作满腔热情地为强化教学的中心工作地位献计献策。

## 踏实而高水平的工作，日益受到校内外领导、同行的称赞和关注

精心设计，踏实工作，本科督导组的工作受到学校各级党政领导的支持、关心和称赞，很多部门开始推广督导组的工作模式，并督促学院成立督导组，作为

加强学院教学质量管理、完善学校教学监控系统的重要措施。在学校接受教育部本科教学水平评估的过程中，不论是咨询评估还是专家组正式考察学校阶段，督导组的工作都受到了专家的称赞，督导组高效的工作模式也启发了学校其他部门的工作思路。去年研究生院为稳定教学秩序，保证和提高教学质量，成立了面向研究生教育教学过程的督导工作组；科技工作部为提高科研课题的研究质量，借鉴本科督导组的工作思路和工作模式，成立了相应机构，加强了工作力度。

督导组的工作也受到校外各方人士的关注。《本科教育教学督导简报》第 8 期，被教育部高教司《高等学校理工教学指导委员会通讯》总第 11 期全文转载，北京市教委的领导也多次赞扬督导组的工作。

督导组注重与京内外其他高校的工作交流，曾专门派出督导员到中南大学、华中科技大学等华中地区大学走访取经，也曾接待过广东海洋大学全体督导员的来访交流。2005 年 10 月 12~15 日，在中国高等教育学会与南昌大学在井冈山召开的“全国高等学校教学督导工作研讨会”上，我校本科教育教学督导组作为特邀莅会，并以“齐心协力，满腔热情，为提高教学质量而努力”为题交流了督导工作的经验，并收入《全国高校教学督导论文集》。论文集刊行后，督导组的工作不断引起关注，首都师范大学、北京化工大学、哈尔滨理工大学、汕头大学等相继联络交流事宜。

由于出色的工作，北京科技大学本科教育教学督导组被评为北京市 2003 年度“关心下一代先进集体”。

时光荏苒，总结本科督导组成立以来，特别是近三年来的工作，可以看出我校本科督导组在全国高等学校中起步较早，工作系统规范，工作层次较高，在全国高校同类工作中走到了前列，有较大的影响力和很好的示范性。

（原载《北京科技大学校报》第 1018 期）

# 为了学生的未来

## ——记东凌经济管理学院辅导员刘晓东

● 任　蕊

当鸟儿想要振翅翱翔，接纳它的是广阔的晴空；当花儿想要尽情绽放，包容它的是和煦的春风；当小船想要扬帆远航，指引它的是永亮的明灯。他，便是这样的一位接纳者、包容者、指引者，时刻关心着他的学生。四年的时光，他和学生们一起走过，在这个岗位上，他倾注了全部的心血，只是为了学生“美好的未来”。他就是东凌经济管理学院团委书记、2003 级本科生辅导员刘晓东。

### 奉献青春，迎接挑战

大学四年，有拼搏，有汗水，有荣誉，有喜悦，然而他却只用“曾经的材料科学与工程学院学生”“曾经的学生会主席”轻轻带过。2003 年毕业后，他选择了留校担任材料科学与工程学院辅导员的生涯，只因为他愿意帮助更多的学生顺利度过美好的大学时光。2005 年，他调动工作来到了东凌经济管理学院，负责

2003 级本科生辅导员的工作，同时兼任学院团委书记。工作很忙，摆在面前的问题很多，可他却默默接受了挑战。他说，辅导员这份工作既“琐碎”又“神圣”。全年级几百名学生的管理工作，其中的辛劳岂是“琐碎”二字能够涵盖？但他觉得，在这份“琐碎”中有着一份“神圣”，只要能让学生走好大学路，他觉得再难、再累都没关系。他深知辅导员在大学生的成长之路上扮演着多么重要的角色，又会对每一个学生的未来产生多么巨大的影响。他时刻都用“责任”“热情”“方法”这三个词提醒自己，要求自己，他说，要“把工作做好，为学生做实事”。

## 克服困难，心系学生

当初，“半途”接手这个年级，遇到的问题很多，刘晓东一开始便做好了思想准备，随时准备迎接各种挑战。他遇到的第一个难题便是学校为了腾出地方造新宿舍楼，必须为学生们重新调整宿舍。同学们已经在一起生活了两年，彼此间都有了感情和默契，也形成了自己的交友圈，重新调整宿舍对很多人来说一时难以接受。这需要他在学生中间做大量的思想工作，但此时他和学生们还并没有互相熟悉，谈起那段经历，刘晓东坦言确实感到有些头疼，甚至在半夜里还会有学生打电话向他诉苦，面对这一切，他却总是不厌其烦地对学生劝说开导，想办法让学生逐渐接受。他用一颗热情、真诚、充满责任的心感动了学生们，困难克服了，同学们也同时接受了这样一位辅导员。谈到自己和学生的关系，他说：“我们更多的是朋友，但同时我始终也坚持着作为老师的原则，维护着作为老师的威信，这样的师生关系是我更加期望的。”

对于学生的教育，刘晓东做了一个形象的比喻：辅导员就像是鸟妈妈，而学生就是一群小鸟。鸟妈妈不仅需要不断的觅食来喂养小鸟们，还需要教它们捕食，教它们飞翔。辅导员不仅要把自己知道的东西教给学生，同时也要努力培养学生自己学习、自己分析处理各种问题、克服各种困难的能力。每天有各种各样的事需要处理，让他感觉自己和学生交流的时间远远不够，但他一直在努力抓住每一个机会和学生一起思考探讨。在他看来，传统教育下的学生就像是“羊”，总是在被动的承受，而学生更需要的是“狼”的教育，因为“狼”更团结，更有“闯”的精神，更能发掘出内在的潜能，从而更加适合当今竞争激烈的社会。他很注意培养学生在创新和解决问题方面的能力，于是，他要求学生在提出某个问题或是想法的时候必须同时提出自己的解决实施方案。

## 热情帮助，指引未来

大学四年，每个人都会经历不同的几个阶段，刘晓东把这四年概括为“懵懂”“思考”“迷茫”“选择”。进入大四，学生们面临着对未来的选择，很多学生都处于焦虑状态。早在大三将要结束的时候，他便把学生分为了四大类：有的同学选择保研，有的同学选择出国，有的同学打算考研，有的同学则打算就业。他及时关注同学们的心理问题，倾听他们的意见，帮他们出主意，针对不同的学生提供不同的帮助。大四刚开始，他就忙着为考研同学举办相关讲座，申请专用自习教室，举行模拟考试……他还同时为准备就业的同学提供多方面的就业信息，尽力让每一个同学都能得到让自己满意的结果。

## 寄语未来，放飞希望

刘晓东说，担任学生辅导员的这四年中，发生了许多小事，四年过去了，这一件件小事便串成了一件大事，那就是学生已经从高中生成长为大学生，即将成为“社会人”。其实每一件小事都很难忘，因为这每一件小事，都倾注了自己的心血，倾注了对学生们的爱。和学生在一起的日子是最难忘的，自己的付出便是最大的收获。面对即将离开的学生，他有不舍，但更多的是期望，他衷心希望每一名学生都能够成功，他也希望自己能给学生们留下一种痕迹，一种温暖的痕迹。

（原载《北京科技大学校报》第 1019 期）

# 唤醒心中无限希望

## ——记文法学院 2007 级新生辅导员张毅

● 李茹萍

“军歌嘹亮，唱响山川风雨彩虹；英姿飒爽，踏破日月山川雾霭惊云。”这是一段激情飞扬、梦想在望的岁月；这是一串雷厉风行、思想跨越的日子；这是一个身体疲惫、苦乐兼具的时候；这是一种超越自我、挑战极限的经历。军训，大学生活的第一课。军训的路上，高山林立，困难重重，有汗水，有泪水。然而，有一位善于鼓励同学的辅导员伴随在身边，他们又有何惧？现在，就让我们进入军训基地，走近文法学院 2007 级新生辅导员张毅，看看他是如何唤醒学生心中的希望。

### 微笑，最好的名片

军训的日子，中午烈日炎炎，早晚凉风侵骨；军训的日子，领导指示要听，学生事务不断；军训的日子，整天忙忙碌碌，身心面临巨大挑战。然而，张毅，这位刚刚大四毕业的新生辅导员，怀满腔热血扫除一切消沉与疲倦，用微笑作自己最好的名片。“张导始终面带微笑，和蔼可亲又平易近人，我们都很喜欢跟他聊天。”学生们对他的评价出奇的一致。9 月 1 日到现在，只有短短的二十天，不得不说这是交流方面的奇迹。“张导带 7 连，我们女生在 10 连，训练休息时，他会走到我们面前，一句‘同志们辛苦了’一扫心中的疲惫与苦楚，引得大家眉开眼笑。张导时刻关心着我们，我们的训练也越来越有效果了。”学生高兴地说起心目中的张导。

## 困难，乖乖走掉

严格的要求，艰苦的训练，对涉世未深的新生而言，是一种不小的挑战。挑战中，难免会有困难。张毅非常关注学生的一举一动，学生有困难，他会第一个出现在现场。“张导 24 小时从不关手机，我们遇到困难，第一个想到的就是他。”学生训练受伤，张导会带他去医务室；学生生病，他会将药亲自送到寝室，并叮嘱学生按时吃药。

“有困难，找张导”，法学专业的苏颖同学向记者讲述了发生在学校的一件事。英语分级考试那天中午，苏颖的宿舍门无论如何都打不开，6 人的考试用品全被锁在宿舍。距考试开始还有半小时，6 人急得团团转，怎么办？“我们差点决定放弃考试，不知谁喊了一句‘找张导！’我就立刻给张导打电话。电话通了。‘一定不要放弃，你们先到考场，我尽快把考试用品送过去。’不到 20 分钟，6 套文具送到我们面前。‘耳机，铅笔，橡皮。看着那些用品，心中满是感动，一定要好好发挥。’我们默默地告诉自己。”

## 阳刚之气，奋斗壮美人生

“流血流汗不流泪，掉皮掉肉不掉队；摸爬滚打锻精兵，千锤百炼造英雄。”激情燃烧的岁月，雷厉风行的时刻。下午，全体新生将进行拉练，徒步行进 8 公里。我问张导，会不会担心学生的身体吃不消，他的回答让我吃惊进而释然，“不会，我会跟他们在一起，我相信他们，十八九岁的青年，就该有血性，有阳刚之气。”这是一种品质，张毅睿智地看到这一点。“珍惜青春年华，奋斗壮美人生”，张毅经常对学生讲起这句话。

## 鼓励，燃起希望之火

鼓励，让失败的人重拾信心，让落寞的人看到希望，让成功的人继续奋进。鼓励是管理学上的一颗明珠。张毅深谙其中的道理。不断地给学生以鼓励，燃起心中的希望之火。政宣组的一位同学播音结束，同学散去，她一个人静静地待在播音室，有点落寞，有点孤单。“你特别适合播音，那些导员都说，你简直为播音而生。继续加油啊！”听了张毅的话，同学开心地笑了。“我很小就喜欢播音，您的鼓励会让我继续努力的！”

“不抛弃，不放弃”，是张毅的一贯政策。犯错是难免的，人也总会有消沉的时候。张毅善于从心理上说服学生，打开心结。班里有位同学因为某种原因上学迟了些，年龄比一般同学大。刚来大学有点自闭，不愿参加集体活动。张毅多次找他谈心，帮他分析眼前形势，鼓励他振奋精神。最终心结打开，他进入英语快班，经常帮助同学，军训中的表现让所有人大加赞赏。鼓励，唤醒心中无限希望。

## 用人格培养人格，用生命影响生命

言传身教，这是最好的育人方式。每天，张毅早早起床，跟同学一起出早操，送出新一天的问候；训练期间，到操场指导学生训练，关注他们的身体健康；休息时，争分夺秒与学生谈话，发掘心结，关注他们的心理健康；晚上，看到学生沉沉睡下，才安心离开，带着一天的充实静静睡去。他说，很喜欢这些孩子，学生很懂事，让他很放心，很欣慰。那天 10 点半，熄灯时间已过 1 小时，张毅去查房。看到走廊里有两位同学在写东西，他有点生气，不按时休息，明天还有训练，纪律何在？走过去才发现，原来是蒋政鑫和杨刚，他俩正在整理今天的座谈会纪要，赶写新闻稿。“这么晚了还不睡，不是说明天中午交就可以吗？”“张导，您不是也没睡吗？我们想今天做完。”他明白了，一股感动涌上心头，这群可爱的孩子！“用人格培养人格，用生命影响生命”，张毅做到了，做得完美无缺。

“勤学亮剑，修文敦武大智慧；苦练成钢，涵德乐学真栋梁。”军训基地上，张毅用一言一行关注着身边的学生，实践着自己的诺言，编织着自己的梦想。我们相信，未来的路上，张毅和他的学生会书写更美丽的故事，创造更动人的传奇。

（原载《北京科技大学校报》第 1023 期）

# 春风化雨　润物无声

## ——访全国优秀教育工作者、全国高校优秀思想政治教育工作者赵锋

● 张秀云

**人物小传：**赵锋，男，1967 年 7 月出生，副教授，硕士生导师，北京科技大学人事处处长，在他担任学生工作部（处）部长、武装部部长期间，学生工作部曾被评为“北京高校德育工作先进集体”；武装部被国管局、教育部人防办评为北京市“先进武装部”“先进人防办”；北京科技大学连续多年被评为“全国军事训练先进学校”“北京市海淀区征兵先进单位”。他多次代表北京科技大学学生工作系统在教育部、北京市教育工委组织的会议上介绍工作经验。因工作努力，业绩突出，赵锋先后被评为“北京市优秀团干部”“北京科技大学学生工作先进个人”“北京市学生军训工作先进个人”“北京科技大学优秀党务工作者”“北京市优秀教育工作者”“北京市优秀思想政治工作者”等。在刚刚结束的 2007 年“全国优秀教育工作者”“全国高校优秀思想政治教育工作者”评选活动中，他荣登榜上。

多少个万籁寂静的深夜，窗棂上清冷的月光见证了他伏案工作的身影；又有多少个本应与家人团聚的节日，消瘦的他欢快地穿梭在学生中间。时光荏苒，岁月如歌，赵锋就这样在自己喜爱的学生工作岗位上兢兢业业地走过了 16 年。16 年，他从一名普通辅导员到学生工作部部长、研究生工作部部长、武装部部长，带领部门取得了一系列骄人的成绩，他本人也曾多次受到上级主管部门的表彰。教师节后，赵锋在他办公室应邀接受了本报记者的采访。阳光洒在办公室，窗台上葱郁的盆花散发着淡淡的清香。略显疲惫的赵锋平静地讲述自己的工作经历、人生感悟，讲述自己喜爱的教育事业。16 年的风风雨雨，16 年的斗转星移，似乎都在印证他的一句——“累，但我很快乐。”

## 一切为了学生

对学生满怀挚爱，为思想政治工作倾注了满腔热忱。赵锋经常告诫同事们“学生工作无小事”，应该时时刻刻“想学生之所想，急学生之所急”。他常说，多在学生工作上使一把劲，学生就可能多一分希望，少一分彷徨；多在学生工作上使一把劲，校园就可能多一点稳定，少一点纷扰；多在学生工作上使一把劲，国家就可能多一个栋梁，少一个庸才。赵锋是这样想的，也是这么做的。

记不清有多少个春节，他没能陪家人一起度过了。因为在他心中，学生更重要。一想到学校还有那么多因为各种原因不能回家过春节的学生，他总是千方百计安排好学生的生活、学习和娱乐。每年大年三十，他都与其他老师和后勤人员一起给学生安排好年夜饭，与学生一起收看春节晚会，同他们一起载歌载舞，欢度春节。看着学生虽然没回家，但却同样度过了开心快乐的春节，赵锋感到非常欣慰……

2005 年除夕，送走吃完年夜饭、看完春节晚会的学生，已经凌晨一点多了。第二天，当别人都团聚在亲人身边尽情地享受天伦之乐时，他又来到办公室，打开电脑开始新一天的工作。突然，一条新闻跃入眼帘——“北京科技大学一学生家长中毒身亡”，赵锋的心一下子紧张起来，按常理这是学生家长的事，似乎与学校没什么关系。可这名学生目前的情况怎样？他受得了如此大的打击吗？看完报道，赵锋心急如焚。他想立即找到这名学生，可报道中没有提到学生的具体情况，他叫什么名字？哪个学院的？他现在在哪里？责任感、使命感使赵锋坐立不安。最后通过多方打听，他终于联系上并及时赶到学生身边，耐心细致地安慰学生，并帮助其处理一系列事情，回到家又是深夜两点多了……

这是一个难忘的春节，但对于赵锋来说，又是一个非常普通的春节。十多年来，他就是这样一路走来的……

他常说，“我们吃点苦、受点累算不了什么，一切都是为了学生健康成长成才！”

也许正是由于他对学生这种无私的爱，使他赢得了老师的称赞，学生的尊敬。好多毕业多年的学生仍和他保持着联系和沟通。学生走了一茬又一茬，师生之情却历久弥深，亲密无间。这种超越了血缘和地缘的挚情，恐怕只有那些真正爱学生并全身心地投入真情的教育工作者方可收获到。

## 始终冲锋在前

2007 年 5 月 18 日，北京科技大学本科教学网评估工作圆满完成。正当大家都在为胜利庆祝欢呼的时候，一个学生十分熟悉的身影又默默地穿梭在学生中，本已消瘦的他更加消瘦了。

为了做好学生迎评工作，确保学校本科教学评估达到优秀，同时教育引导广大学生勤奋学习、文明修身、全面成长、健康成才，赵锋带病坚持工作，通宵达旦写出了《扎实开展主题教育系列活动，全力迎接本科教学评估工作》报告。他通过学生上课出勤、听课情况检查等数据，深入分析了学生在学风、行为、宿舍、网络、心理等方面存在的主要问题，并在全校学生中组织开展了“文明生活，健康成才”主题教育活动。接下来的两周里，赵锋又从“为什么进行教学评估”“教学评估能带来什么”“学生应该怎样做好教学评估”三个方面分别在九个学院向所有学生做了动员，共做报告 10 余场，累计参加人数 3000 多人，直到最后，赵锋的嗓子痛得说不出话来……

动员大会后，好多学生都被赵锋的敬业精神深深感动了。原校学生会主席马聪说：“赵老师太累了！他把自己的全部精力都无私地献给了学生。”经济管理学院管理 0504 班团支部书记马冬梅说：“赵老师耐心细致的讲解让我更加明白了学生在这次本科教学评估中的主人翁地位。身为班级团支书，我一定会带领全班同学马上行动起来，决不辜负学校的期望。”

多年来，赵锋就是这样越是在急、难、险、重的任务面前，越是冲在最前面。

2002 年 6 月 16 日，蓝极速网吧突发火灾，学校数名学生被困其中。得知消息后，赵锋第一时间赶到现场，全力配合相关部门和学校做好各项工作，妥善缓解了各方面的压力，稳定了学生情绪，得到了家长理解，从而保证了学校正常的教学秩序。

2003 年春天，“非典”疫情突然爆发，全校万余名学生的健康与安全受到威胁。关键时刻，赵锋连续一个多月没有回家，常常在办公室彻夜工作。家人甚至以为他得了“非典”被隔离了，还在上幼儿园的儿子整天哭着要爸爸。

2004 年 4 月，北京、上海等地先后发生部分群众和学生自发举行的“涉日游行”示威活动，赵锋迅速组织学生工作干部在全校开展排查和正面宣传，面对面地对学生进行教育工作，为维护学生安全和学校稳定做出了不懈努力。

“不让一名学生因贫困而失学”是赵锋这些年来最大的心愿。为了解决部分学生经济困难的问题，赵锋组织学生工作部在学校各个部门设立数百个勤工助学岗，并注重资助与育人并重。几多喜悦，几多欣慰。在他的努力下，我校的贫困学生全部通过“绿色通道”获得了国家助学贷款。

## 厚积才能致远

在多年的学生工作管理生涯中，赵锋积累了许多工作心得，总结了许多经验，他不仅将这些体会传授给身边的同事，还撰写了相关的论文著作发表，与更多的教育工作者分享。他经常激励大家要加强学习和研究，要不断地“向前辈学习，向书本学习，向实践学习，向先进学习”，形成“调查研究、思考问题，不断创新”的风气，达到“以工作促学习，以学习促工作”。

赵锋经常深入调查研究，积极开拓思政工作新领域，每年都抽出一定时间参加各类培训、研讨和考察，足迹遍布海内外上百所重点高校。每到一处，他都要详细询问各校的学生工作情况，走访学生工作办公室、学生宿舍、学生食堂等与学生工作相关的场所，努力搜集可以借鉴的经验和做法并进行研究，以进一步提高学生工作管理质量。

赵锋既是一位敬业务实的管理者，又是一位“科研型”“学者型”的优秀思想政治工作者。工作之余，他刻苦学习从事学生工作必备的专业知识和技能，研究教育规律，积极参加理论研究活动。他先后担任中国学位与研究生教育学会德育工作委员会秘书长、全国冶金高校思想政治教育研究会副秘书长、北京高校学生工作学会理事长、北京科技大学党建和思想政治工作研究会副秘书长和《思想教育研究》杂志编辑，虚心向专家求教，及时了解和掌握最新的理论；发表论文

30 多篇，参与编写了 10 余本学生教育管理或德育工作方面的书籍（论著），并参与和主持了多项教育部、北京市委教育工委和学校的科研课题研究。

## 勤奋铸就成功

熟悉赵锋的人对他的共识是：有大局意识、奉献精神、爱岗敬业、讲究原则、思维敏捷、精力充沛。但他最大的特点是率先垂范，以身作则。他总会选择最高的标准来严格要求自己。他的勤奋与一丝不苟也让人在亲近之余平添一份敬意。

“要做就做最好”——在他的这种工作理念下，学校学生工作系统提出了“起点前移，重心下移”的学生党建工作思路，“组织主导，学生主体”的学生党员培养模式，并在北京市高校率先提出“两级建校，三级培训”的持续培训教育模式，构建起以“提高素质，发挥作用”为目标的保持学生党员先进性的长效机制。以此为实践基础撰写的学术论文《全面构建学生党员发展工作的科学体系》《构建学生党员先进性教育长效机制》分别被全国第十二次、十四次高校党建工作会议交流论文集收录。

在学生工作干部队伍建设方面，赵锋提出了建立“专兼结合，优中选优”的选拔机制；“分层递进，研究创新”的培训机制；“科学管理，以评促建”的考评机制；“创造条件，促进发展”的成长机制。以工作为基础，形成和总结的《打造“一个平台”建立“五个机制”全面推进辅导员队伍建设》研究经验，荣获北京市高等学校党的建设和思想政治工作优秀成果奖。

在学生军事训练和国防教育方面，率先在全市高校实施了“军训教育化”工作思路和“注重教育、科学施训、团结协作、确保安全”的原则，扎实有效的工作得到了上级主管部门的认可，学校连续多年被教育部、总参谋部、总政治部评为“全国军事训练先进学校”。

抗击“非典”的相关经验以《教育部情况简报》的形式向中央报送并在全国高校中推广。“非典”以后，赵锋带领学生工作干部连续作战，利用暑假编辑出版了《象牙塔里的这个春天》（科学出版社）一书，在社会上引起了强烈反响，《新华社》《人民日报》《光明日报》《中国青年报》《中国教育报》等 20 多家新闻媒体进行了跟踪报道。

学校资助以及助学贷款工作受到李岚清等领导同志的充分肯定和表扬。中央电视台《新闻联播》也对我校的相关工作给予了报道。

一分耕耘、一分收获。在他和同事们的共同努力下，学校学生工作系统形成了“人人讲团结，个个争一流”的良好氛围，他们以出色的工作一再证明，这是一支优秀的团队，是一支拥有广阔知识视野、持续学习态度、强烈事业心、高度责任感、乐于奉献的团队。无论在历次重大活动，还是在日常教育管理工作中，这支团队始终能够“召之即来，来之能战，战之能胜”，在全校师生中树立了良好的形象。

因工作努力，业绩突出，赵锋本人也曾先后被评为“北京市优秀团干部”“北京科技大学学生工作先进个人”“北京市学生军训工作先进个人”“北京科技大学优秀党务工作者”“北京市优秀教育工作者”“北京市优秀思想政治工作者”等。2007 年，他又被教育部授予“全国优秀教育工作者”“全国高校优秀思想政治教育工作者”荣誉称号。

面对荣誉，赵锋非常平静坦然，保持着平和淡泊的心态。他一再强调：荣誉属于学校，成绩属于集体，只有锤炼一支优秀的团队，才能成长自己，成就集体。

“问渠哪得清如许？为有源头活水来。”赵锋说：“成绩已经过去，重要的是放眼未来。”2007 年 7 月，赵锋被调到学校人事处任处长。目前他正在努力地学习、熟悉工作。当记者问到他在新的工作岗位上有什么打算时，他表示自己会尽心尽力、尽职尽责地做好各方面工作，他计划进一步加大师资和管理队伍建设力度，同时创造更多条件培育和引进人才，尽最大努力为广大教职工提供满意的服务。

（原载《北京科技大学校报》第 1022 期）

# 辛勤耕耘甘为烛

## ——访电子设计大赛培训指导教师牟世堂

● 张秀云　李伶俐

**人物小传：**牟世堂，高级工程师，1976 年毕业于北京科技大学自动化专业。八十年代初开始单人自动化系电子电路教研室、电工教研室党支部书记兼实验室主任等职。现任信息工程学院党委委员，教学实验中心支部书记、副主任兼电子实习基地主任。多年来从事实践性教学工作。在今年的全国大学生电子设计竞赛（北京赛区）的比赛中，牟世堂带领我校代表队取得了 3 个一等奖、2 个二等奖、2 个三等奖的骄人成绩，为学校争得了荣誉。

信念是滔滔大江的河床，没有它，就只有一片泛滥的波浪；信念是熊熊烈火的引星，没有它，就只有一把冰冷的柴把；信念是远洋巨轮的主机，没有它，就只剩下瘫痪的巨架。信念，为了一个信念“永远忠诚于党和人民的教育事业”，他一个人在教育工作岗位上兢兢业业地走过了三十一年。他，就是牟世堂。

在前不久全国大学生电子设计竞赛（北京赛区）的比赛中，牟世堂带领北京科技大学代表队取得骄人成绩。获奖的喜讯刚刚在校园里传开，牟世堂在他的办公室应邀接受了记者的采访。刚刚开完会的他略带疲倦，但谈到他所热爱的教学工作时便又立刻恢复了精神……

## 乘风破浪 开辟电子设计道路

在全国电子设计大赛正式举办之前，也就是 1990 年，北科大曾主办了一次北京市高校的电子设计大赛。可是在那次电子设计大赛中，作为东道主的北科大竟然没有拿到任何奖项，派出的六支代表队全部败下阵来。这件事对牟世堂的触动很大，在采访的过程中他也多次提及这件事对他的影响。身为电子电路教研室的实验室主任，“严重”的事态再加上“较真”的性格使他开始不断思考和探索。经过长期的分析和总结，他发现，电子教学中缺乏对学生创新能力的培养是一切问题的“罪魁祸首”。

于是，刚过不惑之年的牟世堂怀着满腔的热情与抱负，开始积极投入到实践性教学工作中，努力提高学生的工程素质。这一想法并不是一时兴起，而是经过多年的沉淀。九十年代初，国家针对教学体制的改革提出了一系列指示，也正是借着这股大潮，1991 年牟世堂受命于学校指示成立了电子试验基地，致力于学生的设计能力和综合素质的培养。时光荏苒，两年后的全国电子设计大赛中，北科大一洗前辱，改变了首届电子设计竞赛的零获奖纪录，并取得了全国二等奖的好成绩。

## 春风化雨 将创新融入教学细节

牟世堂长期以来兢兢业业，一丝不苟地醉心于他所钟爱的教育事业。在教学工作中他尤其勤奋努力，注重总结经验，善于捕捉信息，并重视教学方式、内容的不断改革和创新。

三十多年不平凡的教学历程中，牟世堂发现培养学生的核心意义在于提高国家的综合科技实力。“如果不把培养学生素质能力作为教育工作的首要目标，我国势必会回到陈旧的过去。”一千三百年的科举制度对人们思想的影响是深刻的，“读死书死读书”抑制了我们思维的活跃性，束缚了人的创造能力。“注重对学生个性的培养，充分调动学生的学习兴趣，挖掘学生的天赋。”这是牟世堂的教学理念之一。自电子实习基地建立之日起，他就将这一理念贯穿其中，拒绝应试教育，力争将所有学生的天资和潜能都调动出来。正因如此，在实习基地的教学内容和教学方式的设置上，牟世堂可以说下足了功夫，在教学过程中借助助听器、记忆增强器等设计课程来激发学生对学科的热情，通过“由浅入深，由表及里”的科学认知方法确保学生愿意听并且听得懂，实现了他所倡导的“将教学同人的认识规律结合起来”的主张。日后的事实也证明了这一做法的正确性。“下课后不愿走”成了他课堂常见的现象，浓厚的学习兴趣促进了学生学习效率的提高。

## 以身作则，用爱心对待学生

“老师必须要有强烈的责任心。”他反复强调着，“如果学校徒有好的外部条件，好的制度和规章，而没有具有强烈责任感的老师，成绩也只能仅限于空想。正如工厂生产产品，如果工厂责任感不强，产品就会有瑕疵，肯定会遭到社会的抵制。同样，学生好比是我们的产品，老师缺乏责任感，也同样会影响学生的质量……没有职业道德的人永远不是一个好人。”他一直用这句话不断地提醒和激励自己，以教师的职业道德严格要求自己。因为他深知教师身上所承担的责任和义务。“教师教的是学生，他的一言一行、一颦一笑都会对学生的现在乃至未来造成一定的影响。教师的职业道德正是用一颗爱心去对待学生。有了爱心，当你疲倦的时候便会提醒自己：为了肩上的责任重新振作起来。”正是在这种信念的支撑下，十五届的电子设计大赛牟世堂从来没有缺席过。由于这项赛事都安排在暑期进行，所以他每年都会舍弃暑假，和学生一同奋战在七八月的热浪中；也正是在他这种表率的感召下，同学们更加努力、刻苦，全身心地投入到比赛的准备中，昼夜加班是“家常便饭”。“很辛苦，但却很快乐”，牟世堂这样概括那段日子，“就像一场硝烟过后的平静，只不过这平静中蕴含的更多；获奖对于学生的一生都有着重大的影响，使他们掌握了更多的获胜筹码，尤其在就业和保研方面；对我而言，则收获了一份幸福，长期的接触和同学们结成了深厚的情谊，每逢节假，学生的问候都会是我最大的欣慰和幸福。”在采访过程中，他亲切地叫学生“孩子”，使记者真切地感受到了他的幸福。

“千教万教，教人求真；千学万学，学做真人。”著名教育家陶行知先生的这句话在牟世堂身上得到了充分体现。“严谨认真是工程技术人员最基本的素质”，牟世堂时常告诫学生：“具有踏踏实实，严肃认真，一丝不苟的工作作风是走向社会的必备要素”，正是在他的这种言传身教下，学生养成了为事精细、干事踏实的工作态度，而这也正符合当今社会对人才的要求，使学生在社会竞争中占领先机。“学生的成功是老师最大的骄傲，我为我的学生所取得的成绩感到无比的自豪。”

在过去的几十年中，“永远忠诚于党和人民的教育事业”这一座右铭一直激励着牟世堂不断前行，为了自己所热爱的教育事业无怨无悔。蜡烛是渺小的，可燃烧赋予了它新的生命，让它的一生变得更加壮美，即使这美来的很短暂，但仍然有很多人甘心成为一支蜡烛，牟世堂就是这样一个心中燃烧蜡烛的人……

（原载《北京科技大学校报》第 1026 期）

# 心系百姓疾苦　履行代表职责

## ——访北京市人大代表陆国市教授

● 章东辉　张秀云

**人物小传：**陆国市，男，1939 年 2 月出生于北京，蒙古族。自 1993 年至 2008 年 1 月，陆国市连续担任北京市第十届、十一届和十二届三届人大代表。期间共提各类批评建议、附议、法规案、议案 860 余件，向市政府委办局和法院、检察院咨询 200 多次。

1990~1999 年，陆国市历任北京科技大学党委常委、副校长、纪委书记等职；兼任全国高校思想政治教育研究会常务理事、秘书长和《思想教育研究》主编等；在高等学校的教务管理、学生管理和教育、高等教育研究、纪检监察等方面发表了多篇文章；出版的著作有《大学生成长启示录》《思想品德修养》；同时还主编校内《教学研究》等刊物约 50 万字。在科研方面，他主要研究方向为教育管理、大学生成才规律和大学生的心理健康问题。多次荣获学校及北京市教育系统优秀共产党员、先进工作者称号。

“作为一名人大代表，必须有对党、对人民负责的强烈责任感，真切地反映人民意愿，为百姓办实事。同时要依法、有效地行使代表职权。”陆国市在回顾自己 15 年人大代表历程时深有体会地说。

## 锲而不舍治噪声

“我们要装隔音玻璃了!”喜讯像春风一样吹遍了北京科技大学，学生们高兴得互相奔走相告。陆国市更是喜上眉梢，眼瞅着上千名学生从此将摆脱噪声污染的磨难，如坠在心头一年多的巨石方才落地。

2000 年 11 月，北四环路正式通车。谁也没有料到，这条公路在给人们带来交通便利的同时，也隐藏着严重的噪声污染。由于无法忍受噪声的干扰，紧邻公路的我校 4 斋、5 斋、9 斋、10 斋的学生们给学校写信反映情况，强烈要求排除噪声污染。目睹学生们所受的困扰，陆国市看在眼里，急在心头。他抽空遍访学生，倾听呼声，不分白天深夜走上街头，掐表测试车辆，掌握第一手资料。当陆国市把所有事情调查清楚之后，他决定为受噪声污染的学生们疾呼。于是，他多次奔走于环保局、四环主路的施工单位与学校之间，据理力争。陆国市的努力没有白费，2002 年 5 月底，学生们终于迎来了他们盼望已久的时刻，我校四栋学生宿舍和校医院全都安上了隔音玻璃，室内噪声下降了 20 分贝。

同样是噪声污染问题，在海淀区二里庄社区也曾上演。2000 年之后，原本只有 393 一路公交车的二里庄车站一下子冒出了 7、8 条线路的公交车，平静的二里庄社区一下子热闹起来，而且从此再无宁日。根据相关部门的测量，这里的噪声已经达到了 60 分贝，按照人体对噪声承受的程度，公交车站产生的噪声已经对人体的神经系统造成了影响。因此，和公交车站相邻的 4 号楼的居民强烈要求公交车站搬家。“我们的生活就是煎熬啊，我们甚至想，如果公交车站不搬走，我们就搬走!”听到居民的诉苦和无奈，陆国市深切感受到市人大代表肩上的重任。随后，他向市人大常委会提交了“尽快解决 16 路公交车二里庄总站噪声扰民问题”的建议，并在公交总公司和二里庄社区之间，进行督促和调解。在他的努力下，2005 年 3 月份，北京市公交总公司和二里庄社区终于达成协议，公交总公司在车站的北边开了一个进站口，封闭了南边的进站口。这样就和 4 号居民楼拉开了将近 50 米的距离，大大缓解了噪声污染对居民的干扰。

陆国市和噪声污染较上了劲，他决定将治理噪声污染进行到底。他和 70 多名关注城市噪声污染治理的北京市人大代表一起连续 4 年向北京市人民代表大会提出法规案，成为积极推动该法规案进入立法程序的人大代表之一。2006 年 11 月 17 日，北京市人民政府第 56 次常务会议审议通过了《北京市环境噪声污染防治办法》，并于 2007 年 1 月 1 日开始执行。陆国市在欣喜之余，未敢有丝毫的懈怠。因为他深知，要想使噪声污染问题尽快走上法制轨道，前方的道路还很艰难，年近七旬的他仍在为此锲而不舍地努力着。

## 把脉百姓“出行难”

熟悉北科大的人都知道，学校西门外有一座雄伟的过街天桥横跨东西，每天有无数行人来来往往穿过这座天桥。然而，却很少有人知道为了这座过街天桥，陆国市倾注了多少心血。由于没有地下通道或过街天桥，人流与车流不能及时分流、疏通，每天都形成时段性交通堵塞，行人与车辆混行的矛盾日益突出。不仅机动车的通过率降低，行人的生命安全也面临着极大的隐患。仅 93、94 短短两年间，在学校西门和南门外的道路上就发生过多起交通事故，造成 10 人伤亡，学校教职工就有 3 人不幸罹难。那时的陆国市刚刚出任北京市人大代表。看到这种情景，他心痛难忍，为了老百姓的生命安全，他下定决心一定要向市人大常委会建议解决该问题。在他的努力下，学校西门外终于修建了过街天桥，从根本上保证了行人的安全，减少了交通事故造成的伤亡同时，陆国市建议和督促有关部门在北四环健翔桥至学四路口 1700 米路段设立隔离护栏和红绿灯，消除了师生出行学校南门外存在的安全隐患。

为更大程度地解决百姓的出行难问题，经过多次实地考察，在陆国市的建议下，393 路公交车改为 16 路在二里庄站设总站，323 路公交车终点延长至丰台环岛，386 路公交车移站，362 路公交车支线延长至育新花园，22 路公交车从北太平庄延长至牡丹园，628 路公交车加大了每天上下班高峰期的发车密度，大大方便了学校师生和周围居民出行。

## 让危险玩具远离孩子

2007 年 7 月的一天，陆国市无意中发现幼儿园里有些小朋友在玩一种用齿条拉动的机战陀螺，这种陀螺是由金属或硬塑料制成的圆盘，圆盘周边是齿钩状，比较锋利，陀螺本应在地上旋转，但有的孩子故意让陀螺在空中飞转，这极易造成伤害，已有小朋友被陀螺割伤脖颈的事情发生。为此，陆国市忧心忡忡，孩子是国家未来的栋梁，民族的希望啊。为了避免更多的孩子受到伤害，陆国市决定向人大常委会紧急呼吁：禁止生产和销售危险玩具。

在陆国市的提议下，相关部门很快就开始调查此事。北京市质量技术监督局把该建议纳入了“产品质量和食品安全专项整治”活动，开展了一系列产品抽查、检查活动，对涉及人身安全的产品质量进行了大范围的整顿。北京市工商行政管理局也采取了相应措施，进一步加大了产品的监测力度，加强了对不合格儿童玩具的查处。对销售不合格商品的行为进行曝光，并将不合格商品该销毁的销毁，该退货的退货，将不合格玩具清除出了北京市场。采取以上措施的同时，北京市工商行政管理局还联合北京市教委在学校及全市范围内积极宣传商品知识和消费常识，引导消费者健康消费。这样仅用了不到 2 个月时间，就解决了该问题，保障了公众特别是少年儿童的人身安全。

## 为人民谏言，替百姓办事

作为人大代表，陆国市一直心系百姓疾苦，履行代表职责，接受群众监督。担任人大代表 15 年里，他适时地反映选民和学校师生的意见和要求，共提评论（会下）批评建议 70 多件。如：建议申请在我校建奥运场馆、校北门需增加进城公交线路、建议解决学院路和四环路拥堵问题、维护北科大名誉权、加强对幼儿和青少年优秀文化传统教育、建议落实校医院购药节省 15%的差价、建议改进市政府信访办工作、解决教师买房优惠 5%的问题等，大部分问题得到了解决和落实。《人民日报》《中央电视台》《新华社》《北京日报》《北京人民广播电台》《北京电视台》等媒体，先后 30 次以“人大代表积极进言，政府认真办理”为主要内容，报道了防治噪声污染的效果和有关陆国市代表的工作。

面对许多赞誉，陆国市总是说：“人民选我当代表，我就要把工作实实在在地做好，为人民谏言，替百姓办事。同时，更要为坚持和完善人民代表大会制度而尽力……”

（原载《北京科技大学校报》第 1032 期）

# 抗震救灾父女档

## ——记自动化学院辅导员肖晓玲和她的父亲

● 白 亮

四川汶川8.0级大地震，撼动了大半个中国，牵动了整个神州，揪痛着每颗华夏儿女的心。几天来，发生在灾区的一个个自救、互救、援救的感人故事，不断撞击着我们心灵的深处。前方动人的故事一幕幕涌现，后方援助的热潮也一浪高于一浪。

肖晓玲是北京科技大学自动化学院大一学生的辅导员，她的家乡是该次地震受灾最严重的城市之一——德阳。肖晓玲的父亲就工作在受灾严重的绵竹市汉旺镇，担任汉旺镇天池煤矿党委副书记。地震发生后，晓玲和他五十四岁的父亲始终坚守在各自的工作岗位上，为抗震救灾贡献着他们的力量。

“家里人到底怎么样了?”自地震发生后，肖晓玲不断尝试与家人联系，然而电话打不通，她的心紧紧揪了起来，越发担心亲人的安危。直到5月12日下午5点肖晓玲才与家人取得联系，也终于听到了妈妈熟悉的声音：一切都好，全家人都很平安，所有人都被疏散到广场和露天马路上……只是父亲地震时被房顶掉下来的东西砸伤头部，缝了 5 针。地震发生时，肖晓玲的父亲正在距离汶川仅 40 余公里的汉旺镇上班，虽然头部受伤，但他顾不上休息，在回德阳汇报灾情后又赶回了汉旺，在第一线，不顾余震冒着生命危险组织抢险救灾工作。得知父亲受伤的消息，肖晓玲的眼泪夺眶而出，她拨通了父亲的电话："汉旺死伤已过千人，停水、停电，还有更多的人等待着我们的救援。爸爸没事，你不用惦记……"放下电话，肖晓玲默默凝视着窗外，办公室的同事们知道，她是多么想念家乡的亲人。

然而肖晓玲没有被伤痛和对家人的担心压倒，毅然投入到关心关怀灾区学生的工作中。她连夜走访学生宿舍，仔细排查了灾区生源地的学生，与家庭受灾学生谈心，关心其家庭被救援的情况。她深切的关怀如汩汩清泉淌入学生们的心中。她与每一位家庭受灾的同学进行谈话，抚慰他们的悲痛情绪。她感同身受，用自己对待家人情况的心态去感染她的学生。同时她还组织了所有受灾地区学生的座谈会，在会上，肖晓玲含泪鼓励同学们："我也很想回家，想我们家乡的亲人，但我们现在最重要的是保重好自己的身体，给家里人带去战胜困难的信念和信心。地震也许可以夺走我们的生命，但是却夺不走我们坚定的信念；地震也许可以摧毁我们的家园，却摧毁不了我们重建家园的信心与勇气。后方的安全稳定就是对前方抗震救灾工作的最大支持，我们要用努力学习的实际行动来表达对灾区的祝福。相信我们一定能够渡过难关！"

同学们捐款、献血的热情非常高涨，作为四川籍辅导员，她主动要求在学院捐款点站岗值守。看到短短三天里，学院的捐款就超过了十万元，她感到十分欣慰。她部署年级会组织签名活动声援灾区人民，组织班团日活动引导同学们化悲痛为力量，以百倍的热情投入到学习中去。

在紧张的抗震救灾工作期间，同年级的一位辅导员病倒，肖晓玲和其他辅导员在第一时间陪其前往医院，一直到做完所有检查和治疗才将其送回宿舍。同时她还将这位生病同事手中的工作接管过来，像对待自己的学生一样关心他们的学习、生活。在学院，肖晓玲还分管学风建设工作。适逢学校期中教学检查，她一如既往的认真负责，协助布置学院的各项工作安排，督促辅导员们深入课堂，与任课教师交流，在年级内部召开学风座谈会，积极探讨学风改善方案等。

面对残酷的灾难，谁不牵挂自己家人的安危？谁不想与家人团聚？然而肖晓玲，一名普通的辅导员却选择了坚守自己的岗位，选择了和她 210 名可爱的学生在一起，义无反顾地选择了大爱。所有对亲人的牵挂都只能写进她自己的工作日记。就是这样一名优秀的学生辅导员，在地震面前用实际行动树起了抗震救灾的信念大旗，用她的精神鼓舞着一批人、温暖着一批人。

（原载《北京科技大学校报》第 1037 期）

# 政协委员的责任和义务

## ——访全国政协委员、冶金与生态工程学院教授朱鸿民

● 张秀云　张颖辉　董国翔

作为新一届全国政协委员，朱鸿民刚刚参加完“两会”就应邀接受了记者的采访。“作为一名科技工作者，我希望能够潜心搞科研，为社会的进步做出自己应有的贡献；而作为一名全国政协委员，我更应该把国计和民生时刻放在心上，争取为国家的发展尽心尽力，尽职尽责……”谈起当选全国政协委员的感受时，朱鸿民如是说。

25 年前，21 岁的朱鸿民从湖南大学刚刚毕业就踏上了异国求学之路。在日本，朱鸿民就读于金属、冶金领域最著名的东北大学。1989 年，朱鸿民以优异的成绩完成了各门学业，获得了工学博士学位，同时也顺利地在东北大学取得了正式教职，成为当时为数极少的在日本国立大学获得正式教职的外国留学生。1997 年朱鸿民应美国麻省理工学院邀请作为客座研究员在其材料科学与工程系

工作了将近四年。2000 年 11 月至 2001 年 3 月在挪威理工大学任客座研究员；2001 年 4 月，朱鸿民应聘教育部“长江学者奖励计划”特聘教授来到北京科技大学正式上岗，成为学校当时唯一从海外直接聘请回来的“长江学者”。2003 年任冶金与生态工程学院有色金属冶金系主任；2005 年至今任冶金与生态工程学院院长。2008 年 1 月 25 日，在中国人民政治协商会议第十届全国委员会常务委员会第 20 次会议上，朱鸿民当选为第十一届全国政协委员。

## 责任重于荣誉，提案需要慎重

“政协委员是荣誉，更意味着责任和义务”，这是朱鸿民在接受采访时多次重复的一句话。作为新一届政协委员，参加完“两会”后，朱鸿民对委员工作有了更深刻的认识。政协委员的职责是参政议政、谏言献策，民主监督。政协委员可以通过政治协商会议把基层的提案通过绿色通道反映到政府最高层。作为政协委员虽然有直接向政府提案的权利，但在提案之前要做好充分的调研准备，要拿出合理的能够供政府参考的解决方案来。“要为政府帮忙，但不要添乱……”说起当选全国政协委员的感受，朱鸿民感受颇深。

朱鸿民以“两会”期间有人提出“要求提高教育经费”的提案为例，说明了慎重提案的必要性。他说，教育经费需要提高，但是具体用什么样的方式提高，提高到什么程度，用什么标准或依据作为参考，都需要事先做好充分的调研和准备。在谈到“两会”中有人提出“把幼儿教育纳入义务教育当中”的提案时，朱鸿民也谈了自己的看法，虽然国家一直在加大教育的投入力度，但由于各地区之间存在很大差异，农村的义务教育水平和城市相比还有很大差距。据统计，2008 年中央财政的教育投入比 2007 年增加了近 50%，即便如此，距离达到城乡义务教育同样水平还有相当一段距离。因此，在目前情况下，如果再把幼儿教育纳入义务教育的范畴，国家是否有能力来解决，值得我们深入思考。朱鸿民通过对这两个提案的分析，深刻感受到，向政府提建议是政协委员的义务和责任，但作为政协委员，在给政府提建议的同时，必须要慎重考虑自己所提建议的可行性。

## 关注教育，传达民声

两会期间，教育问题一直是大家讨论的热点，特别是教育均衡问题和教育发展问题大家更是各抒己见，作为一个有着二十多年海外工作经验的科学家和教育者，朱鸿民对这些问题也有着自己深刻的思考和独特的见解。对于我国的高等教育模式，朱鸿民一直在考虑一个教育理念的问题。众所周知，培养一个规范的、高素质的社会群体对于整个国家的发展非常重要。而目前我国的人才培养模式很大程度上集中在培养精英人才上，各高校也纷纷在向更高的方向努力。而培养高、精、尖人才的同时，是否可以考虑一下对更大多数人的培养呢？朱鸿民以自己在日本和美国时的亲身感受为例阐述了他的观点。因为提高国家的整体实力和自主创新能力不能仅仅依靠精英，而更多的是要依靠社会成员整体素质的提高。如果把教育比作一栋高楼，那么精英人才就是楼顶，楼顶以下的部分就是普通的社会人才，试想，没有了楼顶以下的部分，楼顶还能存在吗？因此，政府在关注精英教育的同时，应该更多地关注大众教育，培养大量的高级技术人才。

谈到明年的提案工作时，朱鸿民对我国当前存在的大量的高校排名和评价体系提出了自己的看法。他认为：大量的教育评审占用了高校很多精力，不利于高校更好的发展，在这方面我们宜少不宜多，宜精不宜繁，各高校应该把更多的精力放在科研和教学上，对“排名和评价”的关注应该有所淡化，相关部门也要给高校“减负”，为教师的正常科研和教学提供一个更好的空间。关于这个提案，由于是理念性的问题，需要进一步的调查和研究，朱鸿民表示争取在明年“两会”前完成。

“作为政协委员，要有超脱意识，超出自己的小圈子，站在全民族的立场去考虑问题。”朱鸿民说。其实既要搞教育，又要搞科研，还担任冶金与生态工程学院院长几重身份的朱鸿民平时已经非常繁忙，再加上作为政协委员每年要为国家谏言献策，以后的他会更加繁忙。

作为一位有着多年海外经历的归国学者，朱鸿民已把自己和祖国融为一体。在结束采访时，他充满信心地告诉记者，我国教育和科研环境有着自身独特的优势，人力资源非常丰富，国家支持力度也很大。近几年中国在教育和科研领域取得了世人瞩目的成绩，充分显示了我们强大的国力。相信在未来的发展中，我们会走得更远、更好。

（原载《北京科技大学校报》第1033期）

# 坚守平凡　塑造伟大

## ——记“2008 全国高校辅导员年度人物”、材料科学与工程学院辅导员柯红岩

● 党委宣传部

**人物小传：**柯红岩，女，中共党员，汉族，1977 年 10 月生。2002 年 7 月至今任材料科学与工程学院辅导员。2008 年担任材料科学与工程学院 2008 级（108 人）博士生辅导员。曾获北京奥运会残奥会志愿者工作先进个人；“好运北京”跆拳道国际邀请赛赛事组织工作先进个人；北京科技大学第一届“励志”奖教金。

近日，“2008 全国高校辅导员年度人物”评选活动候选人名单揭晓，北京科技大学材料科学与工程学院辅导员柯红岩在全国各地参评的 431 名辅导员中名列前茅入围百名候选名单。此次评选活动由教育部思想政治工作司指导，全国高校辅导员工作研究会、中国教育报、中国教育电视台共同主办，旨在宣传表彰一批

为人师表、爱岗敬业、无私奉献的优秀辅导员，调动和激励高校辅导员育人工作的积极性，进一步加强高校辅导员队伍建设。柯红岩在学生工作、党建工作以及科教工作等方面都有着感人的事迹和突出的成绩。此次入围“2008全国高校辅导员年度人物”，不仅是对柯红岩工作的肯定，也为北科大辅导员爱岗敬业树立了典范。

## “刷马桶”刷出了“信任”和“尊敬”

研究生年龄偏大，阅历丰富，个性较强，已经形成了较为稳定的人生观和价值观。做好他们的辅导员，开展思想政治教育工作，对于缺乏阅历的柯红岩来说，着实是一个挑战。

2005年初，学校对入住新公寓的研究生开展宿舍卫生检查。材料科学与工程学院的研究生分布在30多层的404个房间内，要让这些房间达到标准谈何容易。开会、布置、一遍一遍地查宿舍，两天下来，她的双腿因为走路时间太长而肿了起来……即便如此，还是有一些“钉子户”不叠被子。柯红岩没有放任自流，也没有大发雷霆。每天早上7：30，她会准时去敲“钉子户”的门，和颜悦色地给他们叠被子，一天、两天、三天，当第四天再去时，“钉子户”们红着脸、摸着后脑勺说道：“柯老师，我们服你了！您放心吧，这辈子我们都会叠被子的。”

叠被子的问题解决后，柯红岩发现，有些学生宿舍的洗手间气味难闻，马桶肮脏不堪。尽管多次开会强调，但情况依然没有好转。很多学生抱怨说：“我们不是不刷，而是根本就刷不干净，您就让我们干点儿有意义的事吧。”

柯红岩没有发火，而是领着几位研究生辅导员拎起工具，挽起袖子，扎进学生公寓，一刷就刷到天黑，连自己也不知道刷了多少个厕所，只知道她学生所在的404个宿舍都达到了标准。从此以后，学生们改变了对她的认识，加深了对她的信任和尊重。

“研究生对思想政治教育工作有着某种程度的‘抗药性’，因此，做好辅导员工作就要讲究方法，既要以理服人，又要以情感人；要抓住有利契机，创造有利条件，拉近与学生的距离，形成坚实的工作基础。”柯红岩说自己的偶像是公交售票员李素丽，她的事迹时刻提醒着她“感人心者，莫先乎情”。

## 学生的“百事通”

对于经常与学生约谈和走访学生宿舍的柯红岩来说，随便说出某个学生的名字，他（她）的班级、宿舍、民族、家庭情况、思想状态等基本信息便如数家珍，她甚至能够对大部分学生进行声音辨认。

研究生群体承受着更大的学习压力、经济压力、就业压力和家庭压力，容易产生不良情绪和心理问题。因此，要引导学生养成良好的心理品质，增强学生克服困难、承受挫折的能力，帮助学生健康成长，就必须发挥辅导员“减压阀”“万能胶”的功能。柯红岩认为，结合学生实际情况，换位思考，摸准脉搏，才能对症下药。

有一个开题报告两次都没有通过的男生引起了柯红岩的注意。在她的印象中该生平时寡言少语，父母都是普通的工薪阶层，有一个弟弟在西安读大学，家庭经济压力很大。柯红岩并未“轻举妄动”，而是通过同学、导师对他的情况进行了深入调查，结果发现他已经两个月不去实验室和导师交流了，经常在宿舍中一待就是两三天。柯红岩做了认真的分析，认为这名学生情绪低落的原因不外乎三个：一是性格内向，与同学交流较少，压抑情绪难以得到排解；二是来自小城市，家庭经济情况较差，有一定程度的自卑；三是开题报告两次未通过加剧了该生的自闭和自卑，更羞于见导师和同学。她以一个男生的家庭责任感为切入点，每天到宿舍与他进行深入的谈话，有时都能谈到晚上 12 点。学生紧皱的眉头渐渐舒展开了，呆滞的目光渐渐有了灵动的光芒。为了帮他摆脱自闭和自卑的心理，她还多次到学校心理咨询中心征求意见。终于在恳谈一周后，这个同学步履坚定地走进了柯红岩的办公室，手上拿着一份毕业设计进度计划书。

扎实的基本功让她在研究生就业工作中做到了针对性推荐和指导。几年来，利用寒暑假时间，柯红岩走访了 30 多个城市，40 余家钢厂企业，一边做毕业生的回访，一边“推销”自己的学生。北到内蒙古的海拉尔，南到厦门，东到上海，西到青海西宁等地，宝钢、南钢、西宁特钢、沙钢等都留下了她的足迹。七年如一日，柯红岩用扎实勤奋的工作业绩为千余名研究生指引了道路，用爱岗敬业的工作态度为千余名研究生上好了职业生涯第一课。

## 永不停歇的脚步

柯红岩在研究生教育与管理过程中，不断探索，敢于创新，“抓”大“活”小，形成了以梯队党支部建设平台、梯队班集体建设平台促进学术科研的研究生培养模型。研究生专业分散、在校时间短，经常小组上课、试验或者到外地进行课题调研，呈现分散性和流动性两大特点，党支部建设、班集体建设成为辅导员工作的两大难点。柯红岩借助对材料学研究思路的理解，“完善结构、优化性能”，不断探索有利于研究生成长的平台。

2002 年，作为试点单位，材料科学与工程学院成立了 4 个梯队党支部。作为全校首个全面推行梯队党支部建设的研究生工作组，柯红岩每一步都可谓如履薄冰。新一批党支部书记上任了，培训是首要任务。没有专门的材料，她就自己编写《材料学院党员发展手册》和《材料学院研究生党员行为规范》；没有合适的老师，她就自己上课。功夫不负有心人，新的党支部迅速度过了“磨合期”，走上了正轨，并彰显出强大的优势和旺盛的生命力。整个学院的梯队党支部由最初的 4 个，发展为现在的 27 个。

梯队党支部建设取得成功后，柯红岩开始尝试把党支部建设的经验运用于班集体建设中，探索由博士生、硕士生组成的梯队班级管理的模式。2005 年 12 月，材料科学与工程学院也是北京科技大学的第一个梯队班级正式成立了，这个班级中既有研一的小师弟，也有博三的大师哥，无论是学术科研，还是文体活动，他们都积极参与，紧密合作。2006 年春季运动会上，当全新的研究生梯队班级出现在运动会开幕式上时，中国科学院资深院士、学校资深教授柯俊连连惊叹：“研究生也可以这么积极啊，后生可畏啊。”

“梯队党支部、梯队班的成立，最终目的是促进研究生的学术科研。”有了坚强有力的工作基础后，2006 年柯红岩采取了一系列新举措，引导梯队班级争创“学术科研型”先进集体，引导梯队党支部积极参与学术科研活动。从此，“研究生学术活动节”“研究生学术论坛”“中国材料名师讲坛”开展得如火如荼，研究生学术科研硕果累累。2007 年，“纳技术与纳米材料梯队班”共发表论文 61 篇，其中期刊文章 37 篇（国际一流期刊 35 篇），SCI 收录 35 篇（影响因子 1.0 以上 27 篇，总影响因子超过 65），国际会议论文 24 篇，申请专利 5 项。强大的科研优势让这个班级一举拿下了“北京市先进班集体”的荣誉称号；2008 年，“新能源材料梯队班”则又以人均 2.5 篇论文，单篇影响因子最高为 4.186，18 个国家专利的成绩荣获“北京市先进班集体”荣誉。

（原载《北京科技大学校报》第 1052 期）

# “有问题，找洋哥”

## ——记机械工程学院 0906 班主任陈立洋

● 周　岁

陈立洋是机械 0906 班新生班主任，多年的学生和社团工作让陈立洋对当好新生班主任充满信心。在他看来，对初入大学校园的新生来说，端正态度明白道理和老师的授业解惑一样重要。“我们不仅要向他们介绍学习方法，更要反复强调学习的重要性，避免新生受到大学里某些陋习的影响。”在 0906 班的第一次班会上，陈立洋就告诉新生学会如何做人，学会尊重与理解、谦虚和自信，敢于主动挖掘、敢于尝试，克服一切人性的弱点，还要懂得珍惜。

陈立洋笔名五洋，取“能上九天揽月，会下五洋捉鳖”的意思，表明他立志高远，多才多艺。他在校期间连任机械 07 级 07、08、09 年度年级长，担任学校学通社常务副社长、党建部部长、团委宣传部副部长及机械 0706 班文艺委员等职务。三年内获得军训十佳标兵、北京科技大学十佳记者、优秀学生干部、三好学生等荣誉称号。他有着不俗的演讲才能，不仅在学校举办的各种宣讲会和辩论赛上频频露脸，在平日也常常不经意间成为圈子的核心，积极地影响着周围的朋友。

由学生到班主任的角色转换并未让陈立洋感到丝毫的无所适从，相反更激发了他工作的热情。随着班主任工作的逐步深入，陈立洋的大学生活也渐渐形成了三条相互交织彼此融合的无形之线，在他巧妙的编织下焕发出无限的活力和热情，就像那象征成功与热情的中国结。

今年新生军训的时候正赶上预防甲流，面对着还未解除隔离的同学们，多数人还是会有恐惧心理的。但他作为新生班主任，毅然工作在第一线。无论是给每名学生发通行证，还是去陪同被隔离的学生们出来活动，他都义无反顾。看到被隔离的学生们没有事情可做，憋得难受，他搬来了很多《新生手册》给他们阅读，帮助他们更多地了解大学生活。他还向高年级的同学借来一些《高等数学》《普通化学》的课本，分发给新生提早预习。他对同学们说："疾病不可怕，只要人们团结一心，众志成城，艰难终究会度过的。"

平日里陈立洋对机械 0906 班的管理花费了很大的心力。他常常到学生宿舍里查看同学们学习和生活情况，帮助解决他们的问题。每周一都会检查同学们的高等数学作业，并为在学习上有困难的同学答疑解惑。机械 0906 班的同学们都十分敬重这位尽职尽责的班主任，"有问题，找洋哥"成为班级的口头禅。

（原载《北京科技大学校报》第 1064 期）

# 岁月无痕　关爱无声

## ——记外国语学院辅导员董俊杰

● 王凯旋　王玉娇

他，用灿烂的笑容感染学生，用耐心的话语教导学生，他很平凡，却能让学生的心田绿草如茵，繁花似锦。他默默地滋润着树根，使小树苗壮成长，直到树枝上挂满丰硕的果实。岁月无痕，关爱无声，七年无声的关爱培养出一批批优秀的学生是对他无私奉献、默默耕耘的最好回报。

记者带着一种憧憬和一丝紧张，如约走进北京科技大学外语楼 307 办公室。温馨的办公室里洒进一缕阳光，办公桌上堆满书籍和资料。眼前这位十佳辅导员——外国语学院董俊杰面带微笑，如邻家大哥哥一样亲切、阳光。

## 敢做，敢承担，敢想

岁月的车轮碾过，留下了一道道印记，有深有浅，无声地留下了回忆。董俊杰在初中高中期间就一直是班干部，一直为班里同学做事情，用他自己的话说就是“从小到大就爱张罗”，正是因为爱“张罗”才让董俊杰更加自信，更加具有责任心，从班级工作中体会到了为同学服务的乐趣，把奉献作为了一种享受，责任和奉献在他心中深深地扎了根，为他日后从事学生工作奠定了基础。

从初中到大学，董俊杰一直是名优秀的学生干部，尽自己所能满足大家的需求。多年的学生干部经历，使得他在辅导员工作中轻松了许多，现在董俊杰从事学生工作已经是得心应手。“我的家庭对我影响特别大，父母对我特别的宽松，几乎从小到大很少干涉我自己的事，包括学习、考大学、选专业。”一个自由、无束缚的成长环境给他提供了很大的发展空间，也培养了他敢想、敢做、敢承担的性格，这样的性格促使他在学习和工作上敢于创新。

董俊杰开始从事辅导员工作是缘于一次偶然的机会。“2005 年的冬天回学校之后，学院的学生工作办公室招聘学生助理，我就报名参加了，在做助理的那几个月里近距离地接触了学生工作，从那之后我觉得能为学生做点事真的特别好，之后就义无反顾地选择了做辅导员。”那次助理的工作经历给董俊杰留下了深刻的印象，成为他人生路上的一个转折点。

真正干起了辅导员工作，董俊杰意识到除了闯劲，还需要一股干劲。“那时候外语楼还没有现在这么好，我们那时候的办公室也就 4 张桌子这么大。”说着，他朝着 2 米宽、3 米长的木桌比划了一下。“因为当时外语学院只有两个辅导员，一个女辅导员要休产假，所以我就需要多干点了，小伙子嘛!”正如他自己所说，那时的他，就如一块干瘪的海绵，在不断地吸取养分，不断充实自己。“那时我住在六斋，早上七点之前是必须要出门的，晚上十点之前是不会下班的。”说到那时的工作，董俊杰语气中竟不带一丝沉重和抱怨反而一脸的兴奋与自豪。一个人担任一个学院的辅导员，负责 4 届本科生还有研究生，其间的劳累不言而喻，而他却一笑了之：“没觉得痛苦，就是有点累，不过学院领导和老师都很支持我的工作，学生们也很可爱。”董俊杰的高兴心情溢于言表，“我跟 05、06 届的学生关系特别好，那时总会跟他们聊天，他们毕业之后也会经常来找我聊天，看到他们发展得这么好，特别高兴。”

## 不求多辉煌，只愿心无憾

刚从事辅导员工作，接手第一届学生时，董俊杰每看到一个学生，都会在学生走后立即翻阅学生资料，记下这个学生的长相、名字、家庭情况等信息。每天晚上躺下来，都要回忆一下，今天见到的学生和他们的信息。一遍遍，一个个，熟稔于心。一个学期下来，他已经跟每一个学生有过至少一次的面对面交谈。他花大量的时间和精力去贴近学生，定期和学生们面对面交流，充分利用人人网这个平台来了解学生们在想什么、关注什么。“我在网络上主要是看、主要了解学生们现在关注什么东西，只有了解学生们在想什么才能更好地和学生们沟通。”他和家长保持定期联系，让家长能够及时了解自己孩子在学校的状况，与学生家长形成合力，共同保证学生身心健康，促进学生进步。

董俊杰一向秉承着“公开、公平、公正”的工作原则，以保持工作顺利开展。“想要锻炼的学生很多，学院可以提供很多岗位，每个学生都有锻炼机会。在大学期间，应该尽量补齐自己的短板，我希望外院的学生有自己的特长。”在学生心中他不仅是一名受人欢迎的辅导员，更是一名严厉，做事雷厉风行的老师。他认为作为学生就应该严格要求自己，开会必须准时已经是外院学生干部必须遵守的纪律，在他眼里每个小习惯都不容忽视，勿以善小而不为，勿以恶小而为之。外语学院 10 级学生平均加权 82.92 分的成绩与董俊杰的严格要求和悉心教导密不可分。当被问及对待工作的看法时，他发自内心地感慨了一句：“忙并快乐着!”学生工作看似平凡、简单，但是当你亲身去做，去经历的时候就会觉得学生工作不是那么容易做，但是能真真切切地从中感受到乐趣。

董俊杰觉得能为学生们做些实事心里特别高兴，“十佳辅导员”只不过是个称号，只要对得起学生，对得起家长，问心无愧就好。与“鸿鹄之志”不同，他对未来工作没什么很具体的规划。“没什么计划，做好自己的本职工作就好了，不一定要拿什么奖，能看到学生的成长，就很高兴了，做辅导员工作最重要的是踏踏实实。”少了一点浮华，多了一份朴实，在董俊杰看来，“十佳辅导员”的称号只是对他前几年工作的肯定，并不代表今后，在以后的工作中他会继续努力做好自己的本职之事，不求多辉煌，只求心无憾。

## 你们安好，我便晴天

董俊杰说他一直都是一个壮志踌躇，信心十足的人。他的成绩，不表现在学校给予他的荣誉称号上，而表现在他照顾过的学生身上，他们的辉煌，便是他最值得骄傲的地方。时间如白驹过隙，转眼，已是在外语学院的第七个年头，这七年，有改变，有收获，有劳累，有辛酸，但更多的是自己充实的时光，无悔的青春，和一群在他手中长大的孩子。他拥有一颗积极向上的心，不抛弃，不放弃，也正是这份信心、耐心与恒心才让董俊杰在学生工作上走了 7 个年头，也让他深深地爱上了这些孩子、爱上了这份工作。看到自己曾经帮助过的孩子们成功地走向了社会，看到自己辛苦的工作被他人认可，看那些一批批经过几年磨砺之后，逐渐成长起来的学子们离开学校，立足于社会，他便忘掉了所有的倦怠与辛酸，一种幸福感、满足感油然而生。

在荣誉与褒奖面前，董俊杰很淡然，在他看来，学生管理工作往往从点到线，从线到面，细微之中见到大道理，七年的付出与关爱都是自己应该做的，而他所得到的最大的回报那就是人们对他工作的肯定与支持，和学生们的美好未来。

（原载《北京科技大学校报》第 1106 期）

# 勤思笃行系卓越发展　细致入微望学子成才

## ——记高等工程师学院辅导员刘娜

● 竭　洋　杨文花

她，九年北京科技大学生活，六载思政工作，312 名学生，14 项校级以上集体荣誉，将青春挥洒在深爱的北科大热土；她，7 月天带领学生赴企业实习，逐一安顿学生住宿，坚信关护温暖能转化为学生成长的强大精神力量；她，“工程师素质训练营”，“卓越风采展示”，班级“推优杀”……她就是学生亲切而值得信赖的“娜姐”，一位健谈和善的长发淑女，带着北方姑娘的干练和灵性，流畅的言谈中散发着魅力。她坚持用“心”诠释辅导员的意义：细心、爱心、恒心、责任心。

## 卓越计划，一起前行

“卓越工程师教育培养计划”是贯彻《国家中长期教育改革和发展规划纲

要》，由教育部率先启动的一项重大改革计划。2011 年 2 月，刘娜迎来所带的第二届学生，也是北科大推进落实教育部“卓越工程师教育培养计划”的首批学生、高等工程师学院第一届本科生——工程师 2009 级。他们普遍具有良好的知识基础，怀揣着卓越钢铁工程师的梦想，经选拔进入新的学院。刘娜一方面总结经验、传承改进，同时面对“卓越计划”新型工程人才培养体系和优秀的学生们，不断学习、创新工作新方式，参加“卓越计划”学生管理模式和体系建设的探索实践。

在欢欣鼓舞迎接 09 级学生到来时，一个难题摆在刘娜面前：经校内选拔，采矿、冶金、材料、机械 4 个专业 132 名学生来自 7 个学院，分布在几十个课堂、100 个宿舍里，导致上课、住宿极其分散，与新组建班级同学交流较少。经过思索设计，刘娜坚持以学风建设为核心，创新工作方式，坚持贴近课堂，联系师长，提升学生专业兴趣、解决学业困惑。她组建年级组，加强交流监控；组织大学生英语四、六级模考，保障“英语不断线”；组织“卓越风采展示”交流，加快师生、学生了解；进行阶段考核与总结，引导学生学业管理；建立班导师周报制度，搜集学生意见向班导师进行汇报；查阅工程教育领域文献、国内外大学工程人才培养标准，在人人网等新兴交流平台上与学生们分享学习资料；设计策划“卓越工程师素质训练营”；邀请斯坦福优秀学子、相关专业申请至北大、香港等研究生回校交流，榜样示范，传承经验……鼓励有志向、有热情、有特长的同学加入班团建设和年级组，将学院、班级同学凝聚到一起。

物理化学是一门学生普遍反映较难的课程，甚至担心考试不及格，了解情况后刘娜立刻和课程组老师，邀请教师答疑指导，组织模拟测试并连夜审阅试卷，分析数据，和学生一对一谈话，邀请中科院过程研究所博士生讲解试题。经过不懈努力，学生们物理化学平均成绩相较高出 8 分。刘娜的良苦用心，同学们看在眼里，记在心里，并用实际行动回报她。目前，09 级学生中已有 5 名学生出国、出境交流；工程师 094 班入选学校最佳团队，工程师 091 班获校级先进班集体；学生获特种、特等奖学金及人民奖学金比例达 82%；9 名同学在全国大学生数学竞赛、物理竞赛、制图设计大赛中获得嘉奖；多名学生参加校机器人队、智能车队、航模队并备战全国赛。

刘娜说：“辅导员不应是手持点名簿走进课堂的协作者，而是发掘资源，做搭建桥梁的能工巧匠，穿针引线，做学风建设的设计者。”面对各种挑战，她坚守岗位，伴卓越学子一起成长，与卓越计划一路前行！

## 因材施教，众人拾柴

为了走近学生，有效交流沟通，赢得学生信赖，刘娜分析他们的特点：在安稳的社会出生，在完整的教育和充分甚至过分的关护中成长，接收丰富的信息，思维活跃、个性独立、成绩优秀，热爱所学专业，有热情也易冲动，自我优越感强但同理心不足，团队意识、自控和判断能力有待提高。面对这一性格分明的群体，想做好服务育人工作，成为学生成长的知心朋友，辅导员不能仅仅“提要求”“发通知”“强着陆”，而是结合学生需求、贴近学生生活，讲究方式。

在班团建设中，刘娜从推优入党着手，结合学生兴趣特点，组织09级团支部将“三国杀”进行包装，增加进党团知识考核环节，形成“推优杀”，以其喜闻乐见的形式提高学生的思想认识和理论素质；随后在推优中引入“无领导小组讨论”，结合《新闻1+1》等实事热点，考察学生的认知判断。创新改进，将“推优入党”这一有意义的工作设计得有意思，深受同学们的喜爱。

在学院奖助工作中，刘娜设计引入民主评议机制，量化考核指标、搭建评价数学模型，对学生综合情况进行了数学分析，评定奖学金。刘娜有着自己的想法：“民主评议中我们设计了不同的考核方式，每一项占有不同的分值，这样的方式，学生能从评选结果中明显地知道自己在哪些方面有待提高，改进不足，协调发展。实现同学们从‘要我学，要我做’到‘我要学，我要做’的积极转变。”

面对130多名同学，70余份助学金申请，她和学生逐一进行亲切的交流，了解资助经历、贷款情况、家庭现状，做出400余条详细记录，在专业内排序、专业间比较后，给出评定标准，保障评选公正，细心温暖同学。

## 细致入微，快乐相伴

在一篇日志中，刘娜写道：“假如不是希望你们幸福，我还能为什么而工作？”她坚信关护温暖能转化为学生成长的强大精神力量，也希望通过自己举手投足感染示范和恰当引导，带动学生在思想和行动上不断进步，锤炼出一批懂事明理、善于学习、自主独立、自信积极、快乐感性的好孩子。

2011年小学期，刘娜提前奔赴秦皇岛为115名学生联系实习住宿，为给学生提供舒适安全的环境，走访多个旅馆，挨个检查房间设备。当刘娜在旅馆门口，看到实习车辆由远及近驶来、学生贴在车窗玻璃上向她欢笑招手时，她说："辅导员工作再辛苦，值了！"随后的实习里，每天要坚持到后半夜，确保学生就寝后才休息，为此被学生笑称"实习幕后黑手"。学生们在实习报告中写道："幕后工作是最难也是极其重要的，这些天辛苦娜姐，回校以后就是各种病……这次的实习我们需要感谢的人实在是太多……"在一年多的相处中，刘娜带领学生成长，学会理解、包容、换位思考，用眼睛去观察，用心去体会，用善意去体谅别人的感受，控制自己的言行，在获得的时候记得感恩，遇到纠结的时候懂得判断，面对瑕疵积极应对，碰到困难尝试克服而非抱怨，自立不依赖，独立不侥幸，顾局识体不自利。她找到了高工想要的人，他们在雕铸高工每一寸个性的棱角。

辅导员不是学生出现问题时匆匆忙忙出现的急救兵，不是疾风骤雨地应对，而是和风煦日的温暖。从对待学生的点滴做起，在平凡的岗位上体会责任与良心；在忙碌的工作中保持热忱与恒心；为学生健康成长细致入微、投注爱心。作为学生工作战线的普通一兵，"北京科技大学十佳辅导员"的荣誉既给予她肯定，也提出更高的要求和更重的责任。刘娜说，作为辅导员，她最大的收获是走在卓越路上那群且行且珍惜的可爱学生，是学生口中那一声亲切的"娜姐"。与学生同行并帮助他们梦想成真，她希望：当她的学生离开江湖时，江湖还存在关于她和他们的辉煌传说。

（原载《北京科技大学校报》第 1107 期）

# 发挥优势献爱心　立德树人创先进

## ——记“全国关心下一代工作先进集体”北京科技大学关工委

● 吴钰重　孙　金

在北京科技大学校园，奋进着一个“全国关心下一代工作先进集体”，这就是以离退休老同志为主体、有在职同志参加的北京科技大学关心下一代工作委员会，简称关工委。

多年来，在校党委、上级关工委领导下，在部门、学院党委支持下，关工委团结带领老同志，围绕中心，发挥优势，倾注真情，奉献爱心，团结奋进，开拓创新，推动关工委工作不断迈上新台阶。在荣获北京市教育系统关工委工作先进集体后，又被中国关工委和中央文明办授予“全国关心下一代工作先进集体”荣誉称号，跨入全国关工委工作先进行列。教学督导组荣获北京和全国教育系统关工委先进集体，“大学生之友”组荣获北京教育系统“老有所为”先进集体。

有13位同志（10位老同志）16次荣获先进个人称号。关工委主任谢辉获北京教育系统关工委工作“荣誉奖”，常务副主任陈世禄获北京教育系统关工委工作“突出贡献奖”和先进个人；教学督导组组长罗圣国获北京和全国教育系统关工委、副组长熊楚强获北京教育系统关工委工作先进个人；党建组组长鲍展萍、胡尧和，副组长李应强，组员何淑兰、杨崇英被评为北京教育系统关工委优秀党建组织员，胡尧和获北京教育系统关工委党建工作先进个人；“大学生之友”组组长、原校党委副书记赵续生被市教工委授予“老有所为”先进个人称号；关工委副主任、原秘书长、离退休处处长乔哲，学工部副部长秦涛获北京教育系统关工委先进工作者。关工委已成为学校育人全局工作中一支重要力量，在校外也赢得了知名度。

## 党委高度重视，为关工委工作提供有力支持

党委高度重视关工委工作，切实加强关工委工作领导。认真贯彻部党组、市教工委文件精神，制定加强学校关工委全面工作的意见文件，把关工委工作列入重要议程。党委书记罗维东亲自分管关工委工作，主持常委会听取关工委工作汇报，讨论决定关工委建设的重要问题，充分肯定老同志做出的工作成绩，提出新的要求。校长张欣欣一直重视、支持和关心关工委工作。在担任教学副校长期间，直接领导教学督导工作。坚持党委副书记担任关工委主任体制。主管领导谢辉把关工委工作放在重要位置，经常听汇报、作批示，审阅文件、材料，参加关工委会议和活动，提出任务和要求，帮助解决困难问题，谋划关工委新发展，很好发挥了领导作用。其他校领导也很关心、支持关工委工作。

在深入学习实践科学发展观和党的群众路线教育实践等重大活动中，聘请老同志担任指导组工作，充分发挥老同志重要作用。

认真落实工作条件保障。从活动场所、设施设备、办公经费等多方面，为老同志开展工作、活动创造良好条件。对做出突出贡献的教学督导组予以奖励。

## 积极争取工作领导和支持，形成工作优势和合力

积极争取党委领导。关工委重要工作都要报党委主管领导，有的报党委常委会通过，以党委文件印发执行。认真做好向常委会工作汇报，主动当好党委加强关工委工作的参谋助手。认真完成党委交给的重要任务。坚持开好关工委委员会

和工作会议。

常务副主任陈世禄受党委委托主持关工委工作以来，团结带领老同志扎扎实实开展工作，不负众望，敬业奉献，以高度的责任感，尽职尽责地抓工作，为推进和创新关工委工作做出突出贡献。

积极争取上级关工委领导。认真组织参加教育部、北京教育系统关工委开展的各项活动，荣获诸多奖项。在全国高校关工委十大品牌评选中，教学督导组"视关爱青年教师的成长为己任"脱颖而出，被评为十大品牌"青蓝工程"品牌优秀案例。在教育部关工委第一届"心中的感动——记教育系统关心下一代优秀人物"活动中，关工委《托起明天的太阳——记北京科技大学本科教育教学督导组退休教授管志安》获优秀征文奖，管志安获关心下一代工作优秀人物奖。在教育部关工委"全国教育系统学习贯彻党的十八届三中全会精神"征文中，陈世禄《按照三个牢牢把握做好高校关工委工作》获三等奖。在北京教育系统关工委开展的系列主题教育活动中，关工委"老少共话中国梦"、"红色青春、红色梦想"分获优秀主题教育活动二等奖。陈世禄《加强道德修养，重在身体力行》获北京教育系统关工委"德育漫谈"征文二等奖。关工委牵头协同党校办、离退休处、学工部等职能部门，出色完成在学校召开的教育部直属高校和北京高校关工委协作组会议，北京高校党建组织员经验交流大会等重要会议，赢得高度评价。关工委认真做好经验总结和多次对外学习交流。在"北京教育系统关工委成立 20 周年纪念大会"上，谢辉代表高校党委作发言。在北京教育系统关工委工作和培训会议上，陈世禄两次作发言。在北京教育系统关工委两次高校党建组织员经验交流会上，鲍展萍、李应强分别作经验介绍。

积极争取职能部门和学院党委支持配合。主动加强与职能部门、学院党委沟通联系，发挥在职主导和关工委工作主体作用，形成工作优势和合力。离退休处处长、学工部部长任关工委副主任，组织部、宣传部等 10 个部门和学院党委负责人任委员，直接参与关工委工作，给予有力支持配合。协同职能部门共同完成上级关工委交办的重要工作任务。与团委等部门成功举办毕业生大型文艺晚会，共同做好新生捐赠军训服装工作。关工委五个组，分别挂靠教务处、组织部、学工部、宣传部和后勤部门。各部门把工作组纳入部门工作计划，作为部门工作重要组成部分和重要力量，尊重、关心老同志，充分发挥老同志作用。各部门确定一位副职负责与各组联系，参加工作组会议，提出工作任务。学院党委积极支持党建组织员、老干部辅导员、教育教学督导员等老同志工作。常务副主任陈世禄主动同有关部门和学院负责同志联系沟通，取得积极支持配合。为与组织部开好党建组织员工作会，他和秘书处同志到各学院，同党委书记交谈，了解情况，为开好会打下基础。召开学习会，邀请部门和学院领导作加强高校意识形态领域和大学生思想政治工作报告。

## 抓住贯彻三个文件重要契机，努力开创关工委工作新局面

2009 年，教育部党组下发《关于加强全国教育系统关心下一代工作委员会建设的意见》文件，这是指导和推动关工委工作具有里程碑意义的纲领性文件。市教工委、校党委相继印发文件，认真贯彻党组文件精神。关工委抓住学习贯彻三个文件精神的重要契机，努力开创工作新局面。

学习贯彻文件精神，构建符合学校实际的工作新思路。根据学生全面发展和成长成才实际需要，构建工作格局，搭建工作平台，组建工作队伍，打造工作品牌，形成工作特色，提升工作水平，使关工委工作更加贴近学校育人中心，更能发挥老同志优势，把立德树人根本任务落到实处。为此成立五个工作组，多角度、全方位地配合主渠道工作，发挥老同志教育教学督导员、党建组织员、老干部辅导员、校园文化宣传员、后勤督察员“五大员”作用。

以文件精神为指导，推进关工委全面建设。抓好思想建设。通过组织多种形式学习培训，深化文件精神学习领会，提高认识，增强责任感、使命感。努力建设学习型关工委。坚持骨干集体学习制度。及时组织学习党的十八大和中央全会精神，习总书记系列重要讲话和中央领导重要批示精神，以及中央和上级党组织、关工委组织重要会议和文件精神。结合工作实际撰写理论体会文章，多次获奖。加强信息工作，连续三年获北京教育系统关工委优秀信息单位称号。

选好配强领导班子，建设一支过硬的工作队伍。选好领头人。从 2009 年起，党委副书记谢辉任关工委主任，原党委副书记陈世禄任常务副主任，选配 3 名副主任。任副主任的老同志王玉印，积极参与关工委工作和活动，兼任“大学生之友”组组长，认真负责地做好工作。秘书处挂靠离退休处，一位副处长任秘书长，返聘一位老同志做专职副秘书长。

## 发挥各组老同志优势作用，建设一支过硬的工作队伍

各组老同志，凭着对学校、对学生和青年教师的炽热感情，敬业奉献，倾注深情，一心扑在关工委工作上，做出骄人成绩，受到广泛赞誉。

教学督导组是关工委工作的一面旗帜。多年来，督导组10多位老同志，忘我地奋斗在督导工作第一线，呕心沥血，创新督导，全面加强教学质量监控和评估，扎实开展大学生培养教育工作。积极当好校领导和主管部门“高参”。开展“高水平研究型大学教育教学督导工作”和教改课题研究，取得丰硕成果。满腔热情地帮扶青年教师，开办青年教师大讲堂，“一对一”进行点拨，指导多名青年教师参加全国和北京市基本功大赛获一、二等奖。据统计，老同志仅深入课堂听课就达5800多门次，工作卓有成效。

党建组15位老同志担任各学院党建组织员，成为加强学生党建，做好学生党员发展工作的重要依靠力量。严把党员发展质量关，不辞辛苦地审阅入党材料，深入细致地同入党积极分子谈话，教育引导大学生学习马列著作和党的知识，端正入党动机，明确入党目的。据统计，近5年来，组织员协助发展学生党员9千余名，培养入党积极分子1万1千多名，这其中饱含着党建组织员大量心血和无私奉献。给学生党员、入党积极分子上党课，宣讲党的知识。配合党校做好培训工作。组长多次应邀作报告，对学生党员、入党积极分子进行理想信念教育，强化思想入党。

“大学生之友”组6位老干部辅导员，围绕新生教育、学生党建、年轻辅导员工作指导方面开展工作。配合做好新生教育，帮助学生尽快适应大学新生活。撰写党课材料，为上千名学生入党积极分子讲党课。深入学生年级、班级，和学生学习党的十八大和中央全会精神，开展“老少共话中国梦”、践行社会主义核心价值观等主题教育活动。协助学工部和学院组织征文评奖、学生班级班徽、班旗和宿舍设计比赛等形式新颖的教育活动。言传身教做年轻辅导员指导工作。何淑兰被学生授予“大爱无疆”和“特殊贡献”奖。

校园文化组7位老同志，在组长、原校纪委书记陆国市带领下，以强烈的责任感、紧迫感，为加强学校文化建设，挖掘文化建设资源发挥了重要作用。与宣传部、离退休职工处、国际交流与合作处、校团委等部门，举办“满井花开”“校园风光”“摇篮鸟鸣”“肯尼亚野生动物”“校园人欢”，以及纪念学校招收留学生60周年等校园人文环境大型摄影展，组织“美丽北科大”摄影大奖赛，开办“中华诗词楹联学习班”。深入发掘和整理出版学校历史资料，编辑出版《难忘的岁月》和《校史资料人物篇》（第一辑），受到学校领导的高度重视。书画组老同志与团委大学生书画协会多次举办大型书画展，积极营造校园文化氛围。

后勤督察组6位老同志，在组长陈玉鑫带领下，不辞辛苦，积极协助后勤部门，加强学生生活后勤工作督察，为学生创造更好的学习生活环境。重点加强学生宿舍管理、学生食堂餐饮、节约粮食和水电、生活环境绿化美化等督察。密切配合后勤督察室开展工作。经常深入实地检查和抽查，发现问题及时向有关部门反映，提出加强和改进工作的意见建议。在督察组帮助下，餐饮中心不断增加食堂花样品种，提高饭菜质量，改善餐饮服务，去年被评为校级先进集体。对学生宿舍、教室安全管理、环境卫生、绿化美化等进行督察，受到部门和学生欢迎。

荣誉属于过去，携手开创未来。关工委将在党委领导下，以跨入全国关工委先进行列为契机，站在新的起点上，再接再厉，再创新佳绩，做出新贡献！

（原载《北京科技大学校报》第 1169 期）

# 书香传校园　育人细无声

## ——记“北京市三八红旗集体”校图书馆

● 李　萍　孙薪博

北京科技大学图书馆是一本越写越厚的书，陪伴着学校走过了 60 余载春夏秋冬，记录学校的成长，助力学校的发展。自建馆以来，图书馆在文献资源建设、读者服务、学科信息服务、定量评价服务、科技查新、全民阅读、空间服务和现代化网络平台保障等方面不断创新，始终服务于学校人才培养、教学、科研与读者的需求。从建馆初期的 7000 册图书发展到今天的馆藏纸质文献 210 余万册、电子文献资源数据库 231 个。2015 年读者进馆 121 万人次、主页访问量 78 万次、年借还书刊 104 万册、全文下载数据库达到 758 万余篇。

图书馆现有职工 57 名，其中女性教职工 43 名，占全馆职工的 75.4%。女职工中具有硕士及以上学历 24 人，高级职称 11 人，是图书馆服务创新的中坚力量。图书馆的女职工以敬业、务实、奉献的工作作风，克服晚班、周末上班、加班等工作特点和生活困难，巾帼不让须眉，以其女性特有的细致入微、兢兢业业的责任感服务于每一名师生读者。2016 年，图书馆荣获“北京市三八红旗集体”荣誉称号。

## 资源作保障，平台添安全，服务增效益

学校文献信息资源保障建设是图书馆工作的重中之重。为此，图书馆专门成立“资源建设采购小组”，构建了适合我校的资源利用与评价体系，中外文纸质图书、期刊和全部数字资源均做到从用户中来到用户中去，针对读者评价、成本评估、内容评价、使用评估、效益评价、服务评价等六大分类评估指标进行了数据采集、统计分析、评估测评。图书馆每年采购加工中外文图书 9 万余册、数据库资源 90 余种。

为进一步提高电子资源的利用率，图书馆几十年来坚持为学生开设“科技文献检索与计算机应用”“文献检索与学术活动”等课程，几名青年女馆员承担的文献检索课受到广泛好评，同时结合形式多样的电子资源开展宣传推广与读者培训活动，仅 2015 年参加现场培训讲座的读者就达 2659 人，参与网络讲座和资源宣传活动的达 5600 人次。

图书馆在大力引进纸质和数字资源的同时，还广泛开展馆际互借、原文传递和自有特色数据库建设。图书馆信息部和流通部的 4 名女职工承担着馆际互借和原文传递工作，与包括国家图书馆、上海图书馆在内的 80 余家图书情报机构建立馆际互借和资源共享服务。2009 年至今图书馆荣获馆际互借服务先进集体一等奖 2 次、二等奖 5 次，馆际互借宣传促进月优秀服务馆一等奖 3 次，连续七年获得 BALIS 馆际互借服务先进个人一等奖；连续八年获得了“BALIS 原文传递先进集体奖”“原文传递最佳学科服务奖”“BALIS 原文传递系统先进个人奖”等多个奖项。与此同时，学校教学参考信息服务平台和机构数据库等自有特色数据库的建设，为提高教参资源的可用性，提高北科大学术声誉、扩大学术成果传播发挥了重要作用。

图书馆的创新服务惠泽 2.7 万名读者，这与图书馆网络化、自动化及数字化资源服务与建设是分不开的。近年来图书馆投入大量资金与人力重点加强了数据中心建设，目前拥有服务器存储等 IT 设备 40 余台，中心机房各类动力与环境保

障设备 20 余台；各类服务软件应用系统 78 套；保证了图书馆各类资源设备及服务器全年 365 天×24 小时稳定运行。以此为基础逐步建设了多个数字化系统，通过移动图书馆、自助服务体系、资源获取与服务平台、特色自建库、教学辅助系统等建设项目，形成了日益完备的数字化服务体系。图书馆自助服务包括自助查询，自助借还，自助选座及研修间预约，多功能自助阅览，自助文印，电子书自助借阅，自助缴费以及自助通道门禁系统等。自助服务项目建设以来，打破了传统的资源人工分配的限制，以其丰富便利的特色收获广大读者的一致好评。

## 学科服务走进院系，科技查新助力科研

图书馆在多年的学科服务中，打造了一支由 10 余名具有硕士以上学历的女性馆员组成的学科馆员团队，在两位女馆长的带领下，团队以其过硬的专业素养、热情周到的服务态度，有针对性地走访化生学院、数理学院等院系开展学科信息咨询服务。利用 SCI、ESI、Incites、Scopus 数据库等国内外分析工具，为学校的学科规划管理、科研管理等提供客观的数据支撑。2013~2015 年完成《北京科技大学学科学术分析年度报告》《北京科技大学重点学科发展态势分析报告》《北京科技大学在世界四大大学排名中的表现及分析》等 10 余份分析报告。为适应学校科研与学科发展需要，图书馆早在 1988 年就建立国际联机检索终端，是北京市乃至全国较早开展科技查新服务的高校图书馆。作为教育部科技查新站，北科大图书馆查新数量远远高于教育部各查新站的平均数量，并始终保持北京市乃至全国高校前列。图书馆科技查新站中 10 名查新员有 9 名女性职工，查新工作的复杂繁重是旁人无法想象的，她们经常克服个人及家庭的各种困难，在节假日加班工作，以满足教师读者的各种紧急需求。王寻老师就是其中的一员，对于她来说查新工作只有小高峰和大高峰之分。在大高峰到来时，每个查新员都会担负近十个来自不同单位的查新项目，通常需要一周之内完成。对于不同的项目，查新员需要结合不同的专业特点，联系不同企业，与文员和技术人员反复沟通，再对每一个项目进行检索、总结。在与技术人员沟通时，要克服各种专业上的欠缺以及企业技术人员的情绪问题，这需要每一名查新员保有良好的心理素质和专业素养。

在查新工作中，还会遇到许多的“急活儿”，因为学院教授或学生的急需，有时查新员要克服个人及家庭的各种困难，加班加点工作，即使处于非常紧张的工作状态，也要保证查新质量过关，做到对老师和学生负责。正是查新员们如此

高效的工作效率与让人放心的查新质量，使图书馆的查新工作声名远扬，许多名牌大学以及知名企业都慕名而来。而对于本校教师、学生的查新请求，图书馆更是要求达到无条件接受，并且即时保质地完成，确保不耽误学校的教学科研进度。

图书馆近十年来共完成科技查新 7679 项，近三年完成检索项目 5533 项。由于表现突出，2013 年被评为“教育部科技查新工作站先进集体”，1 名女职工荣获“教育部科技查新工作站先进个人”，这是自 2003 年教育部开展科技查新工作站认定工作以来，首次在全国范围内评选、表彰科技查新先进集体。

## 贴心服务回馈师生，全民阅读惠泽读者

图书馆始终坚持“读者第一，服务至上”的理念，寓教育理念于服务管理，用心、用情地服务读者，回馈全校师生。每一次热情的回复，每一次贴心的服务，每一次真心的交流都书写着暖人的故事。

“图书馆留给同学们的不仅仅是看到、听到的记忆，更是共同演绎过的故事。图书馆希望留住同学们对大学的怀念，对图书馆的思念，更留住同学们记忆中的时光，做过的事情以及收获的喜悦。”有着三十多年图书工作经历的流通部主任王彬老师这样表达了自己的心声。身为总台咨询员，王彬认真解决同学们在图书馆遇到的各种问题，甚至有些服务还要延迟到下班后，因为担心一些申请“馆际互借”的同学遇到周末不能第一时间得到急需的书籍，王彬在周五下班后还在尽力联系他们，甚至把书送到同学的宿舍。有些同学给图书馆提意见时，会带着情绪找到她，她总会以情动人，以理服人，耐心地给予回复，把育人理念融入工作中。正是因为这份对读者的负责态度与对工作的热情，王彬和很多同学相识相知，从服务对象变成了“忘年交”，更从工作和生活上给予他们各种建议，很多同学在毕业多年后还回来看望她。

2013 年，图书馆建立了以“崇尚文化，传播书香”为目标的“摇篮书香”学习服务实践基地，进行大学生志愿服务团队建设。仅 2015 年参与的同学就达 4700 余人次，本科新生参与覆盖面达到 90% 以上。图书馆为志愿者们制定规章制度、提供上岗培训以及管理指导。志愿者在活动后反馈“在图书馆整理、搬运书籍，真正体会到了这份工作的辛苦。工作需要极强的细心、耐心与责任心，今后我到图书馆借书时不会再乱摆放书籍。”有一次同学们来图书馆做志愿服务，十一月份天气寒冷，一个学生仍然穿着塑料凉鞋，负责实践基地的兰荣环老师看

在眼里疼在心里，于是等志愿活动结束后，兰荣环找到这名学生问他是否愿意到图书馆做勤工助学。对于家境困难的他，勤工助学的机会可以大大减轻他的经济压力。他在图书馆做勤工助学一干就是六年，一直做到研究生毕业。由于家庭经济条件困难，他来北京多年，却从没有去过公园，于是兰荣环利用周末时间带他逛公园，陪他买书，令这名同学感动不已。即使毕业后，有时间他还会来图书馆看看，关心图书馆的事情，图书馆见证了他的成长。图书馆的女老师不仅像女汉子一样在工作中冲到一线，加班加点做工作；更像一名母亲一样，在与学生的相处中，真心付出，不求回报。

图书馆自 2004 年以来已经连续开展 12 年“全民阅读”专题活动且活动内容逐年增长，仅 2015 年就开展专题活动 43 项。在十多年的阅读经验累积中，以“读书文化节”和“读者服务月”两个平台，“心阅读”和“e 阅读”两块品牌为主的“两纵两横”全民阅读新格局逐渐形成，营造出浓厚的“书香北科”阅读氛围。每年现场活动参与人数达到 9000 余人次。腹有诗书气自华，心存阅读秀书香，近两年来荣获中国图书馆学会和教育部高校图工委的表彰共四次，这是对图书馆“心阅读小组”工作的肯定，更是对“心阅读小组”成员中 7 名女性职工的褒奖，是她们精心的设计和优秀的组织成就了今天的回报，受到图书馆界的关注与认可。

## 团结协作，创新服务，和谐发展

图书馆的领导班子是一个团结奉献、勇于担当的集体，三名领导班子成员带领全馆加强文献信息资源建设，不断提高馆员的整体素质，深化服务内涵，开拓进取、提升图书馆的服务水平。馆员队伍是一切服务的执行力量，占五分之四的女性馆员以无私奉献的巾帼风采，在图书馆的发展进程中无所不在、处处闪光，正是女性馆员队伍的团结协作和卓越表现，引领图书馆不断创新发展。2013 年我校图书馆成功举办北京地区高校图书馆第九届运动会并荣获团体总分第二名；2015 年成功举办北京地区高校数字图书馆年会、图书馆知识产权战略高级研讨和立足学术数据，服务学科建设研讨等会议，吸引北京市 40 余所高校图书馆参加，在北京高校图书馆事业建设中发挥积极作用。为保质保量完成繁重工作任务的同时，图书馆近三年完成教育部、北京市及学校科研项目 8 项，在图书情报重要刊物撰写学术论文 40 余篇。

在领导班子和工作人员的努力下，图书馆硕果累累。2003 年被教育部授予首批部级科技查新站，同年被评为“华北地区高校先进图书馆”；1995 年至 2008 年连续八次被评为冶金科技查新咨询中心优秀查新站；2006 年荣获中国电子书产业年会“数字图书馆创新应用奖”；2008 年荣获“金书架”星级图书馆；2012 年荣获优秀馆藏图书馆 · 书香奖；2013 年荣获“北京高校信息服务先进单位”及“教育部科技查新工作站先进集体”；2014～2015 年连续两年荣获中国图书馆学会颁发的“全民阅读先进单位”称号；“对话-足迹”品牌阅读活动荣获中国图书馆学会阅读推广委员会颁发的“2014 年高校阅读推广活动优秀案例”一等奖；“心阅读——阅读另一种阅读”品牌阅读活动，在 2015 年首届全国高校图书馆阅读推广案例大赛决赛中荣获全国二等奖、华北赛区一等奖、北京赛区一等奖。

荣誉属于过去，图书馆的领导班子和工作人员将坚持用心、用情做好服务，把图书馆打造成学校的文献信息中心、学校信息化和社会信息化的重要基地，让图书馆成为学生学习和教师教学科研的坚强后盾。如果你还想知道更多关于图书馆的故事，今天就请走进图书馆，走上一级一级的智慧阶梯，写下你与图书馆的故事，让文字流入心底，让书香浸润记忆。

（原载《北京科技大学校报》第 1177 期）

# 勤奋务实 高效优质

## ——记北京市“优秀党务工作者”张俊燕

● 宋礼鑫

洁净的校园，可口的饭菜，温暖的宿舍，明亮的教室……可爱的后勤人与这美丽祥和的北科大息息相关。而后勤党委书记张俊燕，就是这些可爱后勤人的领路人。

张俊燕，工学博士，中共党员，北京科技大学后勤党委书记、研究员，北京科技大学优秀党务工作者，曾带领后勤党委获得北京高校后勤先进党组织、后勤思想政治工作先进集体等荣誉。在北科大工作的 20 年里，她用自己的慧心、忠心、爱心，先后投身于学校的学生工作、招生就业、研究生工作、后勤工作，负责的工作有成效、有特色、有亮点，高效优质，落地有声。

### 学习为本，率先垂范，做思想建设的引路人

“在工作单位，我们一个党员就是一面旗帜。”一名后勤人员如是说。据了

解，北京科技大学后勤集团现有职工 900 多人，其中非事业编制员工达到 80% 以上。为了提高非事业编制员工的归属感，张俊燕将思想引领作为工作重点，积极推进了非事业编制员工的党员发展工作，推进了后勤党员和积极分子的“分阶段、分层次、分类别”的教育培训体系建设，通过理论学习交流、参观展览、亲自上台讲党课等形式，着力提升党支部书记、党员、积极分子理论水平和思想觉悟，真正做到了“一个党员，一面旗帜。”

为了做好后勤集团思想建设的引路人，张俊燕自觉学习党的新理论、新知识，并结合工作实际开展了调查研究，先后承担教育部人文社会科学研究专项任务、北京高校党建研究会多项课题，在《思想教育研究》《北京教育》《高校后勤研究》等发表论文 20 余篇，出版书籍 1 部，这所有的付出和努力，为她开展后勤的党建工作打下了坚实的理论基础。

## 创新为源，锐意进取，做公寓党建的先行者

张俊燕积极探索高校后勤党建的新思路，努力推动工作创新，在她的带领下，后勤党委 2011 年成立学生公寓党总支，启动大学生党建进宿舍工作，经过 5 年的努力，现已成立学生公寓党支部 138 个，实现学生公寓的全覆盖，切实促进了优良舍风学风的形成。在她看来，党建工作进宿舍作为学生思想政治工作的延伸，可以有效拓展思想政治工作的辐射点和覆盖面，有助于形成多层覆盖、多重管理、多元形态、动态调节、自我完善的新型思想政治工作网络，进一步推动高校思想政治教育工作体系的健全和完善。

## 服务为先，扎根基层，做师生员工的贴心人

张俊燕非常重视后勤的安全工作，将安全工作了放在后勤工作的首位。自 2009 年在后勤工作以来，她本着“安全无小事，责任重于山”的原则，在后勤建立了“四级联动”的安全检查体系，每周都会进行各部门的安全检查，每月进行集团全面的安全检查，切实抓好了安全检查和安全例会制度。张俊燕担任后勤党委书记后，开展了一系列紧密结合工作实际的党支部活动。她带领后勤饮食中心党支部开展厨艺大赛、厨师岗位大练兵等活动，在丰富菜品的同时，做到“价格不涨、质量不降、分量不减”，切实提升了学校食堂餐饮特色和质量，获得师生的一致好评，饮食中心党支部获得“北京科技大学十佳标杆党支部”。

在张俊燕看来，扎根基层，服务师生，解决职工困难始终是后勤党建工作的出发点和落脚点。她想方设法改善员工住宿条件，为员工配备专门的洗衣机，为外来务工夫妻住宿设立“夫妻间”，为冬季夜间巡视人员配备军大衣、取暖器等物品，真正做到“以职工为本，想职工所需”，受到了广大职工的高度认可。

## 务实为要，团结群众，做党员队伍的建设者

学校非事业编制员工是后勤工作的主要力量，将其中的优秀分子吸收到党员队伍中来，是稳定非编员工队伍、激发工作热情、扩大基层党组织覆盖面的有效途径。张俊燕积极应对，组织制定了《后勤党委非事业编制员工党员发展细则》，加大了党员发展力度。近年来，发展非事业编制党员增加了 4 倍，80% 以上的新发展党员担任班组长以上干部，成立的优秀党员示范岗、创先争优党员示范窗口、党员志愿先锋小分队等，有效覆盖了后勤工作的重要岗位，延伸了党组织的服务半径，成为后勤工作的主力军，打造了一直坚实有力的党员队伍，真正做到了“哪里有需要，哪里就有党员；哪里有需要，哪里就有党组织”。

## 廉政为魂，以身作则，做清风正气的捍卫者

张俊燕一直坚持抓好后勤党风廉政建设，严格遵守中央八项规定，做好了党员干部的表率。通过组织参观学习活动，加强对党员干部的廉政教育；她认真完善党风廉政建设责任制文件，明确一岗双责，主动做好廉政建设。“后勤的工作不是说出来的，是干出来的。后勤需要务实精神，需要勤奋努力，只有用心了、做好了，才能对得起师生员工对我们的信任，才能打造出一流的后勤服务。”张俊燕如是说。

“勤奋务实，高效优质”，张俊燕用自己坚定的党性、正派的作风、出色的工作，诠释了一名优秀党务工作者的品格与职责，未来她将沿着勤奋务实、高效优质的行动路线，继续踏实前行，将北科大后勤服务的品牌打造得更加响亮！

（原载《北京科技大学校报》第 1188 期）

# 巾帼不让须眉　北科人为你们打“call”

## ——记“北京市三八红旗集体”纪委监察室

● 韦　及

巾帼建功展风采，献身工作谱新篇。在北京科技大学的各个工作岗位上，随处闪现着女同志的身影，她们以女性特有的睿智、细致、执着，践行着自尊、自信，自立、自强精神，为学校的改革和发展建功立业，演绎着现代女性的职业风采。在“三八”国际妇女节到来之际，由4名女同志组成的校纪委监察室被北京市妇联、市总工会和市人力资源和社会保障局联合授予“北京市三八红旗集体”称号。

校纪委监察室是纪律检查和行政监察合署办公的一个处级职能部门，是一个专责监督机构。正、副职领导均为女性，目前在岗人员为清一色娘子军。十八大以来，在中央全面从严治党的新形势下，面对高校党风廉政建设和反腐败工作高强度、高压力的工作任务，她们默默地将家庭和孩子放在了身后，在校党委和纪委书记的带领下，以敢于担当的勇气和勤勉进取的精神，勇敢坚定地将繁重棘手的监督执纪工作扛在了肩上。

## 坚持问题导向，推进工作春风化雨

面对千头万绪繁杂的工作，全体纪检监察干部干练精准地找出了推动学校党风廉政建设和反腐败工作的三个主要抓手，团结协作，推动学校纪检监察工作。一是紧紧抓住督促各级党委落实全面从严治党主体责任这个“牛鼻子”，围绕“明责、知责、尽责、督责”四大环节安排部署党风廉政建设相关工作，多措并举、强化监督，逐级签订责任书，压实管党治党主体责任，取得了良好效果。二是扎实抓好制度建设，健全反腐倡廉制度体系。一方面健全完善纪检监察工作制度，形成了责任制、重点领域监督、执纪审查、组织建设等 6 大类近 40 个纪检监察工作相关制度，有效保障了监督执纪工作的科学化、规范化和程序化。另一方面制定了《北京科技大学反腐倡廉基本制度指导目录》，督促各二级单位健全完善管理制度体系，形成了学校用制度管权、按制度办事、靠制度管人的工作机制。三是按照中央纪委要求深化三转工作，按照“监督的再监督、检查的再检查”的工作思路，创造出日常式、提醒式、参与式、抽查式、督察式等五种监督方式，同时将管理本身就包含监督的理念植入相关领导干部意识中，目前学校各项工作均在不同监督主体的监督下合规有序平稳开展。

## 敢于较真碰硬，维护纪律不让须眉

“党规党纪就是握在我们手里的利剑，就是我们的底气!”对于十八大以来收到的问题线索，纪委监察室工作人员敢打敢拼，敢于碰硬，逐一进行调查核实，加班加点开展内查外调，调阅财务账目，开展执纪谈话，给予违纪人员党政纪处分并挽回经济损失，维护了党规党纪的严肃性，营造了不敢腐的工作氛围。

“不能为办案而办案，惩前是为了毖后，治病是为了救人”。较之严肃执纪，纪检干部更注重发挥案件的治本作用，及时将党纪处分案例在校内 OA 网上点名通报，形成震慑；同时，深入分析信访反映问题的原因，找出管理漏洞，提出管理工作建议，提前做好预防。纪委监察室严肃认真的工作态度和细致入微的工作作风也获得了广泛的理解和尊敬。

## 漫灌结合滴灌，强化思想引领

认识决定行动。通过细致入微的观察分析，为统一全校党员干部的思想，牢固树立党章党规党纪意识，制定了总体漫灌与精准滴灌相结合的廉政教育思路，针对领导干部、教职工党员、学生党员等不同教育对象实施分层教育，并确立了“四抓”工作思路：一抓合力，构建由纪委、宣传、组织、人事、团委等多部门组成的廉政文化建设联席会议工作机制，形成大宣教工作格局；二抓日常，创办《廉政参考》与《明镜月刊》两份电子月刊，截至2018年3月共发行70期，18万余字，结合思想和工作实际搭建常态化教育平台；三抓重点，结合作风建设编写发放《北京科技大学作风建设实用手册》《学思践悟》等学习材料，突出重点内容学习；四抓氛围，开展廉政文化建设宣传教育月活动，集中营造校园廉政文化氛围。通过长期以来多层次、高频率、全覆盖地开展党章党规党纪教育，广大党员领导干部管党治党意识和纪律观念、规矩意识明显增强，为学校发展营造了良好的政治生态环境。

## 强化队伍建设，巾帼团结共同进步

“纪检干部要做执纪标杆”，这只是“四员女将”对自己的基本要求。“纪检监察工作是政治性、专业性极强的工作，涉及招生、基建、科研等多个领域知识，必须要强化学习，纪检监察工作人员的综合素质必须要超出其他部门人员。”这是部门工作会上大家互相激励常说的话。在工作中，纪委监察室利用借调、挂职、教育培训以及以案代训等形式，强化队伍建设。同时，注重通过理论研究指导工作实践，近几年来，部门的同志们公开发表理论研究文章近30篇，出版专著1部，完成北京市纪委重大课题1项，获北京市纪检监察研究会和学校党建优秀论文一等奖3篇、二等奖3篇、三等奖1篇。

多年的勤奋努力打造出了一支出色的巾帼团队：1名同志获得中央纪委、监察部嘉奖，1名同志获评北京市优秀纪检监察干部，1名同志获评校级先进工作者，2人获评校级优秀党务工作者，1人获评机关服务标兵。

巾帼不让须眉。她们是我们身边普通的一员，她们没有什么豪言壮语，默默地在自己平凡的工作岗位上，用实际行动展现着北科大女职工身上特有的自强敬业、勇于创新的精神风貌。纪委监察室，一支团结协作、爱岗敬业的优秀纪检监察团队，北科人为你们打“call”。

（原载《北京科技大学校报》第1210期）

# 后　记

寒来暑往，三尺讲台见证了教师传道授业的热情与坚守；伏案疾书，微躬的身影见证了教师授课背后的严谨与认真。一举一动，一字一句，都体现了教师以自身表率和谆谆教诲对立德树人这一要求的贯彻。教师是平凡的，又是伟大的，他们以平凡的经历书写着信念、奉献、坚守、职责和担当，最终描绘出一幅伟大的画卷。

教师就是这样伟大的一群人。他们从来不求回报，只是默默付出，倾尽所学教授他人，在言传身教中感化他人、教育他人。他们为接受教育的每位学生打开知识的大门，规范言行举止，指引人生前行的方向。他们将一生奉献于教育事业，以国家教育事业的发展为己任，在科教兴国、人才强国的道路上倾尽所能。希望通过这本书，能够向所有奋斗在教育一线的教师们道一声感谢！同时，希望更多的人了解北京科技大学优秀教师在教育教学、科研创新、管理服务育人等方面积极向上、锐意进取的精神面貌，进一步激励高校基层一线的教师们奋发前行。

《礼记·学记》有云："为人师者，必先正其身，方能教书育人，此乃师德之本也。"本书中出现的每一位教师和团队都以行动践行着这句话。他们对本职工作兢兢业业，对教育事业无私奉献，对学术研究精益求精以及对荣誉名利淡然处之的精神，不仅影响了他们的学生，更感染了身边的每一个人，让每一位读者为之动容。作为教育工作者，他们在个人品德与学术修养方面起到了模范带头作用，是我们身边可敬可亲、可感可信的榜样。今后，他们还将继续在三尺讲台上发光发热，在书本与教案中留下辛勤工作的痕迹，在谆谆教诲中讲述人生真谛；他们还将为更多学生带来知识与希望，为更多青年教师们指明奋斗的方向，给予他们前行的动力。

感谢每一位受访教师、记者、编辑的辛勤付出，感谢“微言大义”新媒体传播工作室、高校思想政治工作中青年骨干队伍建设项目的支持，使本书得以顺利出版。对于本书编写中存在的不足之处，恳请大家批评指教！

编者

2019 年 3 月